AF142832

Du même auteur

Les Wizards : L'intégrale.

L'épouse d'un Dieu : Tome 1

Ben Chevalier

Ben Chevalier est un auteur passionné, né en 1981, qui signe ici son cinquième roman. Grand amateur de jeux de rôles et d'aventure, il puise son inspiration dans ces univers immersifs pour créer des récits épiques où se mêlent action, mythologie et émotions fortes. Adepte de la pop culture, il aime tisser des histoires où l'héroïsme, la destinée et les relations humaines prennent une place centrale.

Ben Chevalier

Ben Chevalier est un auteur passionné, né en 1981, qui signe ici son cinquième roman. Grand amateur de jeux de rôles et d'aventure, il puise son inspiration dans ces univers immersifs pour créer des récits épiques où se mêlent action, mythologie et émotions fortes. Adepte de la pop culture, il aime tisser des histoires où l'héroïsme, la destinée et les relations humaines prennent une place centrale.

L'épouse d'un Dieu

Tome 2

CHAPITRE 1

Ainsi, me voilà à nouveau enfermée dans une infrastructure humaine, ce qui est, il faut bien l'admettre, assez cocasse. Bien évidemment, la situation est différente de la dernière fois. Pour commencer, ma fille, que j'ai été contrainte de calmer afin qu'elle ne transforme pas ce bâtiment en ruine, et moi-même sommes « installées » dans un vaste bureau richement décoré et confortable à souhait, ce qui est très distinct d'une cellule de porte-avions, croyez-moi ! La salle est spacieuse, baignée d'une lumière naturelle grâce à de grandes fenêtres qui offrent une vue panoramique sur la ville. Les murs sont revêtus de bois raffiné et garnis d'œuvres d'art contemporaines décrivant des scènes de batailles des siècles passés. Tout autour de nous, des étagères en verre exposent des livres et des pièces de collection. Un coin salon confortable est aménagé avec des fauteuils en cuir moelleux et une table basse élégante, créant un espace propice à la réflexion et à la détente, ce qui n'est pas pour me déplaire au vu de la situation. Et je ne parle même pas du service, car en moins d'une heure, pas moins de trois personnes sont déjà venues nous proposer un rafraîchissement. Je regarde une fois encore par la fenêtre pour admirer Dragar qui dort toujours tranquillement, preuve que nos vies ne doivent absolument pas être en danger. Ma fille est allongée dans l'un des canapés en cuir. Immobile telle une statue grecque, je la sens agacée par cette situation. De même que moi, elle préférerait être sur le chemin du retour, mais nous savons, l'une comme l'autre, que préserver la paix avec les humains est d'une importance capitale. Non pas que nous en ayons besoin, mais il reste notre monde d'origine, à toutes les deux. Le voir disparaître nous affecterait forcément, que nous le voulions ou non.

« Toc Toc Toc »

Nous tournons toutes les deux la tête vers la porte pour y découvrir un militaire d'un certain âge, qui ne m'est pas inconnu. C'était le seul qui, à l'époque, était opposé à notre incarcération, mon père et moi lorsque nous nous trouvions sur le porte-avions. Cette fois, je prends le temps de jauger l'homme.

Son uniforme impeccable, bien que certainement plus décontracté que celui revêtu pendant son service actif, est orné de médailles et d'insignes qui racontent l'histoire de ses nombreux exploits et de ses contributions exceptionnelles. La précision avec laquelle il le porte témoigne de sa discipline innée, une qualité restée ancrée en lui-même. Son visage est marqué par les lignes du temps, mais la sagesse qui provient de ses yeux perçants est incontestable. Une fine moustache grisonnante ajoute une touche de caractère à ses traits, soulignant son autorité indéniable. Ses cheveux, quoique légèrement argentés, sont coupés de manière soignée, reflétant son engagement envers l'ordre et la rigueur. Pourtant, il émane de lui une gentillesse naturelle. Lorsqu'il se déplace, il conserve une démarche assurée et mesurée, évoquant l'habitude des années de service militaire.

— Madame, je suis heureux de vous revoir, saine et sauve.

— Merci, même si aujourd'hui, c'est « Votre Majesté ».

Ma réponse nous fait tous les deux sourire, car je sais au fond de moi qu'il doit être le plus perdu de nous deux, au moins sur le plan protocolaire.

— Bien sûr, mes excuses, Votre Majesté, me déclare-t-il en me saluant bien bas.

— Ce n'est rien. J'aimerais pouvoir vous remercier pour votre attitude à mon égard au cours de de notre dernière rencontre et je suis heureuse que vous n'ayez pas été blessé lors de mon… sauvetage. Néanmoins, je ne connais pas votre nom.

— Général Marc Dujardin, à la retraite, pour vous servir.

— Et c'est vous que l'on envoie ? Avez-vous perdu à la courte paille, Général Dujardin à la retraite ?

Il ne peut s'empêcher de sourire à nouveau avant de s'installer dans l'un des fauteuils en cuir, l'air éreinté.

—Vous savez, quand on n'a rien à perdre, on se porte volontaire pour tout et n'importe quoi. Je ne pense pas que vous, ou votre fille, soyez venues ici pour tuer un vieil homme comme moi.

— En effet, je réponds en prenant moi aussi place dans un canapé. En revanche, j'aimerais beaucoup que vous m'expliquiez cette mascarade de tout à l'heure et ce que nous faisons là.

— Vous avez bien changé.

— Je ne suis plus en pyjama.

Nouveau petit rire complice entre nous deux. Je dois admettre que revoir un « humain » qui ne m'est pas hostile me fait du bien. Comme si ma nature humaine, ancrée au plus profond de ma personne, appréciait cet échange. Mais je sens qu'il va aborder un sujet plus sérieux, car je l'aperçois sortir un modeste mouchoir pour s'éponger le front et la jovialité passagère que nous étions arrivés à créer vient de laisser place à un visage tourmenté.

— Votre « arrestation » a été filmée à des fins de propagande. Le but était de rassurer les populations. Vous ne le savez peut-être pas, mais l'humanité est en état d'urgence.

J'acquiesce, parfaitement consciente de la situation.

— En d'autres termes, poursuit-il, on n'en mène pas large. La version officielle concernant l'attentat de l'escadre française a été qu'une véritable armée nous a attaqués. Bizarrement, il a été démontré que cela est plus rassurant que la vérité.

— Vous voulez dire qu'avouer au monde qu'un dragon et deux Welfens ont, à eux seuls, écrasé une flotte entière ne doit pas être dévoilé ?

Gêné, il me salue de la tête afin de me faire comprendre que j'ai parfaitement interprété ses propos.

— Donc que faisons-nous désormais ? Dois-je appeler mon dragon afin qu'une fois de plus il vienne me récupérer ?

— Ça ne sera pas nécessaire, ma chère. Je suis mandaté pour… comment dire, vous demander le plus humblement possible si une entrevue avec votre… Dieu était envisageable.

Je ne cache pas ma surprise et je peux voir pour la première fois Foudre se redresser sur son canapé. Ainsi, ce n'est pas ma présence qui était espérée aujourd'hui, mais celle d'Ashura. Je pose instinctivement la main sur ma rapière alors que mon enfant se met debout.

— Ne vous méprenez pas, mesdames, essaie de me dire le vieux militaire. Nous ne souhaitons pas de conflit.

— Encore heureux pour vous ! lui dis-je avec stupeur. Vous étiez là la dernière fois qu'il y en a eu un. Ma fille à elle seule pourrait me faire sortir d'ici sans la moindre égratignure.

— Nous le savons, enfin, je le sais. Mais si cet Ashura n'est pas notre ennemi, pourquoi vous envoyer à sa place ?

Je bouillonne intérieurement. Même si j'éprouve de la sympathie pour ce vieil homme, je suis exaspéré par de telles attentes de la part des humains.

— Peut-être s'est-il dit que vous auriez moins peur d'une simple humaine ou peut-être qu'en tant que divinité, ce n'est pas dans ses priorités ?

Mon ton est presque condescendant et je le sens d'un coup beaucoup moins à l'aise.

— Je suis désolé si mes propos vous ont offensés, me répond-il sur la défensive.

J'essaie de me calmer, mais aussi de me mettre à sa place. Après avoir respiré un grand coup, je reprends la parole plus posément.

— En fait, j'imagine que je vais correspondre à vos attentes avec cette nouvelle : le Dieu Ashura et moi-même allons nous marier, afin que je devienne reine de l'Archipel de manière plus « officielle ». Nous en profiterons pour faire une cérémonie où seront conviés la plupart des chefs d'Etat de cette planète. Quoi de plus fédérateur que l'union d'une humaine et d'un Être suprême pour apaiser d'éventuelles tensions, ne pensez-vous pas ?

Secoué par cette annonce, je le sens à la fois soulagé et encore plus inquiet.

— À présent, si cela ne vous dérange pas, nous aimerions rentrer.

Je me lève afin qu'il comprenne que la mascarade s'arrête maintenant.

— Donc, soit vous nous laissez partir, soit je dis à ma fille de me faire sortir d'ici.

Sur ce, je peux voir l'intéressée me faire un grand sourire avant de se placer devant moi, satisfaite que je pense enfin à faire appel à ses services.

— Ça ne sera pas nécessaire, Votre Majesté, me répond le vieux militaire en me désignant la porte. Le bâtiment est très beau, mais bien moins résistant qu'un porte-avions…

CHAPITRE 2

Mon esprit vagabonde pendant que Dragar nous ramène sur L'Archipel. Ses grandes ailes déployées forment une ombre éphémère et terrifiante pour tous les êtres humains qui nous observent, telles des fourmis pleines de curiosités. Je peux voir les plus courageux sortir leurs téléphones portables pour tenter de prendre une photo et ainsi immortaliser un instant qui leur semble vital alors qu'il est, en fait, totalement insignifiant. Même si je ne le montre pas, j'apprécie le moment où nous franchissons tous les trois le portail afin de nous téléporter à la frontière de cet autre monde, ce nouveau chez moi. Nous survolons les villages Welfens et, comme au premier jour, je distingue des enfants qui se lancent à notre poursuite, excités par l'idée d'être capable de rattraper un dragon en plein vol. J'éprouve un sentiment de bien-être lorsque nous passons devant la tour de la vie avec sa multitude de lanternes qui éclairent le bâtiment à l'image d'un phare dans la nuit tombante, guidant ainsi tous le Welfens en quête d'une soirée pleine d'amusement ou de plaisir, voire les deux.

Dans le plus grand silence, comme à son habitude, ma fille se lève pour venir m'embrasser avant de sauter en direction de l'un des balcons de l'édifice au niveau des tavernes. J'ai encore le réflexe de retenir un cri d'effroi en la voyant ainsi se jeter dans le vide, mais sa condition de légendaire lui permet, sans surprise, d'atterrir avec souplesse vingt mètres plus loin.

— Elle est très préoccupée ces temps-ci. Le Maître est inquiet pour elle, souffle Dragar en la regardant évanouir entre les tables.

Je ne réponds rien, mais j'éprouve le même sentiment depuis déjà un moment. La disparition d'Illith et l'état critique de Brawn ont ravivé la flamme de la vengeance dans le cœur de ma fille, lui faisant dès lors oublier la joie de nos retrouvailles ainsi que son futur combat avec son prétendant.

Nous continuons de voler de la sorte en silence jusqu'au palais où Ashura m'attend sur la terrasse au sommet de l'édifice. Vaste tel un terrain de football, elle avait été créée pour fêter nos fiançailles qui ont été une catastrophe. Au final, c'est devenu un lieu où il apprécie de venir régulièrement pour « contempler l'univers », comme il aime si bien le dire. Une fois déposée au sol, je remercie Dragar qui s'empresse de repartir dans les airs, reprenant par conséquent son rôle de maître des cieux. En le regardant ainsi s'éloigner, je me demande objectivement d'où il est originaire. Est-il une création de mon mari ou vivait-il en fait dans un monde encore différent ?

— Ce n'est ni l'un ni l'autre, me dit mon époux en s'approchant de moi. Son histoire est très symbolique, mais il lui revient de te la raconter en personne.

Je le contemple avancer vers moi avec assurance. Ma main caresse mon cou presque mécaniquement sans y trouver le collier que j'ai enle-

vé le jour de l'attaque pour ne plus jamais le remettre. Depuis, je suis un livre ouvert pour lui,
mais je ne suis plus un frein à ses pouvoirs.

— Il faudra que je lui demande de me raconter son histoire, elle doit être passionnante.

— Tous les récits sont fascinants. Il suffit de
savoir les écouter, me répond-il avec une pointe
de mystère dans la voix. Mais parlons un peu de
toi, mon amour, tu t'es très bien débrouillée aujourd'hui.

— Merci, mais j'ai le sentiment que rien
n'est joué. Les terriens sont…

— Terrorisés.

Il regarde dans le vague, comme s'il percevait la pensée de chaque être humain. Le pire
dans tout ça, c'est que je suis certaine qu'il en est
capable, mais ce n'est pas ce qui me fait le plus
peur.

— Tu as déjà connu cette situation, n'est-ce
pas ?

— En effet, me répond-il en me prenant dans
ses bras. Notre nature divine provoque presque
toujours ce genre de réaction.

— Et comment cela se termine-t-il d'habitude ?

— Plutôt mal. La crainte exhorte le peuple dominant d'une planète à désirer le rester, même si rien ne le remet en cause.

Je le serre contre moi plus fort, car je sais que ce n'est pas ce qu'il souhaite au fond de lui. L'humanité, qu'il le veuille ou non, demeure sa race d'origine et la détruire reviendrait à anéantir une part de lui-même.

— Tu penses qu'ils vont nous attaquer ?

— C'est incertain, me répond-il avec tendresse. Mais nous avons un problème plus urgent à régler. Demain, nous partirons pour le monde de Sheliazades et je sens que Foudre est perturbée.

— Demain ?

Je ne peux cacher ma surprise. Certes, je me doutais que notre départ était imminent, mais avec cette annonce, je réalise que dans moins de vingt-quatre heures, je quitterai cette planète pour visiter un autre univers. Je déglutis bruyamment une fois le choc passé et je resserre mon étreinte sur Ashura tout en essayant de maîtriser les battements frénétiques de mon cœur.

— Oui, me répond Ashura. Avoir un légendaire entre la vie et la mort est un problème. J'ignore si notre ennemi est au courant, mais je ne souhaite pas faire perdurer cette situation. Je dois prendre une décision pour Brawn…

— Tu ne peux pas dire ça !

J'explose littéralement, car c'est la première fois qu'il aborde le potentiel décès du légendaire.

— Sache que je dis ce que je veux ! me répond-il en me repoussant. Je suis un Dieu !

Il détourne le regard avant de poursuivre plus calmement.

— Je te demande pardon, continue-t-il en faisant apparaître une bouteille de vin et deux verres. Je n'ai plus l'habitude de dépendre de quelqu'un d'autre. Si Sheliazades refuse de nous aider, les choses pourraient dégénérer, d'où mon inquiétude vis-à-vis de Foudre.

Je m'approche lentement pour saisir l'une des coupes qu'il me tend. Il est rare de le voir ainsi se conduire comme un mortel et j'en viens presque à apprécier cet instant. J'admire la robe bordeaux du breuvage qui semble capturer la quintessence d'un coucher de soleil d'automne. Il m'en sert un verre et lorsque je le porte à mes lèvres, je me surprends à ne jamais avoir bu un nectar aussi délicieux. Les premières gorgées font écho à une symphonie sensorielle, caressant mon palais avec une douceur veloutée, puis éclatant en une explosion de saveurs délicates et nuancées. Le vin, riche en épopées et en variantes, dévoile un ballet de notes fruitées, une danse subtile entre les baies rouges et noires. Des arômes de vanille et de chêne enveloppent ma langue, évoquant des images de fûts de bois bien vieillis dans une cave ancienne. Les tanins, soyeux et bien équilibrés, semblent narrer des histoires silencieuses, laissant sur mon palais une empreinte persistante. Chaque gorgée est un voyage sensoriel, une exploration des terres où les raisins sont cultivés avec soin, des mains qui ont pris part à la récolte.

— « La Romanée », de mille neuf cent quatre-vingt-dix-neuf. Il pourrissait dans la cave d'un trafiquant d'armes d'Afrique centrale. Je vois que tu n'y es pas indifférente.

— N'essaie pas de m'embrouiller l'esprit avec… cette merveille ! (Dieu que c'est bon !) et parle-moi de Foudre et de ce qui risque de nous arriver demain.

— Tu as raison, reprend-il avec sérieux. Sheliazades est la fille de Droshin. Du peu que j'en sais, elle n'était pas vraiment proche de lui, mais ça ne doit pas jouer en notre faveur. De plus, elle a voué son existence à la vie et son origine. Autant dire qu'être le Dieu de la colère, de la guerre et du sang ne va pas l'encourager à nous prêter main-forte.

— Et tu penses que Foudre risque de mal réagir à un éventuel refus de sa part.

— Je compte sur toi pour canaliser sa fureur.

Je termine mon verre de vin d'un seul trait, avant de le lui tendre afin qu'il le remplisse.

— Je n'arrive pas à lui parler en ce moment. De plus, je ne connais pas la langue des signes.

— Ce deuxième point est un détail, me répond-il en faisant apparaître son épée si singulière et en prenant l'aspect du Dieu Ashura.

Ses yeux reflètent désormais la sagesse infinie malgré « son jeune âge », et chaque mouvement de sa main dégage une puissance créatrice. Il façonne par la pensée un anneau d'or pur, sa surface est ornée de symboles célestes. Dans chaque gravure, une histoire se dévoile, une narration mystique du pouvoir qui se profile. Au centre de la bague, une gemme chatoyante émet une lueur douce, telle une étoile captive.

— Porte cet anneau, il te permettra de la comprendre. Il est possible que notre première tentative avec Sheliazades soit un échec, mais s'emporter contre elle ne ferait qu'aggraver la situation.

— Je veux bien essayer, mais je ne te garantis rien, nous sommes devenues presque des étrangères l'une pour l'autre.

— C'est ce que tu crois et plus tu vas t'en convaincre, plus tu ressentiras de la difficulté à parler avec elle.

« Facile à dire quand on peut lire dans les pensées », hurlai-je intérieurement afin de lui casser les oreilles, ce qui eut pour résultat de lui arracher un petit sourire.

— Je vois que Madame reste enjouée malgré les épreuves pénibles que nous traversons.

— C'est l'adrénaline. Savoir que c'est ma dernière nuit sur Terre me rend un peu euphorique. Mais ne te fais pas d'idée, c'est pour dissimuler mon stress…

Avec douceur, il m'attire à lui. Son changement d'humeur est contagieux. Nos verres de vin disparaissent pour ressurgir sur une petite table basse fraîchement apparue. L'une de ses mains tire sur le lacet frontal de ma robe (mais elle n'en avait pas ?!) ce qui a pour conséquence de la faire tomber au sol avec une grande facilité, me laissant totalement nue face à lui.

— Comme c'est ta dernière nuit sur Terre, je me dois de la rendre mémorable, non ?

Je me jette littéralement sur lui, désireuse d'oublier toutes mes angoisses pour quelques heures. Ma bouche se colle instinctivement à son cou et je sens ses effets aphrodisiaques pénétrer mon corps et mon esprit. J'utilise ma force de Welfen nouvellement acquise pour arracher ses vêtements. Une main redoutable me saisit par la gorge pour me lâcher dans une rivière de coussins jonchant désormais le sol. Rapide comme l'éclair, il est déjà sur moi. J'ai réveillé en lui le

Dieu, le monstre qu'il s'efforce de séquestrer au plus profond de son être. Des liens magiques m'attachent les poignets au-dessus de la tête, ce qui me surprend et m'excite au plus haut point. Ses mains puissantes écartent mes jambes avec une autorité enflammée, me réduisant à l'état d'une offrande sous son regard pénétrant. Un frisson exaltant me parcourt alors qu'il se penche sur moi, ses lèvres survolant mon épiderme, traçant un sillon brûlant le long de mon ventre. Chaque baiser, chaque contact de sa langue sur ma peau déclenche une onde de plaisir qui se propage dans mon organisme, me faisant perdre tout repère.

Je capte sa respiration chaude effleurer l'intérieur de mes cuisses, et mon désir s'intensifie. Nos langues, ces organes chargés de sensations interdites, se cherchent, se caressent, s'enroulent avec une précision presque animale. Dès qu'elles se rencontrent, c'est un choc, une fusion d'essences et d'énergie brute. Il m'explore, chaque coup de langue résonnant en moi comme un sortilège qui embrase mes sens.

Le lien entre nous est électrique, quasi mystique. Mon corps répond malgré moi, s'ouvrant à lui avec une avidité incontrôlable. Nos souffles se mêlent, nos enveloppes charnelles se courbent sous l'intensité de la jouissance qui monte, et bientôt, je ne distingue plus où je finis et où il commence.

Je suis sienne, entièrement, irrévocablement, et dans cet abandon, je trouve une extase indicible.

CHAPITRE 3

C'est une agréable caresse qui m'extirpe d'un profond sommeil. Je me délecte de cette sensation d'avoir le corps nu de « l'homme » de ma vie collé au mien, surtout après la nuit que nous venons de passer. En ouvrant les yeux, je découvre l'Archipel sous un nouveau jour. Pour la première fois, je me réveille sur le toit du palais en pleine aurore. Bien que magnifique, je ne peux m'empêcher d'imaginer cet endroit en feu. Comme si mes angoisses revenaient au premier plan malgré les heures de plaisir que j'ai récemment vécu.

— Tout va bien se passer mon amour, me chuchote Ashura tout en me caressant le dos. Je ne laisserai personne nous faire du mal.

Je me colle encore plus à lui afin de profiter de l'instant présent. Ses bras puissants m'encerclent et me rassurent tout en faisant renaître en moi un désir presque incontrôlable.

— On a le temps pour un deuxième round ?

— Non, me répond-il alors que j'imagine un sourire sur ses lèvres. Rafale et Foudre ne vont pas tarder et les connaissant, elles ne seront pas en retard.

Effectivement, Rafale et Foudre arrivent à l'heure. Leurs visages fermés reflètent la gravité de la situation mais démontrent aussi une concentration sur l'instant présent tandis qu'Ashura se prépare à activer le portail vers le territoire de Sheliazades. J'essaye de ne pas le montrer mais je suis totalement terrorisée par les circonstances et je pose une main sur Cubi, mon fidèle compagnon, car sa nature magique me rassure. Quand la faille interdimensionnelle s'ouvre devant moi, mon corps entier me hurle de prendre mes jambes à mon cou. Pour les membres de ma famille et Rafale, quoi de plus banal que de se déplacer de monde en monde tel un oiseau qui volerait d'arbre en arbre. Alors que, pour ma part, j'ai l'impression que ce voyage sera un aller simple vers l'inconnu et son infinité de possibilités, bonnes, comme mauvaises.

« Ne t'en fais pas, je vais rester près de toi, tu ne risques rien ».

À ma grande stupéfaction, les actions de ma fille sont désormais accompagnées de paroles d'or qui glissent sous mon regard, me donnant la faculté de le déchiffrer enfin. L'anneau s'anime entre mes doigts pour me partager son pouvoir : « la scribomancie ». Les mots se stabilisent dans l'air, permettant à ceux qui ont cette magie de comprendre les mouvements comme s'ils lisaient un livre. Chaque signe devient une lettre, chaque geste une syllabe, et ainsi naît une prose visuelle captivante. Les modulations émotionnelles et les subtilités du discours manuel prennent vie de manière éblouissante grâce à la Scribomancie. Les couleurs et la luminosité des termes varient en fonction de l'intention, créant un langage optique riche en sentiments et en nuances. Cette magie va au-delà de la simple traduction. Elle offre une compréhension profonde et immédiate, une connexion où les mots se révèlent dans toute leur splendeur visuelle. Je reste de nouveau sans voix devant l'art envoûtant que peut produire mon mari alors que Foudre me tend la main, comme si de rien n'était. Sans rien dire, j'agrippe sa paume ouverte et nous nous dirigeons vers le portail. La fille épaule sa mère, ce qui me navre, car je réalise que je suis une fois de plus une déception pour elle.

— Elle est loin de penser cela de toi, me dit Ashura lorsque nous le rejoignons. Elle sait parfaitement ce que tu es en train de vivre : la terreur. C'est ce qu'elle a ressenti au moment où Illith et ses armées nous ont enlevés. Elle te trouve très courageuse.

Ma fille me confirme d'un hochement de tête que son père dit vrai et j'éprouve une irrésistible envie de la prendre dans mes bras. Mais un simple regard vers ce maudit portail m'en dissuade.

— Que va-t-il se passer ? Je veux dire, qu'est-ce que je vais ressentir ?

— Rien de spécial, me répond Rafale tout en fixant l'ouverture. Comme si vous descendiez une marche.

— En revanche, poursuit mon mari, ne panique pas une fois de l'autre côté. La planète sur laquelle vit cette déesse est recouverte par un unique océan. Je vais donc dans un premier temps nous faire apparaître dans les airs.

Je ressens une pointe d'appréhension dans sa voix et je remarque qu'il n'enchaîne pas avec un « dans un deuxième temps » et je me demande ce que cela signifie. Bien que tout cela soit très perturbant, je recentre mon attention sur le vortex que Rafale franchit devant moi, disparaissant ainsi dans une spirale de flammes noires et mauves peu rassurante. J'imagine qu'elle en avait marre d'attendre.

— Pas du tout, me dit mon indiscret de mari (*pourquoi ai-je enlevé ce collier déjà ?*). Elle part en éclaireuse au cas où.

— Au cas où quoi ?

— Au cas où il y ait un comité d'accueil. Disons que ce n'est pas la déesse avec qui j'ai les meilleures relations et venir sans me faire annoncer pourrait être mal perçu.

Nous patientons une bonne minute ainsi, dans le plus grand silence, avant que ma propre fille ne se dirige aussi vers le portail et le franchisse sans un regard en arrière pour nous.

— Rafale va bien, me rassure mon mari, mais nous sommes attendus de l'autre côté. Tu es prête ?

— J'ai le choix ?

Ma répartie lui tire un rire.

— C'est pour ça que je t'aime, me répond-il en faisant apparaître son épée.

Son regard devient celui d'Ashura et il comprend que cela ne me choque plus, au contraire même, je commence à le préférer ainsi. C'est main dans la main que nous traversons le portail.

Lorsque j'ouvre les yeux, l'air est soudainement lourd et saturé d'humidité, chargé de l'odeur saline de l'étendue d'eau. Autour de moi, l'horizon semble infini, ne dévoilant que des vagues déchaînées et une mer d'un bleu profond, s'étirant à perte de vue. La planète que je contemple est entièrement recouverte d'un océan immense, dont les flots tourmentés sont secoués par une tempête apocalyptique. Des éclairs zèbrent le ciel noirci, illuminant par moments l'atmosphère chaotique, révélant des tourbillons gigantesques et des lames colossales, qui montent et s'effondrent dans des rugissements tonitruants. Le vent hurle tel un fauve, projetant des gouttes d'eau froide qui cinglent ma peau. L'océan paraît presque vivant, à l'image d'une entité démesurée et indomptable, son énergie brute palpable. Sur cette planète aquatique, la tempête semble éternelle, comme un cycle naturel qui a façonné cet écosystème marin. Des créatures mystérieuses aux formes étranges apparaissent brièvement sous les vagues, leurs silhouettes colossales trahissant des êtres adaptés à cet environnement. Certaines sautent hors de l'eau, plongeant à nouveau dans des éclaboussures titanesques, tandis que d'autres, plus discrètes, glissent sous le voile liquide, sous la forme d'ombres furtives.

Il aurait été impossible de croire que nous étions toujours sur Terre. Flottant à quelques mètres de la surface, je contemple cet horizon inconnu et si improbable. Je m'accroche de toutes mes forces à mon mari qui ne s'en aperçoit même pas tant il est obsédé par la créature qui s'approche de notre groupe en fendant les flots. Sa nageoire dorsale, grande d'une dizaine de mètres, oscille tel un serpent se dirigeant vers sa proie. Elle semble être de couleur brune, ou jaune, la luminosité était très différente de la Terre. Arrivée à notre niveau, elle se redresse pour nous faire face, ignorant le tumulte de la mer. Maintenant que je la vois dans sa totalité, j'ai l'impression d'avoir affaire à une murène géante dotée d'une peau de bronze.

— Qu'est-ce que cela ?

— C'est Lovas, un légendaire de Sheliazades.

— Mais il est monstrueux comparé à....

Je n'ose terminer ma phrase mais mon regard en dit long. Foudre et Rafale me semblent bien fragiles face à une telle créature.

— Ne te fie pas à la taille ou à l'apparence. Ta fille a déjà combattu bien plus dangereux que lui me répond-il presque avec désinvolture.

Je peux le voir lancer un coup d'œil en direction de sa co-équipière, comme s'il lui adressait un signe, compréhensible seulement par eux deux.

Cette dernière prit alors la parole, hurlant presque pour couvrir le vacarme de l'océan.

— Grand Lovas, légendaire de Sheliazades. Nous sommes venus en paix pour nous entretenir avec ta souveraine. Je me nomme Rafale et je suis moi aussi une légendaire au service du Dieu Ashura, le maître de la guerre, de la colère, et du sang. Je suis accompagnée de sa fille et de sa femme. Consens-tu à nous conduire à elle ?

La créature nous observe tout en restant silencieuse. Je peux discerner dans son regard le signe d'une grande intelligence, voire de la sagesse. Mais je peux y lire également le conflit intérieur qui la ronge. La question étant : hésite-t-elle à nous laisser passer ou à nous dévorer ?

— Votre arrivée perturbe la quiétude de ma maîtresse.

Je suis étonnée, car son immense gueule ne bouge absolument pas pour nous parler.

— Nous ne vous attendions pas, reprend-elle. Mais la Déesse Sheliazades est disposée à recevoir… son frère et l'assassin de son père.

La réponse claque comme un coup de fouet. Certes, nous venions d'obtenir audience, mais le ton était posé.

CHAPITRE 4

La créature nommée Lovas ne nous laisse pas le temps de répliquer et rejette son corps dans la mer avant de disparaître sous les flots.

— Ça ne s'est pas si mal passé que ça ? Ironise mon mari en regardant Foudre. Tu vois, je t'avais dit que nous aurions le droit à un accueil chaleureux !

Cette dernière lève les yeux au ciel avant de lui répondre en langage des signes : « Cause toujours, je sens qu'on va manger du poisson grillé ce soir ». Le tout accompagné d'un vulgaire tirage de langue parfaitement immature, surtout pour une femme de cent trente-sept ans.

— Nous devrions le suivre, tranche Rafale, impatiente. Libre à vous de faire de la cuisine avec le vieux Lovas mais n'oubliez pas pourquoi nous sommes ici.

— Tu as raison, ma chère, lui répond mon mari. Restez prêt de moi, sauf si vous désirez y aller à la nage.

Comme une seule personne, nous nous jetons presque sur lui, ce qui lui arrache un petit rire. Une fois calmé, il crée un bouclier de magie avant de nous plonger tous ensemble dans les eaux obscures de cette planète. La chute devient rapidement oppressante, car les ténèbres des profondeurs de l'océan me privent de presque tous mes sens et je me demande comment mon mari arrive à se repérer dans cet environnement si peu accueillant. Notre guide s'est mué en un véritable fantôme des abysses, nous frôlant tel un spectre, ce qui me fait littéralement sursauter alors que mes trois compagnons de route semblent totalement immunisés contre la terreur qui peu à peu m'envahit. Il nous faut encore descendre plusieurs minutes avant d'apercevoir des lueurs qui, pendant un bref instant, me font croire que je contemple non pas le fond marin mais un ciel étoilé. Un peu plus de temps est nécessaire pour comprendre que c'est une ville qui se dresse progressivement devant nous. Des signes de vie se ressentent dans un premier temps mais je discerne un contraste important entre l'Archipel et ce monde si singulier. Des êtres nous observent à travers les fenêtres des premiers bâtiments. Certaines ont l'apparence de créatures aquatiques alors que d'autres ont l'air de ne rien avoir à faire là, comme ce couple d'aigles plus ou moins humanoïde. Je distingue de l'ennui, voire de la tristesse dans presque tous les regards et je me remémore les paroles de mon mari sur le rôle présumé des adeptes de ses frères et sœurs : ce ne sont généralement que des esclaves dont l'utilité est de protéger et servir l'être divin qui les a fait naître. Je me souviens qu'Ashura m'avait raconté, lors de nos retrouvailles, que les Welfens avaient une vie et un statut bien différent. C'est en observant ce nouveau monde, pourtant surprenant et magnifique, que je réalise à quel point l'esprit de mon époux a fait preuve de créativité et de bonté envers son peuple. Mes réflexions me mènent vers une conclusion qui réveille en moi la peur de rencontrer la déesse Sheliazades. Elle qui se prétend déesse de la vie, ne devrait-elle pas être la première à chérir toute forme d'existence ? Pourquoi ne pas considérer ses disciples avec autant d'intérêt, voire plus que le Dieu de la guerre, de la colère et du sang ?

— Ceux qui résident dans ces bâtiments ne sont que de pures créations. Ses serviteurs vivent en liberté dans les océans, répond mon mari à ma question pourtant muette. Ce ne sont pas les plus à plaindre. Illith traitait les siens avec beaucoup moins d'égards, c'est la seule chose qui me gênait vraiment chez elle.

L'entendre parler ainsi au passé de la déesse Illith me surprend, mais pas autant que la révélation qu'il vient de faire. Je regarde à nouveau toutes les entités qui nous fixent pendant que nous nous enfonçons plus profondément dans cette cité engloutie.

— Je croyais que concevoir la vie vous était possible, mais que cela était difficile.

— Difficile est un euphémisme. Engendrer un être à partir de zéro est un vrai périple. Rien ne doit être laissé au hasard. La moindre erreur susciterait le décès de la créature et lorsque nous y arrivons, nous devenons responsables de nos œuvres. Introduire une nouvelle espèce dans l'espace n'est pas sans conséquence. Certains Dieux, par amusement, ont généré de véritables fléaux. Plus une élaboration est simple, plus il est facile de la faire survivre. Mais il existe des entités composées autrement que par de la matière organique, avec des esprits extrêmement sauvages, qui voguent dans l'univers, semant mort et destruction, pour le plaisir de leur fondateur.

— C'est atroce ! je réponds tout en réalisant l'horreur de cette révélation.

— Cela s'appelle l'ennui. Vois-tu, pour certains, l'éternité doit avoir son lot d'amusement. Mais ne te préoccupe pas de cela, enchaîne mon mari, nous arrivons.

Bien que ses déclarations me choquent, je préfère reporter mon attention sur l'instant présent et notre périple. En effet, je discerne comme une bulle d'oxygène géante, suspendue tel un joyau dans les abysses. Elle n'est pas simplement une poche d'air emprisonnée : elle est parfaitement sphérique, presque surnaturelle, comme si elle avait été façonnée avec une précision divine (*suis-je bête ! c'est le cas !*). Notre guide nous fait signe de continuer de le suivre tout en faisant de grands cercles autour de nous.

— Ma maîtresse se trouve sous le dôme. Je resterai à l'extérieur, mais si l'un d'entre vous lui manque de respect ou se montre hostile, je me ferai une joie d'intervenir.

— Écoute-moi le poisson, commence Rafale, les griffes en avant.

— Tout ira bien, souligne par-dessus mon épaule mon mari en jetant un regard noir à sa légendaire. Nous sommes venus en paix et nous repartirons habités par les mêmes sentiments.

Après avoir poussé comme un reniflement aquatique, notre guide disparaît au détour d'une ruelle, nous laissant donc seuls devant ce qui semble être l'espace privé de Sheliazades. Je sens une petite chose caresser ma main qui n'est autre que Cubi. Est-il inquiet de l'endroit dans lequel nous nous trouvons ? Du coin de l'œil, j'aperçois mon mari qui se concentre afin de déployer le bouclier qui nous protège de la noyade pour lui faire chevaucher le dôme sécurisé de la maîtresse des lieux, nous permettant ainsi de découvrir un nouveau paysage aussi surprenant qu'improbable.

En pénétrant dans la bulle d'air, la sensation est presque irréelle. La pression immense des profondeurs semble disparaître, remplacée par une étrange légèreté, comme si un souffle invisible nous soulevait. Au cœur de cette bulle, une salle gigantesque se dévoile, semblable à une cathédrale, mais avec la majesté d'un palais taillé dans un rêve. Le sol est recouvert d'un marbre bleu d'une pureté inégalée, veiné d'argent scintillant qui reflète la lumière douce et diffuse émanant de la voûte. Ce marbre semble vivant, comme si les courants sous-marins y avaient imprimé leurs flux, des vagues figées dans la pierre. À chaque pas, le dallage résonne d'un écho feutré, amplifiant le sentiment de grandeur intemporelle. Les murs, immenses et légèrement incurvés, sont incrustés de cristaux translucides aux teintes opalescentes. Ces cristaux captent et diffusent la lumière environnante, projetant des reflets dansants sur les surfaces voisines. Des motifs gravés dans les cloisons, semblant raconter une histoire oubliée, serpentent le long des parois. Ces motifs, finement ciselés, dépeignent des créatures marines fantastiques, des spirales évoquant des courants et des symboles mystérieux qui échappent à toute tentative de déchiffrement immédiat. De hauts piliers soutiennent une voûte qui paraît s'étendre à l'infini. Chacun de ces piliers est orné de sculptures, représentant des figures énigmatiques, à la fois humaines et aquatiques, similaires à des gardiens silencieux de cette aire sacrée. Des algues phosphorescentes s'enroulent autour des colonnes, ajoutant une touche organique à cette architecture imposante. L'air est chargé d'une énergie presque palpable, un mélange de mystère et de solennité. Ce lieu n'est pas simplement un espace physique : il est imprégné d'un sens profond, comme un sanctuaire oublié ou un palais destiné à des êtres au-delà de la compréhension humaine. Chaque recoin murmure une histoire, chaque détail invite à l'émerveillement et à la contemplation. Pourtant ce n'est rien en comparaison avec le spectacle qui se déroule sous mes yeux…

CHAPITRE 5

En découvrant l'Archipel et plus particulièrement les derniers étages de la tour de la vie,
j'avais perçu la facette invisible de l'esprit de
mon mari. Dans sa nouvelle existence et doté de
capacités inédites, il avait donné naissance à une
société beaucoup plus « débridée » que
l'humanité. Jamais je n'aurais imaginé retrouver
ça quelque part et encore moins dans les tréfonds
d'un océan.

Des coussins de couleurs vives sont éparpillés un peu partout, et des créatures, plus bizarres les unes que les autres s'accouplent sans prendre vraiment conscience de notre entrée. C'est une véritable orgie qui se déroule sous mes yeux ébahis. J'assiste à un enchevêtrement de corps, mélodie physique d'un concerto cacophonique et même avec toute la volonté du monde, je n'arrive pas à entrapercevoir le plus léger signe d'érotisme dans cette scène qui me fait finalement penser à un cirque de mauvais goûts. Il me faut plusieurs secondes pour comprendre ce qui cloche, ce qui rend cette « frasque d'amour » si disgracieuse : aucun des acteurs ne paraît y prendre du plaisir.

— Par ici, restez près de moi, lance mon mari en avançant sans prêter la moindre attention aux cris de jouissance, mais aussi de douleur des participants.

Je suis rassurée de constater que Rafale et Foudre semblent autant écœurées que moi par ce spectacle. Cubi, mon fidèle compagnon, fait une fois de plus preuve d'une belle sensibilité en faisant barrage de son corps afin de bloquer une partie de ce que mes yeux captent, limitant ainsi la dose d'horreur que je dois supporter.

Nous arrivons devant un grand bassin, ce qui est assez comique quand on sait que l'on se trouve en fait au fond d'un océan. Le nuage de vapeur qui trouble ma vue me signale que l'eau doit être relativement chaude. Seule une créature semble s'y prélasser et je devine assez facilement que la déesse Sheliazades se tient face à nous. Mesurant près de cinq mètres de haut, j'ai en face de moi une sirène avec un corps totalement tapissé d'écailles dont la couleur varie en fonction de la position qu'elle adopte ou de l'angle duquel je la regarde. De longs cheveux rouges courent le long de ses épaules pour terminer sur son bassin, le recouvrant presque entièrement. Trois paires de bras enlacent un sceptre qui me fascine, car il semble fait de la même matière que l'épée de mon mari. Je n'arrive pas à savoir pourquoi, mais cette précision me saute aux yeux et je ressens au fond de moi que ce n'est pas un détail ou une coïncidence.

« La Reine Sheliazades ».

La voix de Lovas vient de résonner dans tout le dôme, ce qui a pour effet, tel un ordre silencieux, d'interrompre cette parodie d'orgie afin que toutes les créatures présentes se prosternent. Même Foudre et Rafale posent un genou à terre. J'hésite une seconde avant de vouloir faire pareil, mais le bras puissant de mon mari me ramène à sa hauteur. Il attribue de ce fait un rang privilégié à notre couple au milieu de centaines d'individus. Cela aurait pu me rassurer si je n'avais pas croisé le regard de la divinité qui me transperce avec un intérêt tout particulier.

— Ma sœur, commence Ashura. Je te remercie de me recevoir alors que je ne me suis pas fait annoncer.

Seul le silence fait écho à ses paroles, engendrant un malaise certain alors que la déesse de la vie continue de me dévisager avec intensité, à tel point que je me sens comme un pot de miel devant un ours affamé.

— Qui est cette créature ? lance-t-elle sans me quitter du regard.

Sa voix est une chanson, une mélodie.

— Mon épouse, réplique mon mari agacé.

— Que d'animosité pour une simple question « Mon frère » ! J'espère que tu n'es pas venu m'en poser une. Je serais tentée d'y répondre avec la même sécheresse.

Je jauge la situation et je comprends rapidement en voyant le poing d'Ashura se serrer à s'en faire blanchir les jointures que son titre de Dieu de la colère risque de coûter la vie à son légendaire.

— Je m'appelle Caroline votre majesté. J'étais la femme d'Ashura avant qu'il ne devienne l'un des vôtres.

Mon intervention a le mérite de surprendre tout le monde, y compris mes propres compagnons. Mais la réaction la plus inattendue reste celle de Sheliazades qui se laisse glisser dans le bassin pour se rapprocher de nous. Arrivée à ma hauteur, elle me dévisage un court instant avant de se mettre à rire. Le son résonne dans tout le dôme et les expressions interloquées des grotesques personnages qui m'entourent m'informent que ce comportement n'est pas dans ses habitudes.

— Bonjour à toi petite Caroline, future épouse du Dieu de la guerre, de la colère et du sang.

Je peux la voir reporter à nouveau son attention sur Ashura, mais tout en restant très proche de moi.

— Ainsi, tu vas t'unir à elle et en faire une immortelle, c'est original. Je ne te croyais pas du genre nostalgique.

— J'aimais ma femme. Devenir l'un des vôtres n'a en rien changé cela. Tu es la déesse de la vie, les sentiments sont ce qu'il y a de plus difficile à introduire dans une nouvelle création, toi plus que quiconque sait qu'une passion profonde ne peut disparaître, répond-il.

— Oui, je le reconnais, susurre-t-elle en me scrutant de nouveau. Et donc, belle Caroline, humaine modifiée pour plaire à son mari, que venez-vous faire en ces lieux de calme et de volupté ?

J'hésite un moment avant de jeter un coup d'œil à mon époux pour chercher son aide, mais l'une des mains de la reine saisit délicatement mon visage pour le tourner à nouveau vers le sien. Là, je comprends que je ne suis qu'un jouet, une brindille face à un Titan. Son regard transperce mon âme et je me surprends à trembler. Il lui suffirait de légèrement forcer pour me faire éclater le crâne, empêchant par la même occasion Ashura de me ramener à la vie. Est-ce la proximité de la mort ou un torrent d'adrénaline qui s'empare de ma conscience ? En tous cas, je réalise que tout cela n'est qu'une vaste mise en scène, un simulacre de vérité dont le but m'échappe complètement.

— Vous êtes parfaitement au courant de ce que nous faisons ici. Lire dans mon esprit est pour vous une formalité. Reste à savoir pourquoi vous désirez entretenir le suspense sur une décision que vous avez certainement déjà mûrie et choisie.

Son visage demeure de marbre, mais sa bouche se tord légèrement et j'assiste à la naissance d'un sourire presque aguicheur. Relâchant mon menton, elle se déplace pour s'approcher de mon mari, créant un véritable raz de marée dans le bassin.

— Je suis étonnée par la qualité de ta compagne. Est-ce pour cela que tu l'as prise avec toi pour venir ici ?

— Ses réactions humaines sont parfois source de sagesse, lui répond-il la mâchoire serrée. Je trouvais cela plus facile de te faire lire son esprit plutôt que de t'expliquer les circonstances. Comme tu l'as compris, tes connaissances sur la vie elle-même pourraient sauver un de mes légendaires.

J'imagine à quel point cette demande doit être pénible à faire pour mon mari. Pourtant, je ne perçois aucun signe chez la déesse qui me montre qu'elle prend du plaisir à le voir dans pareille situation. Son visage reste fermé, et lorsque son regard se pose à nouveau sur moi, je pressens que ce n'est pas pour accéder à notre requête.

— Dis-moi, épouse du Dieu de la guerre, de la colère et du sang, commence-t-elle presque en susurrant. Que ferais-tu si l'homme qui avait tué ton père venait te demander un service ? Y répondrais-tu favorablement, un sourire aux lèvres ?

J'aimerais pouvoir rester silencieuse, car je sais au fond de moi qu'il me serait impossible ne serait-ce que d'accueillir cette personne. Ma haine serait tellement forte que je ne pourrais m'empêcher de me venger. Cette réflexion, bien que primaire, me fait réaliser que la déesse de la vie nous a reçus et par conséquent, plusieurs options sont à envisager : soit c'est un piège destiné à nous tuer tous les quatre, soit…

— Tout dépend de votre père et de ce que vous pensiez de lui, finis-je par commenter en serrant plus fort la poignée de ma rapière. J'aime tendrement le mien. Voir son assassin en face de moi susciterait en moi l'envie de me venger. Mais mon père est quelqu'un de bien, de vraiment bien.

— J'apprécie cette réponse, petite humaine transformée. Mon géniteur était un monstre d'égoïsme. On l'appelait le Dieu du sacrifice. Sais-tu pourquoi ?

Je lui fis signe que non de la tête.

— Il a eu la possibilité, très jeune, de créer un nouveau Dieu. Mais il a eu l'idée de vouloir qu'un de ses enfants soit l'élu. Pourtant il était au fait que chaque candidat avait une probabilité infinitésimale de réussir l'exploit et, par conséquent, de survivre à l'épreuve.

Elle prit le temps de s'installer confortablement avant de continuer son récit, me regardant droit dans les yeux, tel un guépard attendant le bon moment pour se jeter sur sa proie.

— Il a engrossé des centaines de milliers de créatures à travers l'univers et chaque fois que l'une de ses progénitures atteignait dix ans, il l'obligeait à tenter sa chance afin de prendre place à ses côtés comme Dieu. Tous sont morts dans d'atroces souffrances, sauf moi…

Je prends conscience de l'horreur de la chose, mais surtout du peu de considération que ce « père » avait pour ses enfants.

— Le jeune Dieu qui t'accompagne a tué un vrai monstre, sache que je ne lui en veux pas le moins du monde pour ça et il est tout à fait au courant, sinon il ne serait pas venu. Que redoutes-tu donc oh puissant Ashura, Dieu de la guerre, de la colère et du sang !

— Le tarif à payer pour tes services, répond mon mari sans sourciller. On raconte, ma chère sœur, que tu es hors de prix. Or je n'ai ni le temps ni l'envie de me lancer dans une négociation qui risque, je le crains, de réveiller le Dieu de la colère qui sommeille en moi.

La froideur avec laquelle il lui a parlé me glace le sang. Les deux êtres supérieurs se toisent un long moment dans un calme assourdissant, mais je sens que la déesse de la vie n'a pas apprécié la menace à peine voilée. Je relève que Cubi est désormais à l'arrêt, juste à côté de moi, prêt à réagir. Il en est de même pour ma fille et Rafale qui, bien que silencieuses depuis le début de l'échange, se sont positionnées de part et d'autre du bassin. Bien évidemment, je ne suis pas la seule à avoir remarqué ce subtil changement de situation, ce qui provoque la colère de notre hôte.

— Donc tu es venu ici pour répandre le sang et ainsi montrer au monde à quel point ton nom de démon est justifié ! Lâche-t-elle en se dressant de toute sa hauteur.

— Cesse tes jérémiades, ma sœur !

La voix de mon mari s'élève en une puissance insoupçonnée et je peux voir le dôme frémir, comme s'il allait se briser pour nous laisser submerger par les océans.

— Je ne suis pas là pour me battre, mais pour sauver une vie. N'est-ce pas toi, la déesse de la vie ? Alors, arrête toute cette mascarade et annonce ton prix que l'on en finisse.

Un mince sourire en coin, Sheliazades se réfugie à nouveau dans le bassin comme une petite fille prise en faute.

— Les visites sont rares, mon frère, il faut les rendre chaque fois intéressantes… faire durer la chose pour en extraire toutes les saveurs. Tu sais à quel point les sentiments me fascinent et me permettent d'avancer dans mes recherches.

— Je te l'ai dit, nous sommes pressés.

Elle balaie l'argument de la main comme si cela ne pouvait l'atteindre.

— Nous avons tout notre temps, toi plus que quiconque. Mais avant de fixer le prix, pourrais-tu répondre à une question ? Pourquoi souhaiter le sauver ? Pourquoi ne pas en profiter pour faire un nouveau légendaire ?

— Je ne veux pas gaspiller mon énergie, déclare Ashura sans grande conviction.

— Tss Tss Tss, la coupe Sheliazades. Tu peux mentir à l'humaine, mais pas à moi. Tu es jeune, tu as assez d'énergie pour créer et détruire à volonté.

Je peux voir les jointures des poings de mon mari blanchir de colère sans que cela semble affecter le moins du monde notre hôte. Cette alternance entre la peur, la défiance et son air outré me fait réaliser à quel point cette déesse est bonne comédienne, ce qui m'empêche d'y voir clair dans son jeu.

« *C'est tout le but, ma chère* ».

La voix retentit dans mon esprit tel un poison, me prouvant une fois de plus sa supériorité. Mais Ashura, lui aussi, semble déterminé à aller au bout de ses idées.

— Je me suis attaché à lui, enchaîne mon mari la mâchoire serrée. Je refuse que Nobtus réussisse encore à me prendre quelqu'un qui m'est cher.

Pour une raison qui m'échappe, cette réponse a pour effet de calmer la déesse qui fixe dès lors son interlocuteur avec le sérieux que la situation exige. Son visage est à présent de marbre et je le suspecte d'essayer, grâce à ses capacités, de deviner si ce que dit mon époux est la stricte vérité. Mais de ce que j'en sais, les pouvoirs de mon mari sont inefficaces contre elle et *vice versa*, d'où l'importance des légendaires. Après un bref frisson, Sheliazades semble comme revenir à elle. Ses traits sont désormais tirés et son souffle est rauque.

Deux entités, jusque-là restées dans l'ombre, viennent se placer à ses côtés et je soupçonne d'avoir face à moi deux légendaires. Un discret signe de tête de celui que j'aime me donne raison et accentue mes doutes sur la situation. Les deux créatures jumelles émergent de l'obscurité telle des silhouettes vibrantes, à la fois magnifiques et inquiétantes. Elles sont composées d'un mélange fluide d'eau scintillante et de filaments d'électricité dansants, formant des figures humanoïdes d'une élégance insaisissable. Leur aspect semble constamment en mutation, comme si leur essence était incapable de se fixer dans une seule forme. Les arcs chargés d'énergie tracent parfois des motifs éphémères, presque comme des runes, avant de s'évanouir dans un sifflement léger.

Leurs visages, lorsqu'ils se stabilisent, ont des traits délicatement sculptés, mais leurs images ne restent jamais longtemps les mêmes. D'un instant à l'autre, leurs apparences se transforment, empruntant des masques et des silhouettes qu'elles paraissent voler au monde qui les entoure. Leurs yeux sont des vortex lumineux, des puits de lueur bleutée ou blanche, qui ont l'air de sonder les âmes. Quand elles fixent leur regard sur quelqu'un, la sensation est troublante, donnant l'impression de chercher à lire des pensées ou à deviner des secrets cachés. Elles ne marchent pas, mais glissent, comme si leurs pieds ne touchaient pas le sol. Chaque mouvement est fluide et hypnotisant, accompagné de vagues d'eau en suspension et de traînées électriques qui créent une danse éclatante dans l'atmosphère. Lorsqu'elles se déplacent rapidement, elles se transforment presque entièrement en éclairs liquides, un flot d'énergie pure qui traverse l'espace en une fraction de seconde. Ensemble, elles sont inséparables, leurs puissances s'entrelacent et se complètent. La présence des jumelles est à la fois sublime et terrifiante, un mélange de la beauté sauvage de l'océan et de l'intensité destructrice de la foudre. Les rencontrer, c'est se tenir face à des forces de la nature incarnées dans des formes instables, magnifiques et dangereuses. Lorsqu'elles s'expriment, j'ai l'impression de n'avoir à faire qu'à un seul individu tant leur synchronisation est parfaite.

— Nous allons vous conduire dans un endroit plus confortable le temps que notre Reine prenne une décision.

Cela ressemble plus à un ordre qu'à une proposition et je crains la réaction de mon mari. Mais, bizarrement, ce dernier semble accepter cette situation dans le plus grand calme, du moins en apparence…

CHAPITRE 6

Au moins sommes-nous confortablement installés, c'est indéniable. Ashura est immobile, devant l'une des fenêtres de la pièce richement décorée, à contempler le fond de l'océan. Il n'a presque pas parlé depuis qu'on nous a poliment demandé d'attendre. Rafale fait les cent pas et Foudre a la tête posée sur mes jambes et semble dormir. Je lui caresse les cheveux et je remarque qu'ils sont plus clairs que dans mon souvenir. En revanche, son petit nez en trompette et ses lèvres fines n'ont presque pas changé. Mon doigt glisse sur son front pour se servir de son arête nasale à l'instar d'un toboggan, ce qui nous faisait rire il y a encore quelques mois, enfin pour ma part. Je me sens comme épiée et je découvre Rafale qui nous contemple, le visage en proie à un grand questionnement.

— Que faites-vous ?

Je fais la moue comme une enfant prise en faute.

— Elle adorait ça petite.

Bizarrement, cela intéresse vraiment la légendaire qui vient s'installer à côté de moi.

— Est-ce courant de se comporter ainsi entre une mère et sa progéniture chez les humains ?

Sa question devrait me choquer et pourtant je réalise au même instant que je n'ai jamais vu un épisode identique depuis mon arrivée sur l'Archipel. Aucune scène d'un père jouant avec son garçon ou d'une maman essayant de tisser des liens avec une de ses filles. De plus, je n'ai aucun souvenir de Brawn ou de Rafale me parlant de leurs parents ou de leur enfance bien qu'ils ne soient pas si vieux que ça.

— Foudre m'a beaucoup manqué. C'est une adulte aujourd'hui, mais pour moi c'est toujours ma petite fille. Il y a six mois, je lui faisais des chocolats chauds et je l'écoutais critiquer les garçons de sa classe.

— Mais votre lien, diriez-vous que c'est une force ou une faiblesse ?

Je reste interdite par cette question aussi surprenante qu'improbable. J'observe Ashura du coin de l'œil. Ce dernier regarde toujours le fond de l'océan sans se soucier de nous, du moins en apparence.

— Raconte-moi Rafale, qui sont tes parents ?

C'est à son tour de paraître gênée par la situation. Pour la première fois, je vois le masque de la perfection se fissurer devant moi et la réponse qui me parvient me démontre que le monde des Welfens est véritablement différent de celui des humains.

— Je ne les connais pas, comme tout mon peuple.

Elle continue rapidement en remarquant la stupéfaction sur mon visage.

— Ce n'est pas forcément une mauvaise chose, ma reine. Je n'éprouverai jamais la tristesse de perdre l'un de mes parents. Je sais que Foudre a été anéantie quand Rosalie est morte et lorsqu'elle a été séparée vous.

— Mais comment cela est-il possible qu'aucun d'entre vous ne connaisse... sa famille ?

— Lorsqu'une Elfe accouche, me répond-elle, elle amène son enfant à la tour de la vie. Il n'en sortira pas avant une année terrienne afin d'être envoyé dans un village qui correspond le mieux à ses envies et ses aptitudes. Le nom de ses parents ne lui sera jamais dévoilé et pour être franche, nous n'en ressentons pas le besoin.

Je suis à la fois horrifié par cette révélation, mais aussi par ma propre méconnaissance du peuple dont je suis soi-disant la reine. J'observe à nouveau ma fille et je me demande ce que doivent éprouver les Elfes qui abandonnent ainsi leurs enfants.

— Rafale, à notre retour, je souhaite que tu me fasses visiter cet endroit de la tour de la vie.

Je regarde en coin mon mari qui semble toujours ailleurs. Pourquoi ne m'a-t-il pas montré cette partie-là et pourquoi ne m'en a-t-il jamais parlé ?

— Bien ma reine, me déclare-t-elle en faisant mine de partir avant que je la retienne par le bras.

— Pour répondre à ta question, Rafale : c'est une force.

Je ne sais pas si c'est moi, mais je trouve que le temps s'écoule particulièrement lentement. Rafale est, depuis notre dernière discussion, rentrée dans un mutisme inébranlable. Ma fille dort toujours à poings fermés et son père est définitivement le sosie d'un bloc de pierre. Ce qui fait officiellement de moi la seule personne qui, soyons francs, s'emmerde franchement. Je regarde toutes sortes de poissons passer devant les fenêtres du bâtiment dans lequel nous nous situons lorsque mon mari paraît revenir à lui.

— J'ai loupé quelque chose ?

Je suis tentée d'inventer une histoire incroyable puis je me rappelle qu'il peut parcourir mon esprit comme bon lui semble.

— Rien d'extraordinaire, je réponds. Si ce n'est une discussion avec Rafale qui m'a perturbée, concernant la naissance des Welfens.

Là, je sais qu'il est déjà en train de fouiller mes souvenirs afin de revoir intégralement la scène, donc pas besoin d'en dire plus.

— « Ah », finit-il par articuler. Je comprends ton désarroi. Ce n'est pas vraiment le moment de débattre de ça. À notre retour, si tu le veux toujours, je répondrai à toutes tes questions, mais pour l'instant, nous devons rester concentrés sur notre mission.

Je fais la moue, mais je dois admettre qu'il a raison, ce qui me ramène à une autre interrogation un peu plus portée sur l'instant présent :

— C'était quoi ces entités tout à l'heure ?

— Tu parles de celles qui nous ont conduites ici ? me demande-t-il légèrement moins sur la défensive.

— Oui.

— Ce sont les Dopplegangers, deux légendaires très connus dans notre panthéon. Ce sont aussi les plus belles réalisations que Sheliazades ait réussies à ce jour.

À peine finit-il sa phrase que les deux créatures font leur apparition à l'entrée de la salle. Leurs corps liquides glissent jusqu'à nous avant de recommencer à s'exprimer avec leur complicité si singulière.

— Notre maîtresse est prête à vous faire une offre. Souhaitez-vous l'entendre ?

Je sens une certaine tension dans l'atmosphère et il est facile de savoir pourquoi. Que peut bien demander une déesse qui possède déjà tout ce qu'elle désire ? Alors que nous nous rassemblons tous les quatre pour leur faire face, j'aperçois du coin de l'œil le visage crispé de mon mari.

— Nous vous écoutons, répond-il d'une voix monocorde.

Les deux créatures se regardent, comme si elles devaient s'accorder au préalable avant de pouvoir parler.

— Notre reine viendra pour essayer de sauver votre légendaire. Elle demande en échange que ce pacte reste secret et si son action est une réussite, votre épouse, Caroline, devra passer une nuit avec notre maîtresse.

Je peux voir trois têtes se tourner vers moi et je réalise à quel point je peux être naïve. Que pouvait bien vouloir une déesse...? Ce que possède un autre Dieu. Le visage de mon mari est indéchiffrable, ce qui, soyons honnêtes, est plutôt mauvais signe. Mais c'est la belle Rafale qui intervient en premier :

— Maître, rentrons, nous n'avons plus rien à faire ici.

Je perçois autant de tristesse que de colère dans sa voix et j'imagine le dilemme dans son esprit entre son sens du devoir à mon encontre qui semble prendre le dessus et l'affection qu'elle a pour Brawn. Dans un mutisme gênant, mon mari commence à invoquer le portail pour nous ramener chez nous. Je pose alors mécaniquement ma main sur son bras afin de le stopper. Encrée au plus profond de moi, j'ai une dette au fer rouge envers le Worgen qui agonise aujourd'hui pour m'avoir sauvé la vie. Et il est hors de question de l'oublier.

— Attends, mon amour.

— Il n'y a rien à dire de plus, me répond-il sèchement. Partons avant que je ne décide de mettre à feu et à sang cet endroit.

Je prends son visage entre mes mains afin de plonger mon regard dans le sien. Ma respiration s'accélère, mais j'essaye de rester maîtresse de moi pour ne pas avoir la voix qui tremble.

— Tu veux faire de moi la reine de l'Archipel, alors laisse-moi me comporter comme telle. Elle a trop peur de toi pour me faire le moindre mal. Je ne risque rien tandis que Brawn a joué sa vie pour moi. Permets-moi de faire ça pour lui. Donne-moi la liberté d'être à la hauteur du peuple Welfens.

Il reste silencieux et lance un regard vers notre fille qui hausse les épaules, indiquant ainsi qu'elle ne sait pas quoi penser de la situation.

— S'il t'arrivait quoi que ce soit…

— Il ne m'arrivera rien.

Je me tourne vers les deux Dopplegangers.

— J'accepte la proposition de votre maîtresse.

CHAPITRE 7

Le retour fut rapide et dans le silence le plus total. Il a été conclu que Sheliazades nous rejoindra dès le lendemain afin de venir « ausculter » Brawn et faire une sorte de diagnostic. Je sais qu'Ashura est contrarié par ma décision, mais je préfère son mutisme à devoir affronter sa colère. Nous nous trouvons sur le balcon de notre chambre et le calme qu'il y règne me pèse. J'hésite même à retrouver ma fille dans ses appartements. Au moins là-bas, ce silence ne sera pas de mon fait.

— Ce n'est pas gentil de penser ça. Surtout qu'elle aussi est très inquiète pour toi.

— Vous ne devriez pas. Et si l'on considère l'objectif principal de notre mission, c'est un succès. Nous étions partis chercher de l'aide et nous en avons trouvé.

— Point de vue intéressant, mais qui ne reflète pas vraiment le bénéfice risque. Sauver Brawn est une priorité, ta sécurité l'est encore plus.

Il me fixe et je perçois une fois de plus la colère qui l'anime. Pourtant je ne me sens absolument pas en danger. Une part de moi a même hâte de se retrouver avec cette déesse, car pour une fois je me suis rendue utile à la cause qui nous motive tous.

— Notre priorité inconditionnelle est la mort de ce Nobtus pour mettre fin à cette chasse. Car je commence à ne plus savoir qui est le loup et qui est l'agneau.

Cette fois, je sens que j'ai fait mouche, mais peut-être pas comme je l'aurai voulu. Ses poings se crispent et son regard devient de braise. Il ne dit rien, mais la comparaison lui fait mal, je le ressens. Le voyant dans cet état, je songe qu'il est inutile d'insister et qu'une modification de sujet est nécessaire.

— Ce qui est fait est fait. On ne peut plus revenir en arrière. Donc au lieu de nous disputer, j'aimerais que tu me parles de cette histoire d'abandon des Welfens à leur naissance.

Il se lève et commence à faire les cent pas. Le thème ne semble pas lui faire plus plaisir que le précédent ou bien il n'est pas assez intéressant pour lui changer les idées. Pourtant, après avoir soupiré de façon fort bruyante, il se tourne vers moi avant de dire d'une voix monocorde :

— Parfois, j'ai l'impression de ne plus être un Dieu en ta présence.

Je tente un sourire aguicheur en m'approchant de lui, car ce revirement d'humeur joue en ma faveur et je ne compte pas en rester là.

— Alors, sois sage, raconte-moi pourquoi les Elfes abandonnent leur progéniture.

— C'est très simple, me répond-il en se servant un verre de vin. Comme je te l'ai dit, la création du peuple Welfens est issue de mon esprit, mon subconscient. Par conséquent, certains aspects de leur mode de vie m'échappent. Mon hypothèse est que ma tristesse de t'avoir perdue ainsi que Rosalie m'a poussé à élaborer un système de défense émotionnel pour les Welfens. En abandonnant leurs enfants, ils ne développent aucun lien et de cette façon, n'ont pas d'angoisse concernant la disparition d'une progéniture.

— Pourtant, j'ai eu l'impression que Rafale....

— C'était juste de la curiosité. Ton comportement envers Foudre est inhabituel pour elle. Ça ne va pas plus loin. J'ai fouillé son esprit à notre retour. Elle perçoit ce lien comme une faiblesse. Même après avoir eu ton point de vue, elle n'a pas révisé son jugement. En fait, elle est soulagée de ne jamais connaître ce que j'ai vécu avec Rosalie ou toi avec Foudre. Car vois-tu, elle donnera prochainement la vie.

La nouvelle me laisse sans voix. Ainsi, la magnifique Rafale porte un enfant. Pourtant, je n'ai observé aucun changement physique, cela doit être relativement récent !

— Mais, depuis longtemps ?

— Elle est bientôt à terme, me répond mon mari sans sourciller. Dans quelques jours, elle s'isolera sur son île pour mettre son bébé au monde, puis elle le confiera fièrement à la tour de la vie.

— Qui est le père ?

— Tu n'as pas une petite idée ?

Il lui suffit de dire cela pour que l'image de l'Elfe priant devant le corps en lévitation de Brawn me saute au visage.

— Impossible… Brawn.

— Il est le père de cet enfant. Elle l'espère. Mais moi, je le sais. Né de deux légendaires, je pense que ce petit Worgen fera sacrément parler de lui.

— C'est un garçon donc, dis-je sans y croire.

— Oui, elle va bientôt le découvrir. Laisse-lui la surprise.

— C'est trop bizarre, elle n'a pas changé physiquement ! Je m'exclame, réalisant que Rafale est toujours aussi svelte et… parfaite !

— C'est normal, me répond plus calmement Ashura. Vu le contexte de ma transformation en divinité, j'ai créé des êtres à la gestation courte afin qu'ils soient le moins possible handicapés pour faire la guerre. L'enfant va principalement grandir la dernière semaine de la grossesse. Il va aussi se développer très vite une fois mis au monde. À l'image d'un animal de la savane, il devra être apte à se débrouiller seul, et cela rapidement. Moins de six mois après sa naissance, il sera capable de marcher et de parler. À trois ans, il sera adolescent et vers ses six ans, comme tu le sais, il sera adulte.

J'avais déjà plus ou moins conscience de l'évolution hâtive des jeunes Welfens lorsque j'avais appris l'âge de Brawn et de Rafale. Mais je n'avais pas réalisé ce que cela impliquait à l'époque sur la grossesse et l'éducation des petits au sein de l'Archipel.

— Mais aucun d'eux ne connaît ses parents ? Je demande avec une certaine affliction dans ma voix.

— En effet. On inculque aux enfants un attachement à leur peuple en priorité avant une personne en particulier.

— Tu parles du bien commun ?

— Exactement, sauf que là il ne s'agit pas de théorie. C'est inscrit dans leur code génétique. Même si Rafale est triste pour Brawn, elle n'aurait jamais mis sa communauté en danger pour le ramener.

Je médite un moment sur les paroles d'Ashura. J'ai du mal avec le concept sans forcément être en mesure de vraiment le critiquer. En privilégiant le bien commun avant leur intérêt personnel, les Welfens s'assurent un monde sans mensonge, sans corruption et sans malveillance les uns envers les autres. Néanmoins, en remettant le sujet de Brawn sur la table, je ne peux m'empêcher de poser une question qui me trotte dans la tête depuis notre retour.

— Que se passera-t-il si cette déesse n'arrive pas à soigner Brawn ?

Son regard se vide de toute émotion, mais je sens que cette perspective lui fait vraiment horreur.

— Il devra mourir pour que je puisse créer un nouveau légendaire.

Cette phrase, lâchée à la va-vite, soulève une autre interrogation qui cette fois est poussée par la curiosité.

— Pourquoi Brawn ? Qu'a-t-il fait pour s'élever au rang de légendaire ? Tu m'as dit pour Ajax, j'imagine que Foudre en est aujourd'hui une car elle est notre fille. Mais pour Brawn et même Rafale, qu'ont-ils fait pour avoir mérité de devenir des légendaires ?

Il prend place dans l'un des fauteuils de la terrasse et m'invite à faire de même. Dès que je me suis installée, il me regarde en coin et plein de malice, il commence de manière théâtrale :

— Il était une fois…

CHAPITRE 8

« Comme tu le sais, une fois devenu une divinité, j'ai cherché à me venger en aidant Illith à détruire les assassins de son époux et donc par la même occasion de Rosalie. Mais Nobtus nous a échappé et l'univers est tellement vaste que j'ai préféré revenir sur Terre, surtout quand j'ai appris que pour toi, le temps s'était écoulé beaucoup plus lentement et que, par conséquent, tu étais toujours en vie. Néanmoins, le chemin serait long et je ne pouvais laisser derrière moi le peuple Welfens. Déplacer l'Archipel demande une masse d'énergie colossale. Nous avons dû faire plusieurs escales dans cette autre dimension et entre chacune d'entre elles, je devais prendre du repos, livrant par la même occasion les

Welfens à une période sans protection. Un jour, nous avons fait halte dans le monde des « Dars ». C'était une race intelligente établie sur un grand nombre de planètes. Ils ont été particulièrement accueillants et bienveillants, ce qui a, je dois bien l'admettre, contribué à faire baisser ma garde. Rien n'avait été laissé au hasard, même nos interlocuteurs étaient persuadés d'être de bonne foi afin que mes pouvoirs de télépathe ne puissent en aucun cas deviner la perfidie qui allait suivre. Ils furent les premiers à mourir de la main des leurs. Nobtus était passé par là avant nous et avait promis puissance et richesse à cette nation s'il arrivait à nous affaiblir, voire nous tuer.

Alors que je m'endormais, certain que mon peuple était en sécurité, les Dars planifiaient la guerre avec méthodologie. Ils rassemblèrent leurs vaisseaux en orbite, prêts à frapper les Welfens sans pitié. Par chance, j'avais déjà créé Orion après la bataille contre Droshin. Il perçut le danger, prépara les défenses et il me réveilla peu de temps avant l'attaque. Malheureusement, mes forces étaient au plus bas. Me déchaîner contre les Dars m'aurait encore plus affaibli et, bien que les Welfens soient puissants, ils n'auraient pu tenir tête aux légions qui allaient déferler sur eux sans subir de lourdes pertes. J'éprouvais à ce moment-là une vive colère, car monopoliser une grande partie de mes pouvoirs allait me faire gaspiller plusieurs mois voire des années avant de te retrouver.

C'est à ce moment qu'un groupe de mon peuple s'est proposé de s'infiltrer à bord de leur vaisseau mère afin de tuer leur empereur et garantir leur reddition. Ce plan offrait de nombreux avantages. Téléporter quelques Welfens était insignifiant en termes de puissance et si ce projet échouait, il me serait toujours possible d'intervenir personnellement. J'ai donc donné mon accord, sans vraiment y croire. Ils partirent à six et c'est ce jour-là que je compris à quel point les Welfens étaient une race à part. À quel point ils sont au-dessus des autres. Seuls deux survécurent, mais ils réussirent à prendre la maîtrise du vaisseau de leur empereur. Ils tuèrent ce dernier non sans lui avoir arraché l'origine de l'histoire de sa trahison envers ma nation et ils découvrirent que le souverain avait sur lui un artéfact qui contrôlait l'ensemble de son armada. Un peu comme un chef d'État sur Terre et ses codes nucléaires. Le couple de Welfens survivant utilisa le dispositif et pulvérisa toute une civilisation. Avant de revenir sur l'Archipel.

Lorsque je les vis, je compris instantanément qu'ils étaient exceptionnels. J'en fis deux légendaires afin d'épauler Orion et de protéger les Welfens contre notre ennemi. »

Je me mis à imaginer Brawn et Rafale, luttant contre une marée d'adversaires et réussissant l'impossible.

— Ils doivent être vus par ton peuple...

— Comme des héros, dit Ashura en terminant ma phrase. Ce jour-là, ils ont préservé des centaines de Welfens, sans compter le temps que j'ai gagné en économisant une quantité incroyable d'énergie.

— Il faut donc faire notre maximum pour sauver Brawn.

— N'est-ce pas ce que nous sommes en train de faire ? Rajoute-t-il en me souriant.

Je me blottis dans ses bras afin de profiter de sa force, son courage. Est-ce le fait d'avoir abordé les exploits de ses légendaires, mais je me remémore son combat contre le lieutenant d'Illith. Bien que simple mortel, à l'époque, il n'avait pas hésité une seule seconde à se sacrifier pour nous. Aucun humain aujourd'hui n'avait conscience de ce qu'il avait fait pour notre civilisation. Je suis tiraillée entre un sentiment de fierté et une sorte d'émerveillement mêlé de vertige. Il n'est pas uniquement mon mari, mon compagnon de vie. Il est un héros de l'ombre, un pilier silencieux qui a porté le poids du monde sans jamais chercher de reconnaissance. Je le serre encore plus fort, tâchant d'ancrer cette autre réalité dans quelque chose de tangible. La chaleur de son corps contre le mien, la solidité de ses bras autour de moi, sont des rappels apaisants : malgré l'immensité de ce qu'il a accompli, il est toujours là, accessible. « Tu as fait tout ça… et tu n'as jamais rien demandé en retour, » je murmure, la voix tremblante, pleine d'admiration. Je sens une sérénité nouvelle s'installer en moi. Pas parce que le monde est sauf grâce à lui, mais parce que, même en portant le poids de tant de responsabilités, il a choisi de rester mon partenaire, mon pilier, mon amour.

Et bizarrement, je ressens comme une profonde injustice envers lui. Pour la première fois, je me pose une question qui pourtant ne devrait pas traverser les méandres de mon esprit : l'humanité mérite-t-elle d'avoir un protecteur tel que lui ? Je resserre mon étreinte, car je sais qu'il peut percevoir chacune de mes pensées. Malgré tout, il reste silencieux, comme s'il refusait volontairement de répondre. Peut-être est-il également sujet aux mêmes interrogations. L'avenir et la sécurité de la race humaine ne sont peut-être pas aussi sûrs que ce que je crois ?

CHAPITRE 9

Accompagnés de Rafale et ma fille, nous guettons l'arrivée de la déesse dans l'incroyable forêt souterraine qui abrite le corps de Brawn. Ce dernier flotte toujours dans les airs, attendant inconsciemment son divin verdict. J'en profite pour admirer cet endroit si atypique qui dans mon souvenir, a été créé dans un but radicalement différent. Les arbres ressemblent à des vestiges d'un autre temps, d'un autre monde et la vie semble se développer avec une farouche détermination. Insectes et petits mammifères se disputent chaque bosquet sans se préoccuper de notre présence. Pour une raison qui m'échappe, j'ai le sentiment que ce lieu est protégé par une force qui dépasse mon imagination et l'Univers dans lequel je me trouve. Peut-être qu'en fait je ne suis tout simplement plus sur Terre ? J'aimerais pouvoir encore me poser des questions, mais je vois mon mari arriver, suivi de près par la colossale Sheliazades. Cette dernière est désormais pourvue de jambes, mais je devine que cela n'est pas son état naturel. Sa démarche est incertaine et je lui trouve même un côté « gauche », ce qui me surprend pour une déesse. Un grand sourire se dessine sur son visage lorsqu'elle m'aperçoit, avant de s'exclamer :

— Ma récompense !

Je suis partagée entre me sentir insultée ou flattée. En revanche, que ce soit mon mari ou ses légendaires, leurs expressions fermées indiquent que la plaisanterie n'est pas de circonstance.

— Détendez-vous ! Je viens sauver quelqu'un tout de même. Ma chère, vous êtes magnifique, dit-elle à mon intention. Ne faites pas attention à tous ces rabat-joie, ils sont juste jaloux que je n'aie pas jeté mon dévolu sur eux, c'est tout.

La remarque m'amuse et j'avoue être en admiration devant son assurance alors que je ne vois autour d'elle aucun de ses légendaires. C'est à son tour de sourire avant de se pencher pour me susurrer à l'oreille.

— Devrais-je avoir peur pour ma personne ?

Je sens son doigt effleurer mon visage et son haleine est enivrante, comme un appel de l'océan. Sans m'en rendre compte, je me colle à elle avant qu'elle ne me repousse avec douceur.

— Du calme, chaque chose en son temps. Commençons par ton ami.

Je me réveille d'un coup sec, comme si j'émergeais d'un rêve.

— Qu'est-ce que vous m'avez fait ?

— Rien, petite sirène, me répond-elle, aguicheuse. J'ai caressé ton esprit afin de le sonder le plus délicatement possible. Je dois t'avouer que tu es, pour moi, très intéressante.

Un raclement de gorge nous ramène à la réalité. Mon mari, qui est déjà au chevet de Brawn, nous fait signe de le rejoindre.

— Ah, le mourant ! s'exclame Sheliazades.

Même si ses mots dégagent une touche d'humour, son attitude paraît prendre un chemin opposé. Son aura dorée semble s'intensifier à mesure que son regard se pose sur l'homme-loup étendu devant elle.

Brawn, en lévitation, est un mélange déchirant de puissance brisée et de souffrance silencieuse. Son souffle est court et rauque, son torse large soulevé par des efforts laborieux. Les blessures strient sa fourrure sombre, suintant un venin épais qui fait grésiller la terre à chaque goutte tombée.

La déesse reste immobile et muette un instant, comme figée. Ses yeux, d'un éclat changeant entre l'or liquide et le bleu des abysses, s'attardent sur lui, scrutant non seulement son corps meurtri, mais aussi l'essence même de son être. À ma plus grande surprise, je contemple une vague d'émotion qui traverse son visage habituellement serein : un mélange d'empathie, de tristesse et d'une détermination implacable.

« Si fort, et pourtant si vulnérable… » Murmure-t-elle, sa voix douce comme une brise mais lourde de gravité.

Quand ses doigts effleurent la fourrure sombre de Brawn, une étincelle lumineuse jaillit, comme une connexion immédiate entre leurs âmes. À cet instant, Sheliazades semble comprendre toute la douleur qu'il porte, non seulement à cause des blessures physiques, mais aussi des cicatrices invisibles qui pèsent sur son cœur.

C'est à peine si j'entends ses mots qui retentissent dans nos esprits à tous :

« Ce poison n'est pas une fin pour toi, Brawn », déclare-t-elle, sa voix résonnant maintenant comme un écho divin, empli d'une autorité douce, mais inébranlable. « Tu as été forgé par les épreuves et ta lutte n'est pas terminée. Je ne permettrai pas que l'obscurité t'emporte. »

Lorsqu'elle rompt le contact avec lui, tout semble revenir à la normale. Pourtant, je me sens comme apaisée. C'est avec un ton beaucoup plus sérieux qu'elle prend la parole pour s'adresser à Ashura.

— Tu as eu raison d'arrêter le temps sur sa personne, la substance toxique est restée en surface, mais il va y avoir beaucoup de travail. Cette magie est très ancienne. On raconte que le poison de Catoh est en mesure de liquéfier un maître de la terreur. Seul le chaos peut lui résister.

Je regarde Cubi et je me rappelle qu'il a été effectivement capable de survivre aux attaques du légendaire, contrairement à Brawn.

— À partir de maintenant, j'ai besoin de calme et de temps. Par chance, tes créatures sont incroyablement robustes, rien à voir avec celles que l'on trouve communément dans l'univers. Illith t'a vraiment bien préparé.

Bien que le compliment soit sincère, j'ai l'impression que cette phrase porte en elle un double sens qui ne relève pas de la bienveillance.

— Bien, déclare mon mari en lui tournant le dos, nous allons te laisser faire ton office. Appelle-moi par la pensée si tu as besoin de quoi que ce soit, je me tiens à ton entière disposition.

Elle ne dit rien, pourtant je discerne qu'elle est comme tiraillée par une profonde envie de répliquer quelque chose. Pour la première fois, je la sens presque vulnérable.

— Tu le gardes ici, n'est-ce pas ? Je perçois sa présence, dit-elle à l'attention de mon mari.

Je peux observer l'intéressé planter son regard dans le sien avant de lui répondre un simple « oui ». Il y a comme un silence qui s'installe dans la clairière et je remarque Sheliazades qui hésite à prononcer ses prochaines paroles. C'est finalement Ashura qui prend les devants :

— Tu pourras le voir avant de partir, si tu le souhaites. Disons que c'est pour te remercier de t'être déplacée jusqu'à nous.

— Merci, je saurai m'en souvenir le moment venu.

— Je l'espère bien, répond-il plus sèchement qu'il le voudrait, avant de lui faire un signe de tête plus doux et de disparaître dans la forêt.

Je n'ai absolument rien compris à cet échange, mais mon instinct me souffle qu'Ashura vient de faire preuve de gentillesse envers sa « sœur ».

Lorsque nous nous retirons à notre tour, je ne peux m'empêcher d'attraper le bras de mon mari pour lui demander en chuchotant à l'oreille :

— De quoi parlais-tu à l'instant ? Qu'est-ce que tu caches ici en fait ? Je m'enquiers en prenant un air insistant.

Il ne me dit rien, mais il ne résiste pas à l'envie de me regarder en coin avant de sourire.

— Viens, accompagne-moi.

Il m'entraîne à travers la jungle pendant plusieurs minutes. Il n'y a pas de sentier, pourtant chaque liane, branche, fleur, se courbe pour nous laisser passer, comme si nous avions le droit à une haie d'honneur.

— Tu vas découvrir l'un de nos secrets les mieux gardés. Seules les races créées par les immortels ont connaissance de ce que je vais te dévoiler et je te demanderai de ne jamais en parler aux humains.

Je lui fais un signe de la tête tout en continuant de le suivre à travers cette jungle surnaturelle. Plus nous avançons, plus je ressens comme une présence qui nous épie, restant dans l'ombre sans pour autant nous vouloir du mal. Je perds la notion du temps, mais aussi de l'espace. Je regarde en arrière et je ne reconnais même pas les derniers mètres que nous venons de parcourir. Mon cerveau a l'air attiré par une énergie, une entité qui cherche à me contrôler non par la force, mais par une autre puissance : la volonté. Par chance, Ashura pose sa paume sur mon épaule ce qui a pour effet de lever cette pression sur ma conscience et me rend les idées plus claires.

— Ne te laisse pas dominer par son pouvoir. Tu peux protéger ton esprit. Cela demande une grande concentration, mais je sais que tu en es capable.

À peine enlève-t-il sa main que je ressens à nouveau cette présence qui tente de soumettre ma raison.

— Qu'est-ce que c'est ?

— Juge par toi-même, me répond-il en écartant une branche devant moi.

J'admire alors l'un des plus beaux ouvrages qu'il m'ait été donné de contempler dans ma vie. Au premier regard, je crois que cela est une sculpture de bois représentant un bûcheron.

Mais, en y regardant de plus près, je m'aperçois que c'est en fait un arbre bien vivant ayant un aspect bien précis. Je soupçonne mon mari d'avoir usé de ses pouvoirs pour en arriver à un tel résultat.

La forme, parfaitement humanoïde, est d'une taille légèrement plus grande que la normale. Le tronc constitue un torse robuste, large et puissant, couvert d'une carapace végétale texturée qui évoque la peau rugueuse d'un travailleur endurci. Les branches épaisses se déploient comme des bras levés, sa lame d'écorce brille faiblement sous la lumière artificielle qui éclaire cette forêt. Les feuilles, d'un vert éclatant, forment une toison luxuriante autour de la « tête » de l'arbre, encadrant un visage vaguement humanoïde. Les nœuds et les crevasses du bois s'alignent pour dessiner des traits : des yeux calmes, une expression de force sereine. L'ensemble dégage une impression de présence protectrice, comme si cet arbre-bûcheron veillait sur la forêt alentour. Il tient dans ses mains une hache qui me rappelle étrangement l'épée de mon mari ou encore le sceptre de Sheliazades et maintenant que j'y pense, la lance d'Illith. Je m'avance un peu plus près pour la contempler et je m'émerveille de ce que je découvre. Jamais Ashura ne m'a laissée regarder son arme de plus près et j'ai dorénavant la certitude que ce n'était pas par hasard.

Cette hache n'est pas un simple équipement de combat : elle est une fusion d'éléments naturels et surnaturels. Le manche est formé d'une branche droite, aussi lisse et brillante que le bois poli par des siècles de courant fluvial. Elle est ornée de gravures complexes, des motifs rappelant des runes anciennes ou des cernes d'arbres, chacune semblant raconter un fragment d'une histoire oubliée.

La lame, elle, est une merveille. Taillée dans ce qui paraît être un morceau de météorite, elle luit d'une lueur changeante, oscillant entre un argent éclatant et des reflets bleu nuit, comme si elle contenait les lumières des étoiles piégées dans le métal. Elle émet une aura vibrante, un frisson palpable dans l'air, et lorsque le vent passe, elle produit un murmure mélodieux, un chant ancien et puissant.

— Qu'est-ce que c'est ?

— Je te présente la source du pouvoir d'un immortel, me répond-il en faisant apparaître son épée. Saisir l'une de ces armes et échapper à la mort fait de toi une divinité.

Je repense à l'histoire de Sheliazades et j'imagine, le temps d'un instant, une file interminable d'enfants terrifiés et priant de toute leur force de survivre à cette épreuve et ne pas finir…

— Que se passe-t-il pour ceux qui ne sont pas choisis ? Dis-je d'une voix tremblante.

— Nul ne le sait, mais la mort est, d'après certains témoignages, longue et cauchemardesque.

— Mais, qu'est-ce que c'est ? Est-ce vivant ?

— D'après mes maigres connaissances, elles ont une conscience. Le premier d'entre nous, Vaëlion, est le seul à posséder davantage d'informations, mais je ne l'ai rencontré que deux fois et nous n'avons jamais évoqué le sujet. Même si pour toi je suis « vieux », pour un immortel je suis un nourrisson. Tout ce que je peux te dire, c'est que douze armes divines ont été trouvées. En tuant Droshin, il est de mon devoir de désigner un nouvel élu pour sa relique.

Je contemple la hache qui semble animée de vie. Je sais qu'elle sonde mon esprit, mais elle ne me permet pas de saisir ses motivations. Je comprends désormais l'importance de cet endroit et son caractère sacré, mais je réalise aussi que les pouvoirs de mon mari ne sont en fait pas les siens. Fait encore plus marquant, il y a toute une partie de son histoire qui m'est toujours inconnue. Je plonge mon regard dans le sien et je m'imagine apte à lire dans ses pensées. Devinant toutes les réponses à mes interrogations. Que sont vraiment ces armes ? Quelle est leur origine ? Sont-elles des êtres maléfiques ou juste des instruments ? Mais la plus grande question, celle qui me brûle les lèvres : qui a bien pu forger de telles armes, capables de transformer une simple créature mortelle en divinité ?

Il me sourit en replaçant une mèche de cheveux derrière mon oreille. Est-ce ma curiosité qui l'amuse ou mon ignorance ? Peu importe en fait, sa jovialité est contagieuse. Je regarde cette hache une dernière fois avant de lui prendre la main et de l'entraîner ailleurs, loin de tout cela.

CHAPITRE 10

Les jours s'écoulent aussi lentement les uns que les autres et je me demande parfois si Sheliazades est toujours sur l'Archipel. Je réalise à quel point je m'étais bercée d'illusions en pensant que cette dernière pourrait contrer l'œuvre de l'un de ses frères rapidement. Je garde néanmoins espoir et je me console avec ce vieil adage : « Pas de nouvelle, bonne nouvelle ». Tous les matins, je passe plusieurs heures dans la salle d'entraînement de Brawn. J'aime me retrouver ici à suer sang et eau. À ma façon, c'est comme si je lui rendais hommage en m'exerçant quotidiennement. Un jour, je suis surprise de trouver ma fille en train de se recueillir au centre du terrain d'apprentissage. La voir ainsi m'intimide, je l'avoue. C'est elle qui propose en première de nous perfectionner ensemble.

Foudre est un combiné de technique et d'agilité. Je me rends compte qu'elle fait la guerre depuis plus d'un siècle. Son assurance et sa capacité à anticiper mes mouvements ainsi que ceux de Cubi sont incroyables. Je dois déployer des trésors d'ingéniosité juste pour pouvoir la maintenir à distance de moi et je ne parle même pas de sa magie qu'elle emploie parfois pour « corser » un peu les choses. Lorsqu'elle l'utilise, ses yeux brillent d'un éclat intense, presque orageux, et des éclairs dansent le long de ses bras nus. Son corps est tendu, prêt à bondir, et chaque muscle semble sculpté par la puissance contenue en elle. Sa vitesse est fulgurante, presque impossible à suivre. Ces moments passés ensemble nous rapprochent énormément et je sens qu'il lui est plus facile d'être naturelle avec moi pendant nos affrontements, certainement car c'est son mode de vie depuis des années. Je réalise qu'elle a dû grandi au milieu de farouches guerriers. Chaque séance d'entraînement devient un rituel intime entre nous deux, un espace où les mots sont remplacés par des mouvements, des regards et des éclats de rire entre deux esquives. Ce n'est pas seulement un combat, mais une connexion profonde qui se noue à chaque coup échangé, à chaque chute suivie d'une main tendue. Quand elle plaisante après une victoire, son visage illuminé par l'éclair fugace d'un triomphe, mon cœur se serre d'une tendresse infinie. Ce lien que nous tissons, mêlé de sueur, de fougue et de détermination, devient un refuge, un espace où nous sommes simplement mère et fille, déesse et guerrière, unies dans une danse sacrée. Et cela me remplit d'une joie que rien ne pourrait éclipser.

Il semble que faire de moi une combattante accomplie soit désormais une priorité pour tout le monde. Lorsque Foudre n'est pas disponible, c'est la magnifique Rafale qui prend le relais. Tant et si bien que je ne m'entraîne dorénavant plus jamais seule.

Affronter Rafale est très différent de tout ce que j'avais pu connaître par le passé et d'une incroyable… frustration. Tandis que je dois déployer des trésors d'ingéniosité pour la garder au bout de ma rapière, l'elfe est un véritable courant d'air. Sautant de corde en corde comme si cela était une seconde nature pour elle, décochant par la même occasion flèche sur flèche qui font systématiquement mouche. Sa capacité à créer n'importe quel type de projectile est déconcertante. Certains laissent des traînées de brouillard noir alors que d'autres explosent en une nuée de bêtes plus horribles les unes que les autres. Chaque fois que je découvre une solution pour l'un de ses tirs ou que je me débarrasse d'un problème, elle prend un malin plaisir à trouver une façon différente de rendre le combat inexistant. Ça a été le cas quand elle a lancé un trait vers le plafond qui a aspiré toute la lumière et les bruits de la caverne, me plongeant dans un environnement qui a failli me provoquer une crise de panique. Pendant qu'elle se bat, j'ai l'impression de la voir savourer l'instant, c'est presque un jeu, ce qui est assez paradoxal, car elle est plutôt sérieuse en règle générale. Cette réflexion m'amène à repenser à mon maître d'armes qui se comporte de manière diamétralement opposée : il devient généralement beaucoup plus grave lors des entraînements, comme si s'affronter développait une nouvelle personnalité chez les Welfens.

En arrivant ce matin dans la salle d'apprentissage, je suis surprise de ne rencontrer ni Rafale ni ma fille ici alors que nous nous étions mises d'accord pour nous y retrouver. Un peu déçue, je commence à m'assouplir dans la perspective de m'exercer seule pour aujourd'hui, perspective qui ne me plaît guère. Le moral au plus bas, je me résous à lever mes bras pour débuter mes étirements, mais c'est une fois de plus mon fidèle compagnon qui m'alerte du danger. Tapie dans l'ombre, une créature sort de sous la cascade. Vêtue d'une grande cape noire, je reconnais la monstrueuse carrure d'un Worgen. D'un bond, ce dernier franchit le gouffre qui nous sépare, ignorant de ce fait le parcours de corde pour ne se retrouver qu'à quelques mètres de moi avant de passer à l'attaque.

Cubi a tout juste le temps de s'interposer entre l'assassin et moi. L'ennemi n'a pas d'arme, mais je réalise bien assez vite que ça lui est bien inutile. D'un geste vif, il catapulte mon fidèle compagnon jusqu'à l'autre bout de la caverne. Je sors ma rapière de son fourreau sans perdre de vue mon adversaire et me mets en garde. Il faut que je tienne assez longtemps pour réussir à m'enfuir ou que quelqu'un vienne à mon aide. Mais c'est sans compter sur mon opposant qui se jette sur moi pareil à un chien enragé. Grâce à ma fille et nos derniers entraînements, j'arrive à esquiver son attaque pour m'élancer à toute vitesse vers le parcours de cordes. Je me dis qu'un tel monstre ne pourra pas me suivre aussi facilement là où des légendaires m'ont forcé à les affronter. Je bondis au milieu du précipice et trouve rapidement mon équilibre sur l'un des câbles installés par mon maître d'armes. Si je n'étais pas en danger de mort, je me serais accordé le temps de me féliciter : quand je pense que la première fois que je suis venue ici, Cubi m'avait aidé à traverser !

Mais alors que j'imaginais avoir un moment pour souffler, mon adversaire s'élance sur les cordes aussi facilement que s'il courait sur la terre ferme. La fuite n'étant donc pas la bonne tactique, je bondis sur lui, la peur au ventre, pour le prendre par surprise. Mais une fois de plus, ce dernier réagit à la vitesse de l'éclair, parant à mains nues mes attaques comme si ma rapière n'était qu'une vulgaire brindille. Même les fantômes reproduisant mes offensives frappent dans le vide tellement ce Worgen est rapide. Peu importe la stratégie adoptée, je suis battue sur tous les plans.

Voyant la défaite arriver à grands pas, j'en conclus qu'il ne me reste plus qu'une chose à tenter : utiliser le deuxième pouvoir de mon arme. L'air autour de moi semble figé, comme si le monde entier retenait son souffle. Je tiens ma rapière devant moi, la lame tremblant légèrement sous l'effet de mon propre corps tendu à l'extrême. Ma main est moite, mes doigts crispés sur le manche, et mon cœur tambourine dans ma poitrine, chaque pulsation résonnant comme un coup de tonnerre dans le silence oppressant. Je recule de quelques pas sur la corde afin de faire croire à mon adversaire que je bats en retraite. Puis, d'un geste rapide, je saisis pour la première fois mon arme à pleine main, laissant le tranchant sur la garde me perforer entre mon pouce et l'index. Lorsque je sens la lame vibrer entre mes mains, quelque chose de plus sinistre s'éveille. La lumière blanche qui irradiait la rapière s'assombrit, virant au rouge profond, pulsant comme un cœur vivant. Un frisson glacé remonte le long de mon bras, et soudain, une douleur vive transperce ma paume. L'arme s'est enfoncée légèrement dans ma chair, buvant mon sang avec une avidité presque palpable.

Je retiens un cri, les lèvres tremblant sous l'effort de ne pas la lâcher. Chaque goutte d'hémoglobine absorbée paraît s'infiltrer dans la lame, la faisant briller d'une lueur écarlate, hypnotique et inquiétante. Pourtant, quelque chose d'autre se produit. Une chaleur étrange envahit mon corps, une énergie brute et sauvage qui afflue dans mes muscles, dans mes veines. Je sens ma force se décupler. Mes mouvements deviennent plus légers, plus rapides. Mon cœur, bien que battant furieusement, ne semble plus épuisé, mais exalté. Mes réflexes s'affûtent, chaque détail autour de moi prend une clarté presque douloureuse. Le monde ralentit, tandis que je me transforme en une prédatrice parfaite, redoutable et implacable. Mais au fond de moi, une peur sourde persiste. Cette puissance a un prix, et je le sais. La rapière est vivante, affamée, et elle a goûté à mon sang. Ce lien qui nous unit maintenant n'est pas une simple connexion d'arme et de guerrière ; c'est un pacte silencieux, un échange dangereux. Je réalise aussi que le temps, qui est la ressource dont je devais faire le plus attention, vient de devenir mon pire ennemi, comme les grains d'un sablier.

Sans réfléchir une seconde de plus, je m'élance sur mon adversaire, la rage au ventre. Contrairement à la première fois, ce dernier accuse le coup non sans mal. J'enchaîne les attaques telle une bête féroce et finalement, nous nous retrouvons sur un pied d'égalité. J'exulte, affichant un sourire carnassier, car à cet instant, je suis enfin celle que j'ai toujours voulu être : une guerrière implacable qui n'a plus besoin d'être sauvée ! Je ne peux retenir un cri de joie lorsque ma lame ripe sur les côtes de mon adversaire, le faisant hurler de douleur.

Mais une fois de plus, c'est l'expérience du combat qui me trahit. J'aurais dû découvrir le pouvoir de mon arme il y a bien longtemps. Ainsi, j'aurais pu prendre connaissance des limites de mon corps par rapport à l'effet vampirique de ma rapière et par conséquent soit m'y habituer, soit restreindre au strict minimum son utilisation. C'est quand ma vue se trouble que je comprends l'impardonnable erreur que j'ai commise. Mon adversaire, bien que blessé, est toujours debout face à moi et a l'air de vouloir encore en découdre. Pour ma part, je viens de lâcher mon arme au-dessus du vide pour l'observer disparaître dans l'obscurité. Tout mon être semble comme épuisé et après la trahison de ma main droite, je sais que mes jambes ne vont pas tarder à emprunter une voix identique. Terrorisée, je n'arrive même pas à crier lorsque je chute de la corde pour plonger dans les ténèbres béantes, sous le regard amusé de mon ennemi.

CHAPITRE 11

Bien que la chute fût longue, je ne me souviens pas m'être écrasée au sol. Pourtant, je sais
que suis maintenant étendue sur du sable.
J'entends le ressac de l'océan frapper la plage sur
laquelle je me trouve avec force, me prévenant
que je ne dois pas être bien loin de l'eau. Je confirme cette information en refermant mes doigts
sur les grains qui m'encerclent. Ce dernier est
légèrement humide. J'aime cette texture et je
m'amuse à réitérer la chose plusieurs fois, plus
pour me convaincre que c'est réel qu'autre
chose. J'ouvre un œil pour découvrir un paysage

pour le moins surprenant. Je suis effectivement sur une plage paradisiaque où des palmiers m'entourent comme pour me protéger avec leurs troncs. L'un d'eux est brisé non loin de moi. J'en conclus que le malheureux a amorti ma chute. Me tourner pour me mettre sur le dos m'arrache un cri de douleur. Mon combat m'a laissé des traces, c'est certain, mais c'est surtout la panique qui s'empare de moi, car je ne sais pas ce qu'est devenu Cubi, ni ma rapière. Mais plus important que tout : où est mon adversaire ? Me croit-il morte ? J'essaie de regarder autour de moi avant de constater que mon objet du chaos est juste là, virevoltant dans les airs, sûrement pour me prévenir d'un danger. Mon épée est plantée dans le sol à quelques mètres de moi. Un frisson parcourt mon corps quand je repense à ce qu'elle m'a fait. « Pourtant, ça a bien failli marcher », me dis-je intérieurement.

Au-dessus de moi lévite l'une des îles de l'Archipel, rendant le spectacle impressionnant. Je découvre que chaque île possède en fait une plage comme celle sur laquelle je me trouve. Ce spectacle me fascine et je remercie mentalement mon mari (et futur mari ! c'est bizarre non ?), car sans lui, je serais certainement morte noyée. En admirant le panorama, je me rends compte avec horreur que mon adversaire est là lui aussi, assis dans le sable. Prise de panique et au prix d'un effort surhumain, je me jette sur ma rapière et la pointe vers mon ennemi, tout en sachant que je suis dans l'incapacité de me battre.

— Vous vous êtes sacrément améliorée, Votre Majesté.

J'écarquille les yeux, car je connais cette voix. Forte et profonde avec toujours cette légère pointe d'ironie.

— Brawn !

Celui-ci rabat la capuche qui dissimule son visage pour laisser apparaître son museau qui affiche déjà un sourire amusé.

— En chair et en os. Je me suis dit qu'un petit entraînement personnalisé clôturerait bien la dernière fois que nous nous sommes vus.

Je retiens mes larmes, me force à me relever pour me jeter sur lui. Il encaisse facilement le choc avant de se mettre à rire.

— J'ai toujours fait un effet particulier aux Elfes mais sauf votre respect, Votre Majesté, je ne souhaite pas m'attirer les foudres de mon Dieu !

— Elle a réussi à te ramener, je lui réponds tout en ignorant sa blague de mauvais goût.

— Oui, enchaîne-t-il plus sombre, et l'on m'a dit que vous étiez... le paiement. Ce qui ne me plaît pas du tout à moi non plus, si vous voyez ce que je veux dire.

Je m'écarte de lui et balaie l'argument de la main tout en séchant mes larmes de joie.

— Ne t'en fais pas pour moi, je ne crois pas qu'elle me fera de mal. Penses-tu vraiment qu'elle osera se faire d'Ashura un ennemi ?

Je regarde ma tenue déchirée et je me doute que ma tête ne doit pas être en meilleur état. Ce qui me provoque le début d'un fou rire.

— J'imagine que je vais devoir me changer avant de me présenter à notre bienfaitrice.

Loin d'avoir réussi à dérider mon interlocuteur, j'ai le droit à une réponse cinglante.

— Si j'avais su ce qui arriverait, je me serais donné la mort.

La détermination dans sa voix me glace le sang et je lui envoie mon poing dans le thorax avant de lui crier :

— Je refuse que tu dises une chose pareille. Tu m'as sauvé la vie. Tu as tué deux légendaires de notre ennemi. Nous te sommes tous redevables... Je t'interdis de penser à nouveau que ta mort serait d'un quelconque intérêt. Suis-je claire ?!

Son regard est plein de désapprobation, pourtant je sens qu'il éprouve du respect pour ce que je viens de lui dire.

— Bien, Votre Majesté. De toute façon, je suis ici pour vous ramener à notre maître.

Il utilise ses pouvoirs pour faire apparaître un portail derrière lui dans lequel je peux distinguer le balcon de mes appartements. J'y pénètre avec une farouche volonté de rejoindre mon mari au plus vite. Autant se débarrasser de cette dette rapidement. Je jette mes vêtements au sol avant de me glisser sous la cascade. J'y reste beaucoup moins de temps que je ne l'aurais voulu afin de détendre mes muscles encore endoloris par le combat que j'ai mené.

À peine ai-je terminé de me préparer que Dragar vient s'accrocher à notre balcon pour se proposer de me conduire à Ashura et à la déesse Sheliazades qui m'attendent sur le toit du palais.

— Autant en finir au plus vite, dis-je plus me rassurer qu'autre chose avant de grimper sur le dos du dragon qui ne semble, lui non plus, pas vraiment satisfait de devoir m'amener à « elle ».

Notre Dieu est affalé dans des coussins alors que sa « sœur » se prélasse dans un bassin contenant une eau turquoise avec des reflets roses. L'ambiance paraît être au beau fixe, ce qui m'étonne au plus haut point. Je pensais trouver mon mari particulièrement tendu à l'idée de me voir partir loin de lui.

— Mon amour ! me lance-t-il d'un air joyeux. Tes retrouvailles avec ton maître d'armes se sont bien passées ?

Je reste un moment interdite devant cette bonne humeur avant de me reprendre.

— Oui, même si je vais mettre quelques jours à me rétablir, je réponds en me tournant vers la déesse qui ne me lâche pas du regard.

Merci pour ce que vous avez fait. Nous vous sommes redevables.

— Je le sais, ma chère, me réplique-t-elle de manière indéfinissable. Vous me devez une nuit en votre compagnie. Mon frère, continue-t-elle en pivotant vers ce dernier, je te tiendrai au courant quand je souhaiterai le remboursement de cette dette. Si cela ne te dérange pas, je vais retourner dans mon univers, j'en suis partie depuis déjà bien trop longtemps.

— Je t'en prie, et sache que tu seras toujours la bienvenue dans mon palais.

Après un simple geste de la tête confirmant les précédents propos énoncés, la déesse disparaît dans un nuage de vapeur, nous laissant ainsi tous les deux.

— Et c'est tout ? je demande très surprise. Ne devais-je pas partir avec elle ?

Je sens une force qui me propulse sur le même sofa que lui, me faisant atterrir dans ses bras.

— C'est de la triche ! je m'écris en faisant semblant de me débattre. Au secours ! Aidez-moi !

116

Ses lèvres se meuvent lentement contre les miennes, et une chaleur diffuse s'insinue sous ma peau. Son baiser est doux mais profondément enivrant, empreint d'un désir brûlant qui ne demande qu'à se libérer. Dès que nos langues se frôlent, une vague de plaisir me traverse, intense et délicieuse, comme si ce simple contact éveillait en moi une myriade de frissons incontrôlables.

Je l'entends sourire contre ma bouche, savourant ma réaction. Il sait exactement ce qu'il me fait.

— Tu es à moi ce soir, murmure-t-il, sa voix vibrante d'une promesse pleine de passion.

Ses doigts effleurent ma nuque, traçant des cercles à peine perceptibles sur ma peau avant de descendre lentement sur mon dos. Chaque contact déclenche une onde de chaleur qui se propage en moi, me faisant frissonner d'anticipation. Je me presse davantage contre lui, mes mains glissant le long de son torse, sentant la tension sous-jacente de ses muscles sous mes paumes.

— Je devrais me méfier de toi, soufflé-je en reprenant mon souffle, le front contre le sien.

Son regard, sombre et brillant en même temps, m'emprisonne. Un sourire joueur étire sa bouche avant qu'il ne se penche sur moi, et d'un mouvement fluide, il me fait basculer sur le sofa, son corps recouvrant le mien. Sa chaleur m'enveloppe entièrement, et je me sens à la fois piégée et délicieusement vulnérable sous lui.

— Te méfier ? répète-t-il en traçant délicatement le contour de mes lèvres de la pointe de sa langue. Pourquoi donc ?

Une douce onde de plaisir naît à ce simple contact et se diffuse lentement en moi, m'arrachant un soupir. Il joue avec cette sensation, frôlant ma bouche du bout de son appendice buccal avant de redescendre le long de mon cou, déposant une traînée de baisers légers. Il me goûte, me savoure, effleurant ma peau avec une patience exquise, comme s'il désirait prolonger cet instant le plus possible.

Quand sa langue survole la courbe de mon épaule, un gémissement s'échappe de mes lèvres. Ce n'est pas un simple contact qu'il m'offre, c'est une caresse brûlante, une promesse de plaisirs plus profonds. Mon organisme réagit instinctivement, mes doigts se crispant contre lui alors qu'une agréable fièvre s'empare de moi.

Ses mains glissent lentement le long de mon flanc, découvrant ma peau avec une douceur infinie. Il descend encore, embrassant chaque parcelle de mon corps avec cette langue experte qui semble avoir été créée pour l'extase. Elle trace un chemin brûlant, attisant mon désir à chaque passage, éveillant en moi des sensations presque insoutenables.

— Tu me rends folle… soufflé-je, la voix tremblante.

Il rit doucement contre ma peau, le son grave et sensuel résonnant jusque dans mon ventre. Puis, il remonte vers mes lèvres, capturant ma bouche dans un baiser plus profond, plus exigeant. Nos langues se retrouvent, s'enroulent l'une autour de l'autre avec une intensité décuplée, échangeant bien plus que de simples caresses. C'est une étreinte à part entière, un acte intime en soi, un langage secret que seuls nos corps comprennent.

Son organe de plaisir absolu descend à nouveau lentement le long de ma silhouette, traçant un chemin brûlant contre ma peau hypersensible. À chaque passage, je me tends un peu plus, m'abandonnant à cette alchimie délicieuse qui me lie à lui.

— Dis-moi ce que tu ressens, souffle-t-il en déposant un baiser au creux de mon ventre.

Ma respiration s'accélère, mon corps tout entier vibrant sous l'effet de ses attentions.

— C'est… trop… bon, je murmure entre deux soupirs, incapable de trouver les mots pour décrire ce qu'il me fait éprouver.

Un sourire satisfait étire ses lèvres avant qu'il ne reprenne son exploration, m'entraînant dans une spirale de sensations toujours plus intenses. Mon univers se réduit à lui, à cette langue divine qui me rend folle, à ces caresses qui consument mon être tout entier.

Son souffle est chaud contre ma peau, errant sur mon ventre, remontant lentement vers ma bouche. Son corps se presse contre le mien, nous enveloppant d'une chaleur exquise. Chaque frôlement, chaque baiser enflammé creuse légèrement plus le désir qui palpite entre nous, le transformant en une attente presque insoutenable.

Nos langues se retrouvent, s'enroulent l'une autour de l'autre dans une danse brûlante, amplifiant les sensations qui s'entrelacent entre nous.

Je le sens frémir sous mes doigts alors que j'explore son dos, que je l'attire un peu plus près encore, avide de cette connexion absolue. Il murmure mon nom, sa voix vibrante d'un désir brut, mêlé d'une tendresse infinie.

Puis, lentement, il s'aligne contre moi. Son regard plonge dans le mien, cherchant une dernière fois une permission silencieuse. Une pression exquise, enivrante, palpite entre nous, un instant suspendu entre attente et abandon.

Et enfin, il me prend.

La sensation est à la fois fulgurante et terriblement douce, comme une vague de chaleur qui se répand en moi, consumant tout sur son passage. Ma chair l'accueille avec une langueur délicieuse, s'ouvrant à lui dans un frisson d'extase. Je me tends légèrement sous lui, mon souffle s'accélérant alors que nos corps s'imbriquent dans un parfait équilibre.

Il ne bouge pas tout de suite, savourant cet instant où nous ne faisons plus qu'un. Ses lèvres se posent sur ma tempe, effleurant ma peau dans une caresse infiniment tendre, contrastant avec l'intensité du désir qui vibre entre nous.

Puis il entame un mouvement, lent, mesuré, envoyant une onde de jouissance qui pulse à travers moi. Je ferme les yeux, laissant chaque sensation m'engloutir, me submerger. Nos langues se retrouvent dans un ballet fiévreux, décuplant encore les frissons qui courent sous mon épiderme.

Chaque va-et-vient est une torture exquise, un échange où le plaisir ne cesse de croître, s'enroulant autour de nous comme une étreinte brûlante. Ses paumes glissent sur mes hanches, imprimant son rythme, tandis que mon corps répond au sien avec une ardeur instinctive.

Nos souffles s'accélèrent, nos soupirs se mêlent. L'intensité monte, vague après vague, jusqu'à ce que tout explose en une déferlante de sensations pures, un instant suspendu entre vertige et lumière.

Je me perds en lui, en nous, dans cette étreinte où il n'existe plus rien d'autre que cette passion incandescente, ce lien indéfectible qui nous unit.

Lorsqu'enfin nos corps se détendent, il enfouit son visage contre mon cou, déposant un dernier baiser sur ma peau frémissante.

— Je t'aime, murmure-t-il, sa voix empreinte d'une douceur infinie.

Je souris contre ses lèvres, encore bercée par les rémanences de notre symbiose.

— Moi aussi… toujours.

Le silence retombe autour de nous, apaisant et complice, alors que nous restons là, enlacés, unis bien au-delà du physique.

Lorsque j'émerge, le soleil est sur le point de disparaître, offrant un spectacle d'or et de fuchsia sur l'horizon. Ashura m'observe et je rougis. Ma main attrape un coussin que je lui lance mais il esquive avec facilité en roulant sur le dos.

— C'est comme ça que tu me remercies pour ma prestation ? Pourtant, j'ai cru comprendre à tes gémissements que tu as été… comblée. Plusieurs fois même.

Mon visage s'empourpre instantanément. Il est tellement à l'aise que ça en devient frustrant. Mais ma curiosité reprend rapidement le dessus et je me dis qu'il est temps de changer de sujet.

— Tu n'as pas répondu à mes questions d'hier... Sheliazades est partie sans son paiement, en l'occurrence moi. Pourquoi ?

Il se lève et fait apparaître tout un buffet qui s'étend sur une table interminable, sculptée dans un bois d'un noir profond, incrusté de fils d'or scintillants qui s'entrelacent comme des constellations. C'est une véritable œuvre d'art culinaire, un festin digne des dieux eux-mêmes. Les premiers plateaux regorgent de fruits exotiques, chacun brillant telle une gemme précieuse. Des raisins translucides, semblables à des gouttes d'ambroisie, côtoient des mangues aux teintes iridescentes et des figues à la chair opalescente. Des huîtres géantes, ouvertes comme des coquillages enchanteurs, contiennent des perles comestibles imprégnées de saveurs océaniques.

Des pains divins, encore chauds, exhalent des parfums de blé céleste, accompagnés de beurre infusé de miel stellaire et d'herbes exceptionnelles, poussant uniquement sur des sommets sacrés.

Au centre du buffet, de vastes plateaux en argent poli abritent des mets qui paraissent presque irréels. Un agneau rôti, caramélisé à la perfection, brille sous une laque dorée d'épices rares, dégageant une odeur qui évoque des feux de camp antiques et des prairies verdoyantes. Un poisson sublime, tiré des mers cosmiques, repose sur un lit de sel cristallisé. Sa peau écailleuse semble scintiller comme une aurore boréale, et sa chair tendre fond littéralement en bouche. Des volatiles mythiques, délicatement grillés, sont accompagnés de sauces dont les saveurs explosent en symphonies complexes : grenade fumée, nectar d'étoile et truffes sacrées.

Je contemple la perfection de sa nudité lorsqu'il saisit deux volailles sur une rôtissoire avant de me rejoindre et de me tendre l'une des broches. Je mords dans mon poulet à pleines dents, tel un animal sauvage, sous le regard amusé de mon mari. Jamais je n'avais mangé pareille nourriture et jamais il n'avait créé un buffet semblable pour moi. Je ne sais pas si c'est mon appétit de Welfen qui prend le dessus ou sa magie qui est à l'œuvre mais je dois lutter contre moi-même pour ne pas oublier la question que je viens à peine de lui poser. Pourtant, il ne se défile pas et c'est lui qui ramène mon esprit vers la conversation, tel un phare dans la nuit.

— Ma « sœur » a réussi à sauver Brawn et nous avons eu ensuite une longue discussion concernant l'attaque des légendaires de Nobtus. Tu sais, je suis une « jeune » Dieu. Elle a plusieurs milliers d'années et elle en vivra encore d'autres si tout va bien. Nous avons conclu un marché. Je ne lui chercherai jamais querelle et de son côté, elle va m'aider à localiser Nobtus. Rien qu'en surveillant les mondes qu'elle possède, elle me permet de concentrer mes efforts ailleurs. C'est déjà un avantage non négligeable. D'où ma bonne humeur.

— Et moi ? Notre contrat ? je réponds un peu perdue.

— Rien n'a changé mais comme je te l'ai dit, l'éternité c'est long pour une déesse. Rien ne stipulait qu'il faudrait la payer immédiatement.

Elle viendra réclamer son dû le jour où elle le voudra.

Fichtre ! Celle-là je ne m'y attendais pas.

— Tu insinues que je vais devoir être à sa disposition ?

— Parfaitement. Cela ne me réjouit pas mais je pense qu'elle éprouve en fait de la curiosité pour toi, rien de plus. Je ne sais pas ce qu'elle espère de toi mais les dernières heures que nous avons passées tous les deux nous ont rapprochés. Je ne crois pas qu'elle te veuille du mal.

Je reste silencieuse un instant et je me demande bien ce que l'avenir nous réserve.

— Et maintenant ? Que faisons-nous ?

— Nous profitons du moment, me répond-il en m'embrassant alors que j'ai les lèvres pleines de graisse. Nous avons un mariage à organiser et un combat à préparer. Je dois créer un lieu pour ces deux évènements, finit-il par dire comme pour lui-même.

— De quoi parles-tu ?

Il reste muet quelques secondes, comme s'il ne comprenait pas le sens de ma question.

— Eh bien, il va falloir un décor pour célébrer nos noces et un site pour que deux légendaires puissent se battre. Dans les deux cas, je vais devoir accomplir un miracle !

Au fond de moi, j'avais toujours espéré avoir un mariage où je serais magnifique, un mariage de princesse. Or, lors de notre union « terrienne », nous nous étions contentés d'un simple repas au restaurant avec nos amis, faute de moyens.

Son regard devient plein de tendresse à mon égard. Bien sûr, il vient de lire dans mes pensées mais je ne lui en veux pas.

— Désolé, dis-je penaude. Vieil espoir humain…

— Ne dis pas ça, me répond-il en faisant apparaître un carnet et un crayon. Décris-moi le mariage de tes rêves.

CHAPITRE 12

Pour la première fois depuis des semaines, je retrouve goût à la vie. Mes journées filent comme le vent et, bien que mon mari m'assure régulièrement que nous allons vivre ensemble pour l'éternité, j'ai le sentiment au plus profond de moi de manquer de temps.

Je continue de m'entraîner chaque matin avec Brawn qui semble décider à faire de moi une véritable Elfe au combat. Nos séances me font du bien mais j'ai l'impression que mon maître d'armes en profite dorénavant plus que moi. Son rétablissement est certes total mais je perçois une colère enfouie au plus profond de lui. À chaque fin de session, je le sens comme apaisé. Rassuré.

Le reste de ma journée est consacré à préparer les deux célébrations majeures à venir : notre mariage et l'affrontement entre ma fille et Ajax qui n'est autre qu'Orion, le premier légendaire. Les Welfens, quant à eux, témoignent une certaine excitation pour les deux évènements, ce qui me surprend. La tour de la vie est quotidiennement en effervescence et les villages fournissant bijoux et vêtements peinent à satisfaire les exigences de chacun. Pourtant, je ne constate aucune tension ni colère en me promenant au milieu des étalages. Ce peuple montre décidément une dynamique sociale bien différente de celle des humains.

Je suis encore étonnée par l'effet que je peux produire sur eux, surtout chez les jeunes qui me vénèrent comme une déesse. Partout où mes pas me mènent, ces derniers s'écartent et écarquillent les yeux avec un sourire façonné par l'admiration.

Je vais ensuite rejoindre Foudre lorsqu'elle est disponible dans les étages supérieurs. Nous buvons, mangeons et je profite des histoires qu'elle me conte sur sa vie avec Illith. Me parler d'elle lui fait du bien, c'est certain, mais nous renforçons cette complicité qui me fait chaud au cœur jour après jour et j'ai enfin le sentiment de retrouver ma fille. De temps en temps, j'ai même l'impression de revoir mon bébé de onze ans et non cette femme ayant plus d'un siècle. En règle générale, Ajax nous rejoint et je les regarde tous les deux partir en direction des escaliers menant… plus haut. J'ai beaucoup de mal à imaginer mon enfant en compagnie de plusieurs Worgens (déjà, un me semble impossible). Néanmoins, je m'étonne parfois à être envieuse d'elle et je dois prendre le temps d'évacuer ces idées avant de regagner la compagnie de mon mari. Je me demande ce qu'il penserait de moi s'il me surprenait non seulement à être jalouse de ma propre fille, mais pour des raisons aussi lubriques ? Sachant que je ne suis pas à plaindre : je m'envoie en l'air chaque jour avec un Dieu !

Lorsque j'arrive portée par un oiseau géant dans nos appartements, j'y trouve un mot de ce dernier me donnant rendez-vous sur une autre île de l'Archipel. Je caresse l'encolure de ma monture avant de reprendre le chemin vers cette mystérieuse île. Le rapace s'élance avec vigueur, ne faisant plus cas de mes peurs originelles. Aujourd'hui, chevaucher un aigle me paraît aussi naturel que de conduire une voiture et je considère désormais Dragar comme une véritable limousine, dans son genre.

Il ne nous faut pas plus de dix minutes pour atteindre le point de rendez-vous et découvrir la folie de mon mari.

Cette « nouvelle Île » a une taille presque équivalente à celle de la tour de la vie. Surmontée d'un bâtiment à la configuration orthodoxe version Welfen, une cathédrale s'élève majestueusement au-dessus d'un vaste plateau, dominant l'horizon comme une sentinelle sacrée. Sa structure colossale combine des éléments gothiques et modernes, fusionnant l'ancien et le futur en une création d'architecture divine. Ses flèches atteignent les nuages, leurs pointes scintillant au soleil grâce à des ornements dorés. Chaque détail semble conçu pour inspirer la grandeur et le respect.

La façade principale est un chef-d'œuvre de verre et de pierre. Des vitraux immenses, représentant des scènes des quatre légendaires et des motifs symboliques, projettent des éclats multicolores sur le sol environnant lorsque la lumière les traverse. Des statues d'Ashura et de moi-même, taillées avec une précision surnaturelle, ornent les contreforts et les arches.

Un espace circulaire devant la cathédrale sert de plateforme d'atterrissage pour les hélicoptères. Ce parvis, pavé de marbre blanc et or, est si vaste qu'il pourrait accueillir plusieurs appareils à la fois. Au centre, une immense rosace éclatante est incrustée dans le carrelage, s'illuminant à l'arrivée des invités. Des colonnes massives bordent cette zone, chacune gravée de motifs représentant les éléments naturels.

Je n'en reviens toujours pas, même une fois l'aigle posé au sol. L'air satisfait, mon mari avance vers moi les mains dans le dos, la démarche légère et je perçois le signe d'une certaine excitation dans son regard. Je me jette dans ses bras et nous nous embrassons avec passion. J'aime ce petit rituel qui me donne une impression de retrouvailles ainsi que la démonstration de son désir pour moi. Mais je ne peux m'empêcher de m'exclamer :

— Quelle est cette folie ! Je t'ai demandé une église ! Pas le Vatican !

— Tu m'insultes, me répond-il, une pointe d'ironie dans la voix. Entre les humains conviés et les Welfens, il y aura presque dix mille personnes pour assister à la cérémonie. Et soyons sérieux, tu ne pensais pas que j'allais faire célébrer nos noces dans une vulgaire chapelle !

Il me prend la main et m'amène tel un enfant surexcité vers l'entrée de l'édifice. Plus je m'en approche, plus je me rends compte de l'aspect déraisonnable de cette création.

— Chaque pays à sa propre plateforme de téléportation et les représentants seront escortés par un Worgen et une Elfe. Puis ils franchiront cette arche pour atterrir dans une petite loge d'où ils pourront voir la cérémonie sans avoir à croiser des personnes d'une autre délégation.

Sa bonne humeur est contagieuse mais je reste sans voix devant la porte en bois d'ébène incrustée d'or qui s'ouvre sur une nef monumentale. Je découvre un plafond, si haut qu'il semble disparaître dans l'obscurité. Il est décoré de fresques animées représentant les cieux en mouvement, des étoiles scintillantes et des nuages flottants. D'immenses lustres en cristal descendent comme des cascades de lumière, projetant une ambiance chaleureuse et solennelle. Le sol est un océan de marbre poli, alternant entre des teintes de blanc, d'argent et de bleu. Au centre de la cathédrale, un énorme autel en pierre brillante repose sous un dais doré, soutenu par des piliers sculptés en forme de vrilles végétales. Le piédestal est décoré de fleurs fraîches et de chandeliers géants, chacun portant une flamme éternelle.

Au sommet de la nef, de vastes balcons suspendus sont aménagés, chacun destiné à un chef d'État humain et sa délégation. Ces espaces sont ornés de bannières aux couleurs et armoiries de chaque nation, rappelant leur présence prestigieuse. Les sièges, luxueusement capitonnés, sont placés de manière à offrir une vue parfaite sur la scène principale, en surplombant le reste de l'assemblée.

Ces balcons, protégés par des balustrades en cristal gravé, sont équipés de petites alcôves où les convives peuvent se retirer pour discuter en toute discrétion. Des lustres en verre soufflé pendent légèrement au-dessus de ces espaces, diffusant une lumière douce et dorée.

— Ingénieux et démentiel, dis-je en contemplant l'intérieur du bâtiment. Combien y a-t-il de loges ?

— Un peu plus de mille. Les Elfes et les Welfens seront en bas comme invités principaux. Tu deviens officiellement Reine de l'Archipel, leur Reine. Ce n'est pas rien. Les Terriens ne sont en fait conviés qu'en tant que témoins, histoire de leur faire passer l'envie de te faire du mal.

Je contemple la salle sans vraiment y croire. C'est dans ces moments-là que je me rends compte à quel point l'humanité est ridicule face à… lui. En si peu de temps, il a créé cette merveille architecturale sans le moindre sacrifice. Là où des centaines de personnes auraient dû œuvrer jour et nuit durant toute une vie pour envisager d'atteindre un tel résultat de perfection.

— Tu sais que nos invités vont être terrifiés…

— Je l'espère bien, me répond-il avec froideur. Je leur ai pardonné par deux fois de t'avoir fait du mal. Il n'y aura pas de troisième.

Je reste silencieuse mais j'ai conscience qu'il a dû faire de gros efforts sur lui-même pour ne pas éradiquer la race humaine. Après tout, n'est-il pas le Dieu de la guerre, de la colère et du sang ? Ma réflexion a le mérite de le faire rire, ce qui me rassure. Au moins, sa bonne humeur ne s'est pas totalement évanouie. Je balaye des yeux une nouvelle fois autour de moi avant de dire :

— C'est tellement… trop.

— Tu n'aimes pas ? m'interroge-t-il l'air déçu.

— Si, bien sûr que si. Mais à chaque fois que je m'habitue à quelque chose, tu me surprends à nouveau. Non mais regarde-moi ça ! je m'écris en lui montrant de la main la cathédrale.

— Si cela t'impressionne, me répond-il amusé, je me demande ce que tu diras en découvrant le palais de Vaëlion ou de ma sœur Tiliane. Je suis un petit joueur à côté d'eux.

— Tu plaisantes ?

— Absolument pas. Tu oublies que je ne suis qu'un nourrisson à leurs yeux. Certes, ma puissance et celle des Welfens les terrorisent, mais sur le plan du savoir ou de l'art, je suis très inférieur à eux. L'Archipel n'a que quelques décennies là où certains ont des palais qui ont plusieurs millénaires. Les métaux précieux s'y accumulent d'une manière tellement indécente qu'ils en perdent toute valeur.

— J'ai du mal à l'imaginer.

— Je te comprends, pourtant c'est beaucoup plus impressionnant que ce que tu peux voir ici.

Il veut continuer mais s'arrête, comme s'il venait de percevoir quelque chose. Cubi, lui aussi, semble soudainement s'agiter. Plus par peur que par instinct, je tire ma rapière tout en tournant sur moi-même mais c'est Ashura qui frappe

138

en premier. D'un geste vif, il lance son bras en avant et fait jaillir un geyser éblouissant. Cela pulvérise une dizaine de loges, ne laissant qu'un immense trou permettant à la lueur du soleil d'inonder l'intérieur de la cathédrale. Les dégâts sont considérables.

— Sors de là ! crie mon mari en direction des tribunes bordant désormais la nouvelle ouverture. Ou préfères-tu que je vienne te chercher ?!

J'aperçois une petite silhouette faisant surface au milieu des décombres. C'est une jeune Elfe. La lumière en contre-jour m'empêche de voir correctement son visage. Elle reste immobile, comme tétanisée par l'attitude d'Ashura qui a maintenant son apparence de Dieu. Pourtant, ce n'est pas lui qu'elle fixe mais moi.

— Retourne d'où tu viens, tu n'as rien à faire ici, lui crie-t-il.

Je comprends que c'est une égarée. Je plisse les yeux pour mieux l'examiner. Je la reconnais, c'est la jeune Elfe que j'avais aperçue avant de quitter le sommet de la tour. Je revois son regard plein de détresse et je me place instinctivement devant mon mari pour tenter de l'apaiser.

— C'est une enfant, laisse-moi lui parler.

— Ne fais pas ça, me dit-il presque en me suppliant.

— Pourquoi ? Nous veut-elle du mal ?

Il hésite à me répondre.

— Non... Elle est là pour toi. En fait, ça fait un certain temps qu'elle t'espionne mais, généralement, elle part rejoindre ses semblables quand tu arrivais près de moi. Aujourd'hui, elle n'a pas pu s'y résoudre.

— Mais que désire-t-elle de moi ?

— C'est à elle de te le dire mais sache que si tu lui parles, tu ne pourras pas faire marche arrière. C'est une égarée et tu ignores ce que cela implique.

Je la regarde à nouveau et je peux lire la détresse et la peur dans ses yeux. Bien que les paroles de mon mari soient incompréhensibles pour moi, j'ai la conviction que je dois lui offrir mon aide.

— Viens ici, lui dis-je avec le plus d'aplomb dont je suis capable.

Je sens des doigts saisir mon bras.

— Ne fais pas ça ! fulmine Ashura. Tu ne sais pas dans quoi tu t'engages.

— Explique-moi alors ! Je ne peux pas la laisser ainsi ? De quoi as-tu peur ?

Sa main me libère pour m'attirer contre lui. Son attitude protectrice me choque, car je n'ai pas du tout le sentiment d'être en danger.

— Les égarés recherchent la lumière pour pouvoir quitter la tour. Or, cette jeune Elfe voit en toi cette lumière.

À peine finit-il sa phrase que cette dernière arrive près de nous. Il m'est possible désormais de la contempler avec plus de précision. Bien qu'elle possède l'incroyable beauté de son espèce, je la trouve négligée. Ses cheveux sont hirsutes, ses vêtements sont déchirés et je découvre des taches brunes sur certaines parties de son corps qui me révèlent la souffrance qu'elle doit vivre au quotidien.

— Ma reine… souffle-t-elle en s'avançant.

Je peux voir le fanatisme dans ses yeux. Sa main est tendue vers moi, comme si elle rêvait de me toucher. J'ai un mouvement de recul qui tient plus du réflexe que de la peur.

— Je n'en peux plus, ma Reine, continue-t-elle en sanglotant. Je ne supporte plus cette noirceur, ma noirceur. Je ne veux plus être une paria !

Sa détresse me déchire le cœur et je lui attrape la paume pour la serrer de toutes mes forces.

— Je suis là. On va t'aider. Hein qu'on va l'aider ? dis-je en observant Ashura.

Mais ce dernier a le visage fermé, presque triste.

— Merci, Votre Majesté, continue l'Elfe de plus en plus pressante. Je vous en supplie, laissez-moi vous servir, laissez-moi puiser dans votre lumière.

Je la vois alors retirer ses vêtements et se dresser face à moi le regard rempli de folie. Elle me tend ensuite une dague, comme si elle désirait me l'offrir. Je la prends presque machinalement avant de me tourner vers mon mari.

— Qu'est-ce que je dois faire de ça ?

Sans prononcer un mot, il me contourne pour se placer derrière l'enfant avant de la saisir par la nuque et la soulever du sol. Il fait ça sans effort, provoquant un sourire de démente sur le visage de l'Elfe.

— Tue-la. Elle pourra ensuite peut-être te servir comme elle le souhaite.

— Mais tu es dingue, je crie en m'insurgeant. Je ne vais pas la poignarder comme ça !

— Tu lui as dit que tu allais l'aider, me répond mon mari, la voix pleine de colère. Il existe un rituel. Je ne l'ai réussi qu'une seule fois. Ça ne marche que sur un Welfen qui vient d'être sacrifié, à sa demande.

— Je ne peux pas…

— Je t'avais prévenue ! hurle-t-il désormais. Maintenant, elle le souhaite de toutes ses forces. Si tu refuses, tu risques de la faire sombrer dans les ténèbres pour toujours.

À l'évocation de cette possibilité, la jeune Elfe panique et commence à se débattre.

— Non ! Pitié ! Ne me laissez pas dans la noirceur !

Ma main tremble devant ce spectacle qui n'est autre que le pire cauchemar de ma vie.

— C'est une égarée ! enchaîne mon mari en hurlant encore. Libère-la ! C'est toi qui lui as promis de l'aider, arrête ses souffrances.

Résignée et au bord de la folie, je saisis mon courage à deux mains avant de plonger ma lame dans la poitrine de la jeune Elfe en poussant un rugissement. Je me souviendrai toute mon existence de cette sensation cauchemardesque que l'on peut ressentir lorsqu'on prend la vie d'une enfant. Tandis que j'ouvre les yeux, je distingue son visage détendu, presque serein. Sa cage thoracique se soulève encore quelques secondes jusqu'à s'arrêter, définitivement. Je tombe à genoux et pousse un hurlement de rage et de tristesse sans réussir à cesser ce flot ininterrompu de larmes qui coulent le long de mes joues. Qu'ai-je fait ! Si seulement j'avais écouté mon mari ! Alors que l'impression de sombrer dans la folie me submerge, je sens une impulsion, une énergie nouvelle pénétrer dans l'enceinte du bâtiment. Ashura est immobile mais je distingue un frémissement au niveau de ses lèvres. Le corps de la jeune Elfe commence à luire puis s'élève lentement dans les airs. J'entends dans cette mélodie plusieurs fois mon prénom dit de manière étrange. Un rugissement venu du ciel me sort de ma torpeur : Dragar. Ce dernier jaillit des nuages pour fondre sur nous. Il déploie ses ailes au dernier moment pour se stabiliser et atterrit à quelques mètres de moi avant de se mettre à gémir comme s'il souffrait d'une blessure invisible. Jamais je ne l'avais vu dans un état pareil. Mon mari, quant à lui, semble arriver au bout de son incantation qui se termine finalement par une explosion de lumière qui m'oblige à détourner les yeux, suivie d'une secousse qui me projette à terre. Lorsque je reprends mes esprits, mon regard se pose sur Dragar qui est désormais aussi immobile qu'une statue et nous admirons ensemble un phénomène que je n'aurais jamais cru possible.

Le spectacle me laisse sans voix. La jeune Elfe commence à se transformer, et je ressens un mélange d'émerveillement et de crainte respectueuse, comme si j'assistais à la naissance d'un miracle. Au départ, c'est subtil. Une lueur bleue s'élève de sa peau comme une douce flamme dansante, et ses yeux, jadis calmes et pleins de vie, se muent en deux étoiles azur, éclatantes et insondables. Je suis captivée, incapable de détourner le regard, tandis que chaque fibre de son être semble vibrer avec une puissance qui dépasse l'imagination. Puis, la magie se manifeste complètement. Son corps s'allonge, se métamorphose avec une fluidité qui défie la logique. Ses mains, ses doigts, tout ce qui était si délicatement elfique deviennent majestueusement draconiques. Je peux entendre le craquement sourd des os qui changent, le bruissement des écailles qui apparaissent, comme si la nature elle-même sculptait sa nouvelle forme sous mes yeux. Quand ses ailes se déploient pour la première fois, je sens un souffle puissant m'envelopper, chargé de l'énergie brute d'une tempête en formation. La lumière qui se reflète sur leurs membranes donne l'impression qu'elle a capturé le ciel et les étoiles dans un seul battement. Je suis frappée par la splendeur de ce contraste : une créature si imposante, mais qui porte encore la grâce de l'Elfe qu'elle était. Quand enfin elle se dresse, entièrement transformée, un dragon bleu immense et magnifique, je me sens minuscule, et pourtant, étrangement honorée d'être témoin de ce moment. Chaque détail me fascine : la lueur douce et argentée des écailles, la force dans ses griffes, la sagesse millénaire dans ses yeux. Je suis remplie d'admiration, comme si je regardais une œuvre d'art vivante, une incarnation de la puissance et de la beauté pure.

Un souffle chaud s'échappe de ses narines, soulevant légèrement mes cheveux. Ce n'est pas seulement une transformation que j'ai observée. C'est une révélation, une preuve tangible que la magie et la grandeur existent au-delà de tout ce que je pouvais imaginer. Un rictus de joie se dessine sur mes lèvres, je suis un peu tremblante, profondément émue, et je me rends compte que ce moment restera gravé dans mon esprit pour toujours.

Cubi, mon fidèle compagnon, se positionne instinctivement entre la créature et moi. Mais cette dernière redresse doucement sa tête, comme si elle avait du mal à la contrôler. Lorsque son regard se fixe sur le soleil, je peux la voir… sourire.

— Enfin… la lumière.

Sa voix est forte mais féminine. Les écailles sont une myriade de bleu et d'argent et je comprends que cette créature reptilienne a pris la place de la jeune Elfe. Un bras puissant m'aide à me mettre debout en pestant.

— Je vais devoir reconstruire toute cette aile, comme si je n'avais que cela à faire ! me dit mon mari, faussement contrarié.

— Tu l'as transformé en dragon ?! je réponds en ignorant volontairement ses propos.

— Techniquement parlant, je n'ai fait que valider cette mutation. C'est elle qui en a fait la demande et c'est toi qui l'as acceptée.

— Mais que veux-tu dire par là ?

Il se tourne vers Dragar avant de se diriger vers la dragonelle qui cherche vraisemblablement à se mettre debout.

— Explique-lui s'il te plaît, je vais aider ta nouvelle congénère.

Le grand dragon d'or vient se placer à côté de moi tout en continuant de contempler la création de mon mari avant de souffler.

— Comme vous le savez, certains d'entre nous quittent la voie de la lumière pour celui des ténèbres. À notre décharge, nous sommes les serviteurs du Dieu de la guerre, de la colère et du sang.

— Un peu facile ! crie Ashura au loin.

— Bref, poursuit Dragar sans se démonter, la majorité arrive à revenir de cette expérience. Pour d'autres, c'est un chemin sans retour. C'était mon cas.

J'ai du mal à ne pas montrer ma stupéfaction.

— Oh, pas la peine de faire semblant, Votre Majesté. Cette période est désormais derrière moi. Mais oui, il fût un temps où j'étais un Worgen qui ne prenait plus que du plaisir en buvant le sang de mes ennemis à même leur gorge. Je me savais condamné aux ténèbres et je ne faisais plus aucun effort pour retrouver la lumière. Pourtant, un jour, en regardant le maître, j'ai été ébloui par sa personne et j'ai perçu sans aucun doute qu'il était pour moi ma porte de sortie. Je l'ai supplié pendant des semaines de m'ôter la vie avant qu'il ne se décide à le faire.

Cette révélation me fait réaliser à quel point ce peuple m'est encore inconnu. Ainsi, les Elfes et les Worgens peuvent se métamorphoser en dragon. Le processus semble complexe et il faut tout même être prêt à mourir, mais cela reste incroyable.

— À long terme, mon mari pourrait avoir une véritable armée de votre espèce…

— Je ne pense pas, me répond Dragar un peu honteux. C'est la deuxième fois qu'il réussit à finaliser la transformation. Il y a eu aussi beaucoup d'échecs.

— Tu veux dire que…

— Certains sont morts en vain, si ce n'est avec l'espoir de revenir dans ce monde sans cette noirceur qui nous consume.

Je regarde alors la jeune dragonelle avec un nouvel intérêt. Ainsi, elle est la deuxième seulement à survivre à cette expérience et quelque chose me dit que je n'y suis pas pour rien…

CHAPITRE 13

Je marche sur un sentier, entourée de fleurs plus étranges les unes que les autres. M'éloigner de mon mari et de son envie pressante de reconstruire « sa » cathédrale est pour moi indispensable afin d'avoir les idées claires.

— Comment t'appelles-tu ?

La dragonelle qui me suit redresse la tête et semble émerveillée que je m'adresse à elle.

— Fury, Votre Majesté.

— Fury ? D'où te vient ce nom ?

— J'ai toujours été très agitée. Mes nourrices à la tour de la vie avaient du mal à me canaliser.

Sa démarche est élancée et je me surprends à la trouver beaucoup plus gracieuse que Dragar.

Mais je sais qu'il ne faut pas se fier aux apparences : ses crocs et ses griffes me suggèrent l'horreur que ça doit être de combattre pareille créature.

— Et donc maintenant, Fury, comment te sens-tu ? Penses-tu être prête à quitter le sommet de la tour de la vie ?

— Complètement ! répond-elle surexcitée. Je suis impatiente de bien maîtriser ce nouveau corps afin de pouvoir vous servir.

Je reste silencieuse, car cette idée de vouloir travailler pour moi me paraît ridicule. Pourquoi une créature aussi puissante et terrifiante souhaiterait-elle être à ma disposition ? Je conçois que Dragar désire être aux ordres de mon mari qui n'est autre qu'un Dieu, mais je ne suis finalement qu'une humaine.

— Tu devrais profiter de cette chance, de cette nouvelle vie. Ne la gâche pas en te mettant au service de n'importe qui, tu es un dragon !

C'est avec une certaine solennité que la dragonelle me répond en regardant l'horizon :

— Vous ne comprenez pas, Votre Majesté. J'étais destinée à ne plus jamais voir la lumière, le bien en toute chose. Si j'ai pu m'extraire de la noirceur, c'est grâce à vous. Je n'envisage rien d'autre pour ma vie que de vous servir. Nous sommes liées, que vous le vouliez ou non, comme Dragar l'est avec notre bien aimé Dieu Ashura. N'oubliez pas que c'est la deuxième fois seulement que le rituel fonctionne, ce n'est pas sans fondement. Il me plaît de croire que je suis destinée à quelque chose de bien précis et en lien avec votre personne. Cette fois, je ne faillirai pas.

Je reste silencieuse devant cette obstination si particulière des Welfens face au destin, face à l'honneur. Au fond de moi, je sais que je n'ai aucun moyen de lui interdire quoi que ce soit, sauf en usant de mon statut de reine et pour une raison que j'ignore encore, je ne peux m'y résoudre.

— Soit, j'entends tes arguments. Mais passons un marché, veux-tu ?

Elle dresse l'oreille, comme intriguée par ma remarque.

— Je ne cherche pas une esclave. Mais je ne suis pas contre une amie fidèle qui sera là pour moi quand j'en aurai besoin, mais qui sera éga-

153

lement capable de me dire lorsque je suis dans l'erreur.

Elle redresse la tête et me sourit, paraissant satisfaite de ma réponse. Ses mouvements sont désormais plus fluides et je contemple sa beauté. Bien qu'ils soient tous les deux des créatures ailées, la différence entre Fury et Dragar est saisissante. C'est la première fois que je peux distinguer aussi facilement la féminité chez un « animal », si l'on considère les dragons de cette façon. Sa démarche, son roulement de hanches presque exagéré. Même son visage est plus marqué, avec des yeux plus fins et une carapace couleur argent qui me font presque penser à du maquillage.

Je ne peux m'empêcher de poser une main sur les écailles qui dansent juste devant moi. Leur dureté m'impressionne, on dirait de l'acier. Elle frémit légèrement, m'indiquant par la même occasion que malgré l'épaisseur de l'armure qui protège son corps, elle peut sentir mon contact.

J'ai le désir farouche de voler sur son dos qui s'empare de moi mais je préfère ne rien dire, car je ne sais pas comment elle pourrait le prendre, ni si elle en serait capable.

À peine l'idée traverse-t-elle mon esprit que Dragar apparaît dans le ciel en poussant un rugissement, guidé par Ashura. Bizarrement, Fury répond à l'appel en grondant aussi, comme pour réagir à une provocation invisible.

Une fois à terre, mon mari saute de sa monture pour venir vers nous, seul. Il y a entre les deux reptiles mythiques comme une distance qui se crée sans que je comprenne pourquoi.

— Alors mon amour, ça fait quoi d'avoir son propre dragon ?

— Fury n'est pas ma propriété, je réplique en le prenant dans mes bras. Elle est libre de faire ses choix.

— Tu vas vite constater que rien ne surpasse la loyauté des Welfens. Pour elle, tu es désormais sa raison de vivre. La rejeter pourrait la replonger dans les ténèbres.

— Sans rire ?

— Crois-moi sur parole, le risque est réel. Après, c'est ta conception humaine de la servitude qui te bride. As-tu l'impression que Dragar est malheureux ? Ce dragon a un besoin de te servir, tu n'es pas obligée de le traiter comme un esclave. Envisage plutôt cela à la façon d'un partenariat. Quand tu verras la joie sur ses traits, tu comprendras. Et je peux t'y aider. Il semble que tu aspires à quelque chose et elle rêve de faire cela pour toi.

L'intéressée dresse l'oreille en écoutant notre conversation avant de venir près de moi. Alors que je sens son souffle sur ma nuque, mon mari se dirige vers son propre dragon, un air malicieux sur son visage.

— Suivez-nous, si vous le pouvez…

Sans autre préambule, je les vois s'envoler vers les nuages et je dois bien admettre que sa provocation marche plutôt bien. Mais est-ce que Fury sera capable de tenir le rythme de Dragar avec moi sur son dos alors qu'elle vient juste de se transformer ? Pourtant, je constate une farouche détermination dans le regard de ma dragonnelle, comme si la remarque l'avait personnellement affectée.

156

— Ne vous en faites pas pour moi, Votre Majesté, rugit-elle, pleine de fougue et d'envie. Grimpez sur ma nuque, je m'occupe du reste.

Je m'exécute, non sans une pointe d'appréhension. Bien que robuste, je la trouve moins bien bâtie que Dragar. Mais une fois bien calée entre ses omoplates, je me sens ridicule face au le géant ailé que je chevauche et je me rappelle la première fois où je me suis retrouvée à dos de dragon. Une certaine nostalgie s'empare de moi et je ne peux me retenir de caresser l'encolure titanesque de l'ancienne Elfe devenue créature fantastique.

Sa respiration est puissante, presque assourdissante. Des spasmes d'excitation l'empêchent de rester sur place, tel un chien espérant qu'on lui jette un bâton.

Je sens qu'elle attend mon ordre pour décoller, tout en ayant du mal à se contenir. Ce comportement est sûrement dû à sa jeunesse mais aussi à l'appréhension de son premier vol. Je me remémore les paroles de mon mari et j'essaie de me libérer de cette pression humaine qui m'impose une image esclavagiste de la situation.

— Allez ma belle, si on leur montrait de quoi on est capable…

Il n'en faut pas plus à ma dragonne pour pousser un hurlement de joie, typique des Welfens, avant de s'élancer dans les airs. Sans ma force d'Elfe pour me cramponner, j'aurais été littéralement éjectée de son dos.

Je suis surprise par sa vélocité dès le décollage. Nous grimpons vers les nuages à toute vitesse pour rejoindre Ashura et Dragar. Lorsque je les aperçois, je ne peux m'empêcher de taquiner l'encolure de ma monture pour la faire accélérer, ce qui décuple son excitation. Quand nous arrivons à leur niveau, je leur crie : « C'est mou, tout ça ! » avant de piquer droit sur les îles de l'Archipel.

La réaction ne se fait pas attendre et j'entends le rugissement de Dragar m'avertissant que la course poursuite vient de commencer. Et même si j'imagine que nous avons l'avantage de la vitesse et de la légèreté, Dragar est un dragon accompli, fort d'une longue expérience, ce qui n'est pas le cas de Fury. Heureusement pour nous, l'Archipel est un labyrinthe de récifs suspendus dans les cieux, reliés dans certains cas par des ponts naturels réalisés avec des racines ou des rochers. Les îles, couvertes de forêts luxuriantes ou de cascades jaillissant dans le vide, sont des obstacles et des opportunités dans cette chasse effrénée.

Nous nous faufilons entre les territoires insulaires avec une agilité impressionnante, le corps fluide de Fury se pliant aux courants d'air. Elle passe sous des arches de pierre, effleure des cimes d'arbres, et disparaît parfois dans des nuages légers qui flottent entre les morceaux de terre. Le dragon d'or, bien plus massif, nous suit avec une assurance calculée. Ses ailes puissantes déplacent le vent avec une telle force que les branches fléchissent et que des feuilles s'envolent dans son sillage.

Ce n'est pas une chasse, mais un défi mutuel. Le rire résonne dans le rugissement de l'un et le cri cristallin de l'autre. La dragonnelle bleue jette un coup d'œil en arrière, ses prunelles étincelant d'espièglerie. Elle effectue une vrille audacieuse, plonge brusquement, puis remonte juste à temps pour éviter une île rocheuse. Le dragon d'or grogne, amusé et stimulé.

Je contemple la naissance d'une chose à laquelle je ne m'attendais pas. Était-ce voulu par Ashura ? Je ne saurais dire, mais les deux bêtes mythiques éprouvent un réel plaisir à la situation pour des raisons que je soupçonne bien différentes. Là où Fury découvre une nouvelle vie, pleine de lumière et de joie, Dragar semble parader, comme s'il désirait afficher une certaine assurance, voire une évidente domination sur la dragonnelle.

— Je crois que tu lui fais de l'effet ! je crie à ma monture en souriant.

Cette dernière regarde par-dessus son épaule avant de forcer l'allure. Je dois m'accrocher de toutes mes forces pour me maintenir en selle et lorsque je vérifie si nos poursuivants arrivent à garder le rythme, je m'aperçois que mon mari n'est plus sur le dos de Dragar.

— Il nous prépare quelque chose, fais attention !

— C'est un Dieu. Il joue avec nous, me répond-elle en restant sur ses gardes.

Alors que je m'évertue à regarder autour de moi à la recherche de mon époux, une petite voix bien connue surgit de nulle part : « Et si nous laissions nos tourtereaux seuls un moment ».

Puis, je sens sa présence avant même de le voir. Une chaleur douce, une énergie familière, et ce souffle unique qui semble calmer tout autour de lui. Ashura. Je tourne la tête, et il est là. Suspendu dans les airs comme si la gravité elle-même pliait à sa volonté, ses yeux brillent d'une lumière profonde, mêlant force et tendresse.

Sans un mot, il tend ses bras vers moi. Son regard me transperce, laissant penser qu'il voit directement dans mon âme, et je sens tout mon être répondre à cet appel silencieux. D'un geste fluide, il m'enlace, ses mains puissantes et rassurantes glissant autour de ma taille. Le dragon ralentit son vol, comme s'il comprenait qu'il était temps pour moi de partir.

Quand Ashura me soulève, je perçois une légèreté, une sensation d'être arrachée à toute contrainte. Mon corps se blottit contre le sien, et sa chaleur m'enveloppe entièrement. Ses bras, fermes mais doux, m'offrent une sécurité que rien d'autre ne peut égaler. Je peux entendre le battement profond de son cœur, stable et réconfortant, comme une mélodie éternelle.

Nous nous élevons dans l'air, ses pouvoirs divins nous portant avec une aisance surnaturelle. Le monde en dessous devient un tableau vivant de cieux infinis et d'îles flottantes, mais tout semble insignifiant comparé à ce moment. Sa main effleure mes cheveux, et je lève les yeux vers lui. Son sourire est peu fréquent, mais là, il est présent : un mélange d'amour, de fierté et d'émerveillement.

Nos deux montures nous regardent désormais nous élever dans l'étendue céleste sans pouvoir intervenir. L'air se raréfie et je me sens de plus en plus faible jusqu'à ce que mon tendre époux invoque un bouclier autour de nous.

Je n'ose parler, car l'ascension, bien que rapide, semble interminable et un début de panique s'empare de moi lorsque je comprends que ce n'est pas qu'une simple ballade.

— Tu n'as rien à craindre, mon amour.

Je reste silencieuse mais j'écarquille les yeux en découvrant que nous pénétrons dans… l'espace, ce qui le fait rire.

— Nous ne sommes pas encore tout à fait dans l'espace mais dans l'exosphère. Si je continue, nous atteindrons l'atmosphère, l'espace si tu préfères.

— C'est dingue, je réponds bêtement.

— Pas tant que ça et je suis même surpris que cela t'impressionne autant. Il n'y a pas si longtemps que ça, je t'ai fait voyager dans une autre galaxie…

Il a raison, mais je trouve tout de même cela incroyable. Il y a des personnes qui passent leur vie entière à faire des études, à s'entraîner, pour avoir une chance de voir ce que je suis en train de contempler.

— C'est… calme, dis-je presque à moi-même.

— Oui. J'aime venir ici pour réfléchir. Mes sens sont très développés comparés aux tiens. Être là est très apaisant.

Bien que je ressente toujours une certaine angoisse due aux circonstances, je dois admettre que cette sérénité n'est pas pour me déplaire. Il me serre dans ses bras et m'embrasse comme il est le seul à savoir le faire. Quand j'ouvre à nouveau les yeux, il me dévisage avec un grand sourire.

— Alors apparemment, on taquine mon dragon ?

Je rougis et fais ma tête de coupable bien que je devine que la situation lui convient plus que ce qu'il veut me faire croire.

— Dragar aurait-il mal pris la chose ?

— Absolument pas mais tu l'as surpris. Ta dragonne aussi a un sacré caractère. Il va falloir que je la garde à l'œil.

Son air taquin me plaît décidément beaucoup. Quant à Fury, elle a surtout suivi mon envie et je pressens que cela sera toujours ainsi. Ce qui ramène à la surface mon sentiment de culpabilité.

— Va-t-elle sans cesse se sentir à ce point redevable envers moi ?

— Tu ne pourras rien y faire ni rien y changer. Alors, accepte-le. À ses yeux, tu as fait bien plus que lui sauver la vie. Tu as épargné sa dignité, son honneur. Jamais elle ne pourra rembourser cette dette.

— Dragar est-il dans le même état d'esprit vis-à-vis de toi ?

Il se met à rire alors qu'il déploie sa magie pour nous faire revenir vers la Terre.

— Je suis son créateur ! Il fait partie des plus vieux Welfens, comme Ajax. Sa dévotion est sans faille. Te souviens-tu de la première fois que tu l'as vu ?

Je me remémore cette journée, où je me suis retrouvée enfermée dans ce bâtiment de guerre et où Foudre, Brawn et Dragar étaient venus me libérer. Je ne peux m'empêcher de sourire, car la situation à l'époque était bien différente. On pourrait presque affirmer que je n'étais pas la même personne que maintenant. C'est en fait le premier souvenir que j'ai du peuple Welfens, de cette nouvelle vie.

Je hoche la tête en le regardant dans les yeux, parfaitement consciente qu'il est déjà dans mon esprit, à revivre ce souvenir avec moi.

— Sache qu'à cette occasion, c'est Dragar qui a pris l'initiative de venir te chercher avec mes deux légendaires pour te ramener à moi. J'étais déchiré par mes émotions et je pense que sans son intervention, j'aurais été capable du pire. Cela aurait pu être la fin de l'humanité.

Mon cœur bat la chamade face à cet aveu qui, j'en suis sûre, doit lui être difficile. J'ai toujours eu conscience, au fond de moi, que sa fureur devait être terrible. Est-ce pour moi qu'il se maîtrise ? Est-ce pour ne pas me faire peur ? Quoi qu'il en soit, je réalise quelque chose qui commence à me terrifier : la naissance d'une envie de découvrir le vrai Ashura, Dieu de la guerre, de la colère et du sang…

CHAPITRE 14

Je savais que les Welfens avaient un sens prononcé pour la fête. Conçus il y a moins d'un siècle, dans un contexte de guerre et de vengeance, ils trouvent néanmoins en eux une énergie et une créativité impressionnantes pour leurs loisirs et leurs amusements. L'approche imminente de mon mariage avec leur Dieu et la période relativement calme dans le conflit avec Nobtus électrisent l'atmosphère de l'Archipel. Les fêtes à la tour de la vie, et je ne parle pas des orgies, regroupent de plus en plus de personnes le soir. Pendant les heures diurnes en revanche, la décoration et la préparation des noces occupent la majorité du peuple. Fleurs, tentures, sculptures, tout est disposé de façon royale et, plus les jours passent, plus je prends peur devant la démesure de la cérémonie qui s'annonce. Je chevauche ma dragonne, accompagnée de Cubi et de ma fille, tandis que Rafale me répète pour la énième fois l'organisation et les différentes étapes de demain. Mon Dieu c'est demain !

— Les humains s'installeront dans les balcons prévus à cet effet pendant que les Worgens seront en bas, de part et d'autre de l'allée principale.

— Et les Elfes ? je demande comme si c'était nouveau.

— Suspendues à ces longues perches métalliques qui viennent du plafond.

— Pourquoi ne seront-elles pas avec les Worgens ?

Je peux voir ma fille sourire en coin, signe qu'elle a parfaitement compris mon petit manège, à l'instar de la jeune Rafale.

— Comme je vous l'ai déjà dit à plusieurs reprises, Votre Majesté, me répond la légendaire exaspérée, c'est une surprise.

— Ah oui, c'est vrai ! je réplique en lançant un regard moqueur vers Foudre qui ne peut s'empêcher de pouffer. Et sinon, quand saurons-nous, Ashura et moi, le moment où nous devrons rentrer dans cette cathédrale de la démesure ?

Rafale s'arrête net, obligeant ma dragonnelle à s'écarter pour ne pas lui marcher dessus.

— Mais, comment ça « Ashura et moi » ? Vous entrerez seule. Ashura sera déjà à l'intérieur à vous attendre.

Je sens une boule se former dans mon estomac.

— Mais ne vous inquiétez pas, reprend-elle, vous serez escortée. Tout ce que vous aurez à faire, c'est vous diriger droit devant vous avant de tomber dans les bras d'un Dieu !

Plus facile à dire qu'à faire ! me dis-je en contemplant l'immense salle encore vide. Je jette un dernier regard aux balcons qui accueilleront tous les terriens. Bizarrement, c'est d'eux que je me fiche le plus, comme si mon humanité elle-

169

même disparaissait avec le temps. Une main me saisit par l'épaule et je découvre le visage rassurant de ma fille. « On sera là, avec toi ». Les lettres d'or, qui incarnent les paroles de Foudre, dansent devant mes yeux sans forcément me réconforter pour autant. Plusieurs Welfens poussent des cris, si caractéristiques à leur race, en nous voyant. Je sens toute l'excitation et le bonheur que la journée de demain représente pour eux. Pourtant, je réalise que je leur suis bien inférieure. Une vulgaire humaine qui se pense au-dessus de créatures imaginées par un Dieu. Mon ego démesuré me saute à la figure telle une leçon cuisante. Je contemple ma propre supercherie, du haut d'un dragon, un objet du chaos à ma droite et une arme de légende à ma ceinture. Tout est fait pour me faire croire à cette mascarade. Mais qu'ai-je accompli comme exploit pour mériter pareil honneur ? Je les regarde tous une dernière fois avant de dire à ma fille :

— Descends s'il te plaît.

Le ton de ma voix les alertes, je le sens bien. Elle hésite mais finit par sauter à terre.

Il me suffit de songer à m'échapper pour que ma nouvelle amie se dirige vers la sortie avant d'étendre ses ailes et de voler avec hâte vers les nuages. Des larmes coulent sur mes joues et je me surprends à hurler de colère et de frustration. Pour une raison inconnue, je découvre Fury faire de même avec, bien évidemment, beaucoup plus de puissance.

Le vent souffle autour de moi, emportant mes pensées dans un tourbillon tumultueux alors que je suis perchée sur le dos de mon dragon. La chaleur rassurante de ses écailles bleues est là, mais elle ne suffit pas à apaiser le poids qui s'installe dans ma poitrine.

Je vais épouser un dieu. Le Dieu. Ashura, incarnation de la Guerre, de la Colère et du Sang. Son nom seul inspire la peur et le respect dans le cœur des mortels et des immortels. Et moi, que suis-je ? Une simple âme, faillible et imparfaite, entachée par mes doutes et mes erreurs.

Mes doigts se crispent sur les écailles du dragon, et une question m'assaille, dévorante et tenace : suis-je digne de lui ?

Sa grandeur me dépasse, à l'image d'un torrent impétueux que je ne pourrais jamais dompter. Comment pourrais-je prétendre être à la hauteur d'un être dont chaque regard brûle comme une flamme vivante ? Il a traversé des champs de bataille, érigé des royaumes, affronté des puissances qui pourraient m'écraser en un instant. Et moi ? Je ne suis qu'une étincelle vacillante face à son brasier.

La culpabilité me mord doucement. Peut-être qu'un tel honneur aurait dû revenir à une Welfen plus grande, plus forte, une personne dont les exploits résonnent à travers le cosmos. Pas à moi. Pas à quelqu'un qui doute encore, qui trébuche parfois dans ses propres combats.

Le dragon vire légèrement, et mon cœur suit le mouvement, pris dans le tumulte de mes émotions. Je ressens à la fois un amour profond et une peur sourde. Pas de lui, jamais de lui. Mais de l'idée qu'au fil du temps, il s'aperçoive que je ne suis pas assez. Que ma lueur pâle ne suffise pas à égayer son obscurité.

J'ai besoin de vérifier si le peuple Welfens a réellement envie de m'avoir comme reine et je sais qu'il y a aujourd'hui uniquement un endroit où l'on me dira la vérité. Un frisson parcourt mon échine alors que cette pensée s'impose à moi, aussi claire qu'un rayonnement dans les ténèbres : seuls les Égarés du sommet de la tour de la vie peuvent répondre à ma question. Cet endroit m'apparaît désormais sous un angle bien plus sombre. Ces marginaux ne sont pas juste des sages ou des gardiens, mais des êtres brisés, déchus de leur lumière.

Les mâles, autrefois nobles hommes-loups, et les femelles, gracieuses Elfes, ne sont plus que l'ombre de ce qu'ils étaient.

Cette révélation m'étreint, une lourdeur s'abattant sur mes épaules. Ces Welfens, réduits à leur nature la plus sauvage, sont considérés comme un danger pour les leurs, enfermés loin du monde au sommet de la tour. Et pourtant, c'est à eux que je dois m'adresser, que je dois confier mon doute.

Un mélange d'appréhension et de curiosité me traverse. Qu'est-ce que cela signifie de

« perdre la lumière » ? Serait-ce une menace qui plane aussi sur moi, sur ceux que j'aime ? Le dragon semble sentir mon trouble, ses ailes battant plus lentement comme s'il voulait m'offrir un instant pour réfléchir.

Si ces Égarés ont été bannis, c'est parce qu'ils ont touché une vérité ou subi une épreuve qui les a changés à jamais. Leurs réponses, si je parviens à les obtenir, ne viendront pas sans risque. Je devrai les affronter dans leur état brisé, confronter leurs regards vides ou, pire, leur folie hurlante.

Mais si leur jugement peut confirmer ma place auprès des Welfens, je ne reculerai pas. Je dois savoir si je peux vraiment porter la couronne de ce peuple, même si cela signifie faire face à ces âmes perdues, ces reflets d'un futur que je redoute.

Ma décision est prise, aujourd'hui je ne me déroberai pas, il me faut affronter la vérité.

— Fury, amène-moi au sommet de la tour de la vie.

CHAPITRE 15

Même en plein jour, je ne peux réprimer un frisson lorsque j'aperçois la noirceur du sommet de la tour de la vie. Pourtant je n'hésite pas à ordonner à mon dragon de se poser sur un balcon qui ne devait servir jusqu'à présent qu'à Dragar. Je la sens récalcitrante, mais sa dévotion et sa loyauté envers moi l'empêchent d'émettre le moindre commentaire.

Quant à moi, je demeure silencieuse, car j'imagine que, pour elle, revenir ici ne doit pas être chose facile. Je saute à terre, accompagnée de Cubi avant de lui dire :

— Ne reste pas là. Je t'appellerai lorsque ce sera nécessaire.

— Bien, Votre Majesté. Je ne serai pas loin.

Après une brève révérence, la créature prend son envol avec célérité, signe que ce lieu a laissé des traces certainement indélébiles sur elle, ce qui me chagrine. Un jour, il faudra que nous en parlions, si elle le souhaite. Après m'être assurée qu'elle est à une distance suffisante, je reporte mon attention sur l'endroit que je m'apprête à visiter, seule cette fois, car il n'y aura pas mon mari pour me protéger de ses occupants et de leur folie.

Un rideau pourpre se dresse devant moi, lourd et imposant, comme un seuil sacré qu'on ne peut franchir qu'avec une résolution inébranlable. Je tends la main, hésitante, et mes doigts effleurent le tissu. Il est doux et épais, mais il semble presque vivant, comme si une énergie sombre palpitait en lui.

D'un geste lent, je pousse la tenture de côté, et une vague de froid m'envahit aussitôt. L'atmosphère change brutalement, comme si j'entrais dans un autre monde. Le souffle qui m'entourait quelques instants plus tôt se tait, remplacé par une oppressante densité. Chaque pas que je fais résonne doucement, étouffé par un silence pesant, presque tangible.

L'air est lourd, saturé d'une étrange tension. Une odeur métallique, âcre, flotte dans la pièce, mêlée à celle de la pierre humide et du désespoir. Les murs, taillés dans une roche noire veinée d'argent, semblent absorber la lumière, laissant l'espace baigné dans une pénombre inquiétante. Bien que j'aie déjà contemplé ce lieu, rien ne me paraît familier et je sais que cela est dû à ma présence solitaire. Cette fois, il n'y a pas de Dieu pour me protéger « d'eux ».

Je ne vois pas encore les Égarés, mais je sens leur proximité. Une myriade de regards invisibles semblent peser sur moi, s'infiltrant sous ma peau, sondant mon esprit. Mon souffle s'accélère, et mon cœur tambourine dans ma poitrine. L'atmosphère elle-même a l'air vivante, vibrante d'une énergie corrompue.

Je fais un pas de plus, mes yeux s'habituant lentement à la pénombre. Je les vois enfin. Les Égarés. Par petits groupes, ils me scrutent en silence. L'un d'eux, un homme-loup, se dresse discrètement. Sa fourrure est terne, presque grise, et son regard me transperce, plein d'une douleur indicible. Une Elfe, à moitié dissimulée dans l'ombre, m'observe également, ses doigts fins et tremblants traçant des cercles dans l'air, comme si elle écrivait des mots que je ne pouvais pas lire.

Je prends une profonde inspiration, forçant mon corps à ne pas frémir. Je suis venue chercher des réponses, mais à cet instant, je me demande si je n'ai pas sous-estimé le prix qu'il faudra payer pour les obtenir. Surtout lorsque j'aperçois un humain, crucifié sur une croix. Ses gémissements hantent mon esprit et j'essaye d'en faire abstraction, sans résultat.

— Votre Majesté ?

Je vois la jolie Shana arriver dans ma direction. Bien qu'aussi intimidante que la première fois, je ne peux m'empêcher de contempler sa beauté. Elle doit forcément faire partie des premiers Welfens créés par mon mari, me dis-je intérieurement, car je ressens en elle plus d'expérience que Brawn et Rafale. Plus d'assurance également, un peu comme Ajax.

— Que faites-vous ici ?

La question me désarçonne, car en fait je n'en sais rien. Est-ce ma détresse, ou mon air ahuri qui l'interpelle, mais je sens comme un élan de compassion sur son visage. Cela me trouble, parce qu'en tant que cheffe des Égarés, jamais je ne l'en aurais cru capable.

— Venez avec moi.

Je la suis presque mécaniquement sous le regard médusé des marginaux présents. Sa démarche est toujours aussi parfaite et je ne peux m'empêcher d'admirer le déhanchement de son bassin, me guidant vers une alcôve libre de tout Welfens. Elle s'installe en me dévisageant avant de me faire signe de m'asseoir, juste à côté d'elle. Je m'exécute sans dire un seul mot, prenant de plus en plus conscience que je ne devrais pas être ici. Pourtant, je sens au plus profond de moi, de mon âme, que je suis exactement là où je devrais être.

— Posez-moi toutes les questions que vous voulez. Mais hâtez-vous, mon maître ne tardera pas à venir s'il apprend que vous êtes en notre compagnie.

— Pourquoi ? je réponds presque en chuchotant. Ne suis-je pas en sécurité ici ?

Elle sourit et appuie une main sur ma joue. Son contact est chaud, presque brûlant. Son visage est désormais très proche du mien, et je découvre que son haleine transporte des effluves de sang. Cela devrait m'effrayer, pourtant j'ai une irrémédiable envie de goûter à ses lèvres.

— Vous ne risquez rien parmi nous, Votre Majesté, si ce n'est en apprendre plus sur vous-même… Cela pourrait lui faire peur.

Sa voix est tentation. Son souffle, un chant qui m'attire. Mon cœur bat la chamade et ma main se pose sur sa cuisse, comme si elle était hors de contrôle.

— Pourquoi ?

Mes mots sont presque inaudibles. Je suis complètement envoûtée par elle. Est-ce un sortilège ? Elle approche son visage et je sens sa langue glisser sur mon cou, ce qui provoque une décharge de plaisir.

— Car contrairement aux autres Welfens, nous, les Égarés, n'allons pas vous protéger de tout et vous faire des courbettes en vous laissant supposer que vous êtes parfaite. Avec nous, vous aurez la vérité crue.

— Je croyais que les Welfens ne pouvaient pas mentir.

Je souffle quand sa main s'insinue sous ma robe pour caresser ma poitrine et je me cambre instinctivement pour lui donner la chance de faire bien plus que ça.

— Cela nous est impossible, en effet, mais tout dépend de la vision de chacun.

Je tente de réfléchir alors que ses doigts glissent entre mes cuisses pour venir jouer avec mon intimité humaine.

— Que voulez-vous dire ? je gémis plus qu'autre chose et je sens que certains regards se tournent vers moi.

— Vous avez peur de ne pas être à la hauteur. Peur de ne pas mériter votre place de reine et vous savez qu'ils vous diront tous que vous êtes formidable, car ils le pensent. Mais ici, vous réalisez que l'on vous dira peut-être une vérité différente, plus dure, plus crue. Peut-être une sincérité que vous espérez même !

Son autre main déchire ma robe, dévoilant ma poitrine au reste de la salle. Deux Worgens se lèvent et se dirigent vers nous alors qu'elle m'allonge sur la table. Je n'arrive pas à comprendre pourquoi je me laisse faire ainsi.

Je suis comme paralysée par la peur, mais aussi par l'envie et je dois lutter pour réussir à articuler mes prochaines paroles.

— Alors… vous êtes d'accord avec moi. Je n'ai rien à faire parmi vous, je ne vous mérite pas.

Des mains fermes m'agrippent les poignets pendant que la langue de ma tortionnaire remonte de ma cuisse jusqu'à mon oreille, provoquant des spasmes de plaisir tout le long du chemin.

— Écoutez bien, Votre Majesté : lorsqu'Ashura nous a créés, ses pensées étaient tournées vers sa défunte fille et… vers vous. Il a inscrit dans notre ADN des morceaux de la vision qu'il a toujours eue de votre personne. S'il est indubitablement notre père, notre concepteur, vous êtes assurément notre mère à tous… Personne d'autre que vous ne pourrait être notre reine.

Ses paroles fusillent mon esprit et je sombre dans une totale incompréhension. Alors que je pensais avoir enfin trouvé un endroit où j'allais être désavouée, je me retrouve finalement à apprendre que, non seulement ma place de souveraine n'est absolument pas remise en question, mais qu'en plus chaque Welfens est en fait une petite partie de moi.

— Laissez-la.

Une voix forte que je reconnais bien vient d'intervenir. Mon époux a donc réussi à me localiser. Pourtant, j'éprouve de la déception lorsque les mains me lâchent et que Shana s'éloigne de ma personne.

— Tu n'as pas pu t'empêcher, continue mon mari en s'approchant de nous.

— Tu me connais, répond l'Elfe en réajustant sa robe. Cela devait arriver tôt ou tard.

— Elle n'est pas prête.

— Non seulement elle l'est, mais elle le désire.

Leurs voix me semblent lointaines, comme si je ne fais plus réellement partie de ce monde.

— Nous verrons cela plus tard. Ton enchantement peut avoir faussé son jugement,

— Impossible, répond Shana. Il l'a surtout désinhibée, faisant disparaître tous ses principes liés à son humanité. C'est sa vraie personnalité que vous avez pu observer, ainsi que ses désirs les plus enfouis. Il y a un flottement et je me sens comme transportée. Dommage que le plaisir se soit évanoui…

CHAPITRE 16

Je me réveille dans ma chambre. L'eau de la cascade m'apporte un certain réconfort alors que j'ouvre péniblement les yeux.

— Bien dormi ?

La voix de mon mari est froide, presque agressive et je sens qu'il est en colère contre moi. Mes souvenirs reviennent à la surface non sans difficulté. Je me revois au sommet de la tour. J'étais prête à m'offrir, la veille de nos noces, à plusieurs Welfens. Des larmes coulent sur mes joues en même temps que le remords m'envahit… j'ai tout gâché.

— Je suis désolée, je tente de murmurer en sachant pertinemment que cela ne changera rien.

— De ? Avoir été à deux doigts de participer à une orgie avec des Égarés ou de ne plus être sûre de vouloir de moi comme époux ?

Je reste sans voix, preuve de ma culpabilité, mais aussi de ma couardise face à la situation. Pourtant, je vois un petit sourire apparaître sur le coin de ses lèvres, tel un enfant qui aurait réussi son mauvais coup.

— Tu ne devrais pas te flageller ainsi. Avoir des doutes est une chose normale. J'aimerais qu'on en parle.

J'acquiesce, toujours silencieuse, car je pense que ce n'est pas cette partie-là qui doit lui poser problème.

— Je suis au courant que Shana t'a raconté la part que tu as jouée malgré toi dans la création des Welfens. Sache que tout est vrai. Quand nous devenons des Dieux, nous connaissons une phase de sommeil où notre subconscient doit faire des choix. Il faut te dire qu'ayant été informé du processus au préalable par Illith, j'ai eu le temps non seulement de réfléchir aux critères physiques des Welfens, mais aussi à leur caractère de manière générale. Malgré tout, notre esprit latent reste

186

prioritaire lors de la procédure de création et certaines décisions m'ont été imposées justement par mon propre moi intérieur. Est-ce parce que je pensais souvent à toi ? Je ne pourrais le dire. Mais ce qui est sûr, c'est que la façon dont je te perçois s'est immiscée dans la conception des Welfens, faisant d'eux, d'une certaine façon, tes enfants au même titre que les miens. Et les Égarés sont certainement ceux qui sont le plus proches de toi. Voilà pourquoi tu te sens irrémédiablement attirée par eux et pourquoi ils ne te feront jamais de mal.

— Je ne vois pas en quoi ils me ressemblent ? tenté-je de répondre.

— Normal, ton esprit s'oppose à cette réalité. Pourtant, leur impulsivité ou encore leur besoin de vérité sont des exemples parmi d'autres. Ils te vénèrent et te respectent parce que leur subconscient sait ce que tu es pour eux, pas car je le leur ai ordonné.

Je comprends ses paroles et je pourrais presque y croire si je n'étais pas obsédée par l'autre sujet qui est, j'estime, bien plus préoccupant. Il souffle, comme si ma pensée l'exaspérait, avant de poursuivre.

— Bon, arrête de te flageller avec ça. Shana t'a envoûtée dès ton arrivée au sommet de la tour de la vie afin que tu la suives docilement et que personne ne s'en prenne à toi. En revanche, elle ne s'attendait pas à ce que ton cerveau soit aussi réceptif à son sort. Ce dernier a exacerbé tes envies, tes fantasmes. Tu t'es inventé des images alors qu'elle tentait de te maîtriser. N'y parvenant pas, deux Worgens sont arrivés en renfort. Tu as tout imaginé ou plutôt ton esprit a voulu l'interpréter ainsi. J'ignore si cette révélation est une bonne ou une mauvaise chose, mais tu n'as rien à te reprocher.

D'un côté, je n'ai rien fait de mal, mais d'un autre côté, mon mental a clairement exprimé des désirs, très particuliers.

— Je ne sais pas quoi te dire, mon amour. Je ne comprends pas…

— Il n'y a rien à comprendre, me répond-il imperturbable. Penses-tu que je sois insensible à la perfection des Welfens ? Crois-tu sérieusement que je n'ai pas passé des nuits entières avec des Elfes dans la tour de la vie ?

Bizarrement, cette révélation ne me fait ni chaud ni froid. En fait, cela me semble logique. Quel être humain ne voudrait pas partager des heures avec Rafale ou la ténébreuse Shana ? En revanche, je ne pensais pas pouvoir être attirée par les Worgens, et pourtant. Je sens que mon mari s'amuse de la situation. Pourquoi n'est-il pas en colère ?

— J'ai l'impression de ne plus être moi-même.

J'ai dit cela sans réfléchir alors qu'il se met à genoux devant moi. Avec une douceur extrême, il me saisit les mains et les embrasse.

— M'aimes-tu ?

Je n'hésite pas une seule seconde à lui répondre :

— Plus que tout.

— Alors, ne te pose pas trop de questions, me conseille-t-il avec hâte. Je ne veux personne d'autre que toi à mes côtés et tu ne seras jamais limitée par ta conception humaine de la vie. Nous allons vivre plusieurs millénaires, poursuit-il en plaquant ses lèvres sur les miennes. Il faudra trouver de quoi s'occuper.

— Je rougis devant ses paroles qui en disent long…

— Je ne pensais pas avoir un jour ce genre de discussion avec toi.

Il continue de me dévisager, plein de tendresse, avant d'utiliser sa magie pour faire apparaître une bouteille de vin et deux verres. Après nous avoir servi une bonne dose de liqueur, il vide sa coupe cul sec pour ensuite me répondre.

— Tu ne peux et ne dois pas envisager ta vie avec moi comme une humaine. Ce qui compte pour moi, c'est ton amour. Le reste n'est que plaisir…

— J'en prends note, dis-je en buvant moi aussi une grande rasade d'alcool. Je crois que j'ai eu un coup de stress.

Il rit. Dieu que j'adore ça lorsqu'il me regarde avec ce désir de me dévorer !

— Rejoins-moi… J'ai envie de consommer notre mariage maintenant.

Il se lève et m'embrasse avant de reculer d'un pas.

— Hors de question. J'ai beaucoup à faire d'ici demain. Foudre et Rafale viendront te préparer à l'aube… Garde des forces pour notre nuit de noces.

Je plisse des yeux et le dévisage tel un chat qui regarde sa proie. Je sens qu'il me cache quelque chose, mais son sourire m'empêche d'aller plus loin dans mes réflexions, car j'ai déjà hâte d'être à notre prochaine soirée.

CHAPITRE 17

Cela me fait bizarre de dormir seule. Que peut bien faire Ashura, l'homme de ma vie, en ce moment ? Et qu'avait-il de plus important à faire que d'être avec moi la veille de notre mariage ? Je tourne et je me retourne dans mon lit, incapable de trouver le sommeil. Un frisson parcourt mon échine, comme une sensation que je ne saurais définir, avant qu'une vérité s'impose à moi : je ne suis pas seule.

Par chance, ma rapière est à portée de main, un réflexe que j'ai désormais acquis et dont je ne suis pas prête de me défaire.

Je jette un coup d'œil à Cubi, ce dernier semble inerte sur l'oreiller juste à côté de moi. Je le réveille par la pensée. Notre symbiose est aujourd'hui telle qu'il ne bouge absolument pas et pourtant je sais qu'il est parfaitement en alerte maintenant.

Une légère brise m'informe que mon visiteur est en mouvement, mais à une vitesse frôlant l'immobilisme. J'essaye de garder ma respiration aussi régulière que possible alors que mes muscles se tendent, prêts à réagir à la moindre de mes décisions.

Je me surprends à ne pas avoir peur. Je dirais même que j'ai hâte que l'affrontement commence. La rage liée aux blessures de Brawn remonte à la surface et je n'aurai besoin de personne, cette fois, pour me sauver la vie. Et personne ne mourra plus jamais par ma faute. Qui que soit cet individu, ce sera lui ou moi.

Je décide, tout en faisant semblant de dormir, de me tourner pour faire face à la pièce. Soit cela suscitera une réaction, soit je pourrais voir à qui j'ai affaire et je pourrais agir en conséquence.

Et alors, il apparaît.

Sortant lentement de l'ombre, une silhouette colossale se révèle. Il ressemble à un lion, mais pas comme ceux de nos savanes. Non, il est bien plus grand, bien plus imposant, et tout en lui dégage une puissance brute. Sa crinière dorée scintille comme si elle était tissée de fils de lumière, chaque mouvement faisant danser des reflets d'or et d'ambre. Ses yeux, profonds et pénétrants, brillent d'une lueur ardente, telles deux flammes contenues derrière un voile de sagesse et de colère.

Il se tient debout, ses jambes musclées semblables à des colonnes vivantes, ses griffes légèrement rétractées, mais visibles, comme pour rappeler qu'il peut être à la fois protecteur et destructeur. Sa poitrine massive est marquée de symboles gravés dans sa fourrure, des runes anciennes qui paraissent vibrer doucement, comme si elles murmuraient des secrets oubliés.

Son aura est écrasante, impossible à ignorer. Autour de lui, l'air semble crépiter, chargé d'une énergie sauvage et indomptée. Une crainte instinctive s'empare de moi, un rappel ancestral que je suis en présence d'un prédateur, d'un roi parmi les rois. Mais cette peur est combinée à un respect profond. Il n'est pas seulement une force de destruction, il est aussi une figure de noblesse et de justice.

— Pas la peine de faire semblant de dormir et inutile de vous embarrasser d'une arme, je n'ai pas fait ce chemin pour tuer… pas aujourd'hui.

Sa voix résonne comme un grondement lointain, profond et vibrant, une mélodie de tonnerre et de rocs qui s'effondrent. Chaque mot qu'il prononce paraît peser des tonnes, chargé d'une gravité qui dépasse ma compréhension.

Et pourtant, derrière cette majesté intimidante, je discerne quelque chose de plus subtil : une douleur ancienne, une mélancolie enfouie dans les méandres de son regard. Ce Dieu-lion, bien qu'aussi grandiose et terrifiant qu'Ashura, porte en lui un fardeau que peu pourraient appréhender.

En sa présence, je me sens petite, fragile, mais étrangement exaltée. Car si je parviens à mériter son respect ou son aide, je sais que sa puissance pourrait changer le cours de n'importe quel destin.

— Qui êtes-vous ? je demande la peur au ventre.

Il rit, comme si la question en elle-même était une farce.

— Il manque décidément à tous ses devoirs, ce jeune Dieu. Mon nom est Vaëlion.

Je reste stoïque devant l'énoncé de ce nom, ce qui amplifie son hilarité.

— Étonnant, arrive-t-il à dire une fois calmé. Vous ne savez donc pas du tout qui je suis ?

Je n'ose répondre parce que je sens en lui quelque chose d'unique et de puissant. Un coup d'œil à Cubi confirme mon appréhension car ce dernier vole désormais non loin de moi, prêt à me défendre. Pour couronner le tout, je découvre que cet « invité surprise » peut lire mes pensées.

— Je vous ai dit que vous n'aviez rien à craindre de moi, pour l'instant. En réagissant de la sorte, vous pourriez me vexer. Ce n'est pas une bonne chose, de m'offenser. Mes légendaires risquent de ne pas du tout aimer cela.

Mon cœur bondit dans ma poitrine lorsque j'entends ces paroles car je comprends immédiatement que j'ai affaire à l'un des nouveaux « frères » d'Ashura.

Un sentiment bien connu refait alors surface : la terreur.

Je me remémore mon combat contre Catoh, le légendaire de Nobtus. Enfin, si l'on peut appeler cela un combat. Malgré mes efforts, je ne peux m'empêcher de trembler comme une feuille morte.

— Allons, ma chère, commente Vaëlion d'une voix très calme, vous devriez vous détendre. Comme je vous l'ai déjà dit, je n'ai aucune mauvaise intention envers vous. Je suis juste venu étancher ma curiosité en faisant la connaissance de celle qui va partager la vie de mon nouveau « frère ». Avec les millénaires qui défilent devant nos yeux, la moindre petite activité qui nous sort de notre quotidien est une bénédiction.

Je souhaiterais croire à ce discours, mais quelque chose en moi me hurle de faire particulier attention à cette entité. Je le trouve différent d'Illith ou de Sheliazades.

— Et que voulez-vous connaître de moi, maître Vaëlion ? je lance le plus calmement possible.

Il rit de nouveau, comme si ma question était sans intérêt ou inutile.

— Je sais déjà tout de vous, ma chère. Mais savoir et découvrir sont deux choses bien distinctes.

Je regarde le balcon dans l'espoir de trouver une échappatoire, mais une fois de plus, mon invité surprise devine mes désirs.

— Personne ne viendra et quand bien même ce serait le cas, ça serait pour poser un genou au sol en s'apercevant de ma présence. Car vois-tu, je suis Vaëlion, Dieu de la Rage et du savoir. Je suis aussi le premier à avoir découvert une arme divine.

Je prends conscience de l'importance du personnage sans réellement comprendre si cette mise en lumière est bonne ou mauvaise.

— J'ai déjà entendu parler de vous.

— Voilà une bonne nouvelle, assure-t-il toujours très calmement. Et que sais-tu de moi, jeune humaine qui n'en est plus une ?

Je déglutis, car en fait la réponse à cette question est : pas grand-chose.

— Que vous êtes respecté, un peu comme un chef, par vos frères et sœurs, et que personne ne connaît votre âge.

Il fait apparaître deux sièges en bois sculptés avant de m'inviter à venir prendre place. Sans attendre que j'obtempère, il s'installe confortablement. Je fais de même en essayant d'être la plus naturelle possible. Évidemment, mes pensées n'ayant aucun secret pour lui, il doit parfaitement avoir conscience de mon état de terreur.

— Même si cela est plutôt une version très épurée de ce que je suis, cela représente assez bien la vision qu'Ashura a de moi. Et bizarrement, lui et moi ne sommes pas tellement différents, excepté notre ancienneté. Mais ceci sera certainement le sujet d'une future rencontre. Vous avez une grosse journée et je ne veux pas vous faire perdre trop de temps, alors je vais aller droit au but.

Il s'installe plus confortablement et réfléchit à ses prochaines paroles.

— Concernant mon âge, je l'ai oublié, mais j'ai plus de cinquante mille ans, déclare-t-il alors que j'écarquille les yeux. Et ma vie de mortel a donc été bien éphémère et ne représente qu'une portion infime de mon existence. Je suis resté de nombreux millénaires seul, partageant mon existence uniquement avec mon peuple. Certes, être un Dieu est palpitant, surtout quand vous faites partie d'une race de prédateur, mais la solitude est une bien piètre amie. Vous n'imaginez pas l'exaltation que j'ai connue au moment où j'ai découvert un deuxième dispositif divin, ni lorsque j'ai réussi à créer un deuxième immortel.

Il fait une pause, se rappelant certainement ces moments qui devaient être pour lui mémorables.

— J'ai donc pris la décision de parcourir l'espace pour trouver toutes les armes et ainsi constituer un véritable panthéon. Tout aurait été parfait si je n'avais pas été aussi prétentieux. Une fois que nous avons été au complet, j'ai organisé une immense fête pour célébrer ce que nul autre que moi n'avait réussi à créer. Mais là où je décelais l'émergence d'une assemblée extraordinaire, d'autres y voyaient la possibilité de régner en maître sur l'univers. Sur les douze que nous étions, quatre se sont rebellés en frappant vite et fort, éliminant trois des nôtres et récupérant leurs armes par la même occasion. Il y a eu alors la Grande Guerre. Ça a été un véritable massacre et seuls trois d'entre nous ont survécu, dont Droshin et moi-même. Le troisième est aujourd'hui un ermite du nom d'Exoriax. Cette guerre l'a traumatisé à vie, depuis il n'a plus confiance en personne et il ne vient à nos réunions que parce que je vais moi-même le chercher. Mais depuis un certain temps, j'ai de plus en plus de mal à le convaincre, vous comprenez pourquoi je suppose…

Bien que peu rassurée, je bois littéralement ses paroles. Il est évident que ce Vaëlion n'est pas n'importe qui et qu'il ne me raconte pas tout cela par hasard.

— Vous distinguez dans la vengeance d'Ashura la possibilité d'un nouvel affrontement.

— Précisément, même si j'ai parfaitement conscience de ne pas avoir su intervenir quand il le fallait. Le décès de l'âme sœur d'Illith était une grave erreur. Cela n'aurait jamais dû arriver. Voyez-vous, le dernier conflit était une lutte de pouvoir, continue-t-il, l'air triste. Vous ne pouvez pas imaginer, mais on parle de plusieurs milliers de milliards d'individus qui ont trouvé la mort... Ça a été une véritable boucherie. Au final, Droshin a eu peur en découvrant cette nouvelle alliance, qui n'était finalement qu'amour et passion, et non le début d'une autre guerre. Nous n'étions menacés en rien et je regrette de ne pas avoir su canaliser ses craintes : cette erreur nous a coûté vraiment très cher. Déjà, trois d'entre nous ont péri et encore l'un des nôtres mourra si je n'interviens pas.

Je reste silencieuse devant cette vérité qu'il me jette à la figure avec douleur, car je sens que cela est loin de lui faire plaisir. Mais je soupçonne aussi qu'il ne m'a pas tout dit, que le pire est à venir. Une fois de plus, il sourit en découvrant mes pensées.

— Vous êtes décidément très perspicace. Je comprends qu'Ashura ait utilisé tant d'efforts pour vous retrouver. Vous n'imaginez pas comme le choix de votre partenaire est important quand vous avez la vie éternelle... Illith n'est pas morte de la main de Nobtus.

J'accuse le coup tandis qu'il poursuit.

— J'ai aujourd'hui la capacité de ressentir l'énergie de mes frères et sœurs. Or, celle de cette dernière s'est tout simplement... éteinte. Comme la flamme d'une bougie que l'on aurait soufflée. Or, Nobtus était loin d'elle à ce moment précis et aucun de ses légendaires n'aurait eu les pouvoirs nécessaires pour accomplir cet exploit, ou cette horreur selon le point de vue.

— Je ne comprends pas. Pourquoi me dites-vous cela ? Si ce n'est pas Nobtus qui a assassiné Illith, alors qui ?

— Quelqu'un qui l'aurait tuée sans la combattre... de sang-froid, par surprise. J'ai déjà vécu ça par le passé, lors de la Grande Guerre.

J'essaye de rester calme, mais l'insinuation est trop lourde pour que je n'en saisisse pas le sens.

— Impossible. Ashura la considérait comme une sœur... Ma fille l'adorait. Il n'aurait pas osé lui faire ça.

Il se lève et se dirige vers mon balcon, l'air plutôt satisfait, mais toujours préoccupé.

— J'ai voyagé jusqu'ici dans l'espoir d'avoir des réponses. Dès que je suis entré, j'ai pu sonder votre esprit et je sais que vous êtes sincère. Je vais donc repartir comme je suis venu, mais je vais continuer de chercher ce qui est arrivé à ma sœur. J'espère que votre futur époux ne vous cache rien... Sinon nous nous reverrons, dans les pires circonstances qui soient.

Alors qu'il s'apprête à franchir la porte-fenêtre donnant sur mon balcon, mon corps semble retrouver des forces et je l'interpelle.

— Attendez ! Si vous pouvez lire dans mon esprit, alors pourquoi m'avoir raconté tout cela ? Si votre volonté est de me faire douter de lui, sachez qu'il n'en est rien. Il ne peut avoir fait cela.

Il pousse un genre de feulement qui m'évoque un rire.

— Mes intentions ne vous regardent en aucun cas. Et ce n'est pas moi qui vais épouser le Dieu de la Guerre, de la colère et du sang. Un titre qui donne tout de même à réfléchir, vous ne pensez pas ?

Sans ajouter un mot, il s'élance dans les airs avant de disparaître dans un nuage de fumée, me laissant seule avec des idées bien sombres.

CHAPITRE 18

La lumière douce du matin s'infiltre à travers les rideaux de ma chambre, mais elle ne parvient pas à dissiper l'ombre qui pèse encore sur moi. Je m'éveille en sursaut, le souffle court, comme si j'avais couru toute la nuit dans un cauchemar dont je ne peux me rappeler qu'en fragments flous et oppressants.

Le souvenir du Vaëlion me hante. Son regard perçant, cette aura écrasante qui semblait sonder mon âme m'a suivie dans mes songes. Une peur sourde s'est accrochée à moi, et malgré la chaleur réconfortante des draps, je ressens toujours ce poids glacé au creux de ma poitrine.

Je passe une main tremblante sur mon front, humide de sueur. Mon cœur bat encore trop vite, comme s'il refusait de croire que ce n'était qu'un rêve, qu'il n'est pas réellement là, debout dans l'ombre de ma chambre, à m'observer de ses yeux flamboyants.

Je m'assieds au bord du lit, les pieds nus sur le sol froid. Mon reflet dans le miroir en face de moi m'apparaît fragile, presque étranger. Ce n'est pas l'image d'une reine ou d'une épouse destinée à convoler avec un dieu. C'est celle d'une femme fatiguée, envahie par le doute et les craintes.

Mais alors, une pensée traverse l'obscurité de mon esprit : Ashura. Mon fiancé, mon dieu, celui qui m'a choisie malgré tout. Son nom seul suffit à rallumer une étincelle de chaleur dans mon cœur. Je me rappelle ses bras, forts et sûrs, sa voix, intense et rassurante. Il m'a vue, moi, telle que je suis, et malgré mes failles, il m'aime. Je me refuse à croire les insinuations de Vaëlion à son sujet, ça n'a pas de sens.

Je respire profondément, essayant de chasser les restes de cette nuit agitée. Il est temps de me lever, de me préparer, de faire face à cette matinée qui marquera le début d'une nouvelle vie. Qu'importe les cauchemars ou les jugements des dieux : je les affronterai, pour lui, pour nous, pour ce que nous bâtirons ensemble.

— Allez ma grande, interdiction de flancher aujourd'hui, dis-je en me rappelant de quoi allait être faites les heures à venir.

Alors que je m'assieds devant l'immense miroir orné de gravures célestes, Foudre entre dans la pièce comme un tourbillon d'énergie et de lumière. Sa présence est électrisante, littéralement, et pourtant apaisante. Ses doigts agiles et précis s'affairent avec une assurance inébranlable, ses gestes reflétant à la fois une douceur inattendue et la puissance brute de l'éclair qu'elle incarne.

Elle tresse mes cheveux avec une dextérité impressionnante, incorporant des fils d'or et d'argent qui scintillent comme de minuscules flashs. Chaque mèche semble capturer la lumière et la renvoyer sous forme d'éclats éthérés. Elle attache un diadème finement ciselé, qui épouse mon front avec délicatesse, une couronne digne d'une reine divine.

Une fois que la dernière épingle est fixée, elle recule pour m'observer, ses yeux brillant de fierté et de tendresse. « Parfait », vois-je apparaître devant moi grâce à l'anneau magique qui me permet de traduire ses paroles invisibles.

Je me lève, et c'est comme si la pièce tout entière retenait son souffle. La robe que je porte semble tissée de nuages et de lumière, s'écoulant autour de moi comme une cascade céleste. Les broderies, faites de fil d'éclairs argentés, capturent la moindre lueur, projetant des reflets d'aurore sur les murs.

Quand je me tourne pour observer Foudre, son regard est fier, et ses lèvres esquissent un sourire. « Tu es magnifique », dit-elle, ses mots revêtus d'une sincérité qui me touche profondément.

— Merci ma puce, je lui réponds en la serrant dans mes bras.

Nous restons ainsi un moment, silencieuses et satisfaites. J'ai un petit rire en ayant une pensée. Sans nous en apercevoir, nous avons fait quelque chose de très humain, de très « mère et fille ».

C'est à ce moment que je réalise que la légendaire n'est pas là, alors qu'elle avait dit vouloir venir pour m'aider à me préparer avec Foudre.

— Tu sais où est Rafale ?

Foudre me regarde avec une petite moue et je comprends qu'elle se demande si elle peut répondre. Quant à moi, je devine instantanément de quoi il en retourne. Je vérifie par la porte-fenêtre et j'ai l'impression qu'il est encore beaucoup trop tôt pour me rendre à mon mariage et je n'ai aucune envie d'attendre devant l'entrée plus que nécessaire. Je regarde alors ma fille qui arrive à mes côtés.

— Va te préparer mon ange, je vais aller la trouver.

Elle fait mine de protester, mais elle se ravise avant de faire une petite révérence et de sauter par le balcon. Quant à moi, je reste là quelques secondes, à me demander si je dois faire ce que je pense ou non. C'est alors que Fury fait son apparition dans le ciel, ce qui me fait sourire. « Ainsi soit-il » me dis-je à moi-même.

Après avoir caressé l'encolure de la créature, je monte sur son dos en essayant de faire attention à elle, et surtout à ma robe !

— Mène-moi sur l'île de Rafale, nous irons ensuite au mariage.

Sans dire un mot, la dragonnelle prend son envol en direction du sud. Il ne nous faut que quelques minutes avant d'arriver à destination et je regrette instantanément de ne pas être venue plus tôt rendre visite à la légendaire.

Son île semble couronnée d'une jungle verdoyante, un éden sauvage où la nature règne en maître. Les arbres y sont immenses, leurs troncs larges comme des tours et leurs cimes disparaissent presque dans une brume émeraude. Les feuilles scintillent créant l'illusion qu'elles sont baignées de rosée éternelle, et les lianes ondulent doucement sous l'effet d'une brise invisible, comme si elles accueillaient chaque voyageur.

Au centre de cette jungle, un colosse de bois se dresse, plus majestueux et plus vieux que les autres. Son tronc est d'un brun doré, et son écorce est gravée de motifs naturels qui rappellent des runes anciennes. C'est là que doit se trouver la demeure de la légendaire. Accrochée entre les branches massives, la maison semble faire partie du végétal géant lui-même, comme si elle avait poussé avec lui.

J'aperçois une structure plus large où un pont suspendu, fait de cordes organiques et de planches de bois, mène à l'habitation. Je fais signe à mon dragon de se poser à cet endroit. Lorsque j'emprunte la passerelle, chaque pas fait naître un léger grincement musical, comme si l'île elle-même chantait pour ceux qui osent s'aventurer ici.

Autour de la maison, des plantes exotiques aux couleurs vives poussent en abondance, leurs pétales iridescents attirant des oiseaux aux plumages éclatants et des papillons luminescents. Des ruisseaux cristallins serpentent dans la jungle, émettant une douce mélodie qui se mêle aux vocalises des créatures environnantes.

L'air est imprégné d'un parfum enivrant, mélange de résine, de fleurs et de terre humide. L'atmosphère est presque irréelle, comme si le temps lui-même ralentissait pour permettre à quiconque pose le pied sur cette île de savourer chaque instant.

Cette mélodie de vie est soudain brisée par un son fragile, inattendu et pourtant vibrant d'une puissance indescriptible : le vagissement d'un nouveau-né. Un cri qui fend l'air comme un éclair dans une nuit sans étoiles, résonnant à travers la jungle suspendue, éveillant chaque pétale, chaque branche, chaque particule de cette contrée.

Je ressens un changement dans l'atmosphère. Ce n'est plus seulement une présence qui m'observe, c'est une célébration silencieuse. La forêt luxuriante elle-même semble s'incliner devant ce miracle. Les feuilles frémissent légèrement, non pas sous l'effet du vent, mais comme si elles saluaient l'arrivée de cet être fragile.

J'hésite, avant de toquer à la porte et c'est une faible voix qui me répond :

— Entrez, Votre Majesté.

Je m'exécute et je découvre une Rafale allongée dans un parterre de coussins, un sourire
béat aux lèvres. Sa joie est palpable malgré ses
traits fatigués, et ses prunelles brillent d'une lumière qui transcende l'épuisement. Dans ses bras
dort un petit être emmailloté de tissus conçus de
feuilles et de soie végétale.

Le bébé, un tout jeune loup, est enveloppé
dans une aura douce et éclatante. Ses premiers
cris se sont apaisés, remplacés par une respiration régulière, paisible. La légendaire lève les
yeux vers moi, et dans ce regard, je vois une fierté immense, une force inébranlable et une gratitude tacite.

— La vie, murmure-t-elle, sa voix comme un
souffle porté par l'éternité. Même ici, au-delà des
cieux et des terres, elle trouve toujours un chemin.

Je m'incline légèrement, submergée par le
poids de ce moment sacré. La naissance d'un
enfant dans un lieu aussi mystique est une preuve
vivante que, y compris dans les endroits les plus
reculés et les plus silencieux, la magie de
l'existence persiste, éclatante et indomptable.

— Comment vas-tu ? je chuchote en m'asseyant non loin d'elle.

— Je vais bien, Votre Majesté, me répond-elle sans détourner le regard de son fils. Mais vous ne devriez pas être là. C'est le jour de vos noces.

— La mariée doit se faire attendre, c'est une tradition humaine, dis-je en faisant ma princesse. Il me semble que nous vivons un événement incroyable ici même, non ?

Elle se décide enfin à me regarder, mais je sens comme de la honte l'envahir avant qu'elle ne baisse rapidement les yeux.

— Pardonnez-moi…

Je lui prends la main instinctivement avant de relever son visage.

— De quoi pourrais-tu bien être pardonnée ?

Elle hésite, je perçois qu'elle ne veut pas me décevoir.

— J'ai conscience que vous ne comprenez pas ce que je vais faire, mais je dois l'emmener à la tour de la vie.

— Je sais, tu n'as pas à te justifier.

Elle se redresse pour me faire face, serrant encore plus fort le nouveau-né.

— Si, ma reine, car j'ignore comment vous avez réussi à surmonter la perte de votre fille à l'époque. Je réalise aujourd'hui la souffrance que cela a dû être pour vous. Je ne peux garder cet enfant avec moi. S'il lui arrivait quelque chose… je crois que je pourrais sombrer dans la folie.

Je regarde le louveteau.

Son petit corps, encore fragile, est couvert d'un pelage noir comme le jais, aussi sombre et brillant qu'une nuit d'hiver sous la lumière des étoiles. Les traits lupins de l'enfant, malgré leur jeunesse, portent déjà une intensité qui rappelle son père, une présence indéniable même dans cette forme menue.

Ses yeux, à demi-ouverts, dévoilent une teinte d'ambre profond, étincelant comme un trésor enfoui dans l'obscurité. Lorsque le bébé remue faiblement, de minuscules griffes émergeant de ses pattes se rétractent aussitôt, comme s'il cherchait instinctivement à trouver un équilibre entre force et tendresse.

Le cri du nouveau-né s'estompe en un léger gémissement, presque un murmure, tandis qu'il s'accroche au tissu qui l'entoure, ses petites mains semblant déjà vouloir explorer le monde. La légendaire lève doucement les yeux vers moi, et dans son regard, je peux voir à quel point ce nouveau-né est spécial.

Le souvenir de ma propre souffrance lorsque ma fille avait disparu dans le portail avec Daniel ce jour-là refait surface pour me tordre les boyaux. Je ressens à nouveau cette envie de mourir chaque seconde. Je ne la comprends que trop bien.

Je me redresse pour la laisser profiter de cet instant, de ce miracle car bientôt, elle portera son enfant avec fierté à la tour de la vie.

CHAPITRE 19

D'un geste fluide, je me hisse sur son dos, mes mains trouvant leur place familière sur ses écailles froides mais rassurantes. Mon cœur bat plus vite à l'idée de ce qui m'attend. Devant moi apparaît l'île de la cathédrale, et avec elle, la célébration de mon mariage.

— En route, mon amie, murmuré-je, une pointe d'émotion dans la voix.

Fury déploie ses ailes massives dans un bruissement impressionnant, soulevant un souffle violent qui agite la végétation environnante. D'un bond puissant, elle quitte le sol et nous nous envolons, perçant les brumes de la terre émergée.

Le vent fouette mon visage tandis que nous montons dans le ciel, la jungle verdoyante en contrebas se fondant peu à peu dans un tapis de nuages. L'oasis aérienne disparaît à l'horizon, et devant nous se dessine une silhouette spectaculaire : l'île de la cathédrale.

Surgissant de la mer cotonneuse comme un astre tombé de la voûte céleste, un immense dragon d'or fend l'air avec une majesté imposante : Dragar ! Ses ailes battent lentement, mais avec une puissance si prodigieuse que l'atmosphère semble vibrer autour de lui.

Et là, sur son dos, se tient Ashura.

Sa silhouette est reconnaissable entre toutes, massive et pleine d'autorité. Sa cape écarlate flotte derrière lui, contrastant avec les reflets brillants des écailles de sa monture. Son expression est dure, presque fermée, et ses yeux dardent dans ma direction avec une intensité qui m'immobilise.

Il lève une main, un geste précis et sans équivoque, pour m'indiquer de me poser. Fury obéit aussitôt, amorçant une descente contrôlée vers un plateau rocheux suspendu au-dessus des nuages. Le silence est seulement interrompu par le bruit des battements d'ailes, comme le prélude à une confrontation inattendue.

Je me laisse glisser lentement, mes jambes légèrement tremblantes, et regarde mon mari qui met pied à terre à son tour. Son dragon d'or se tient en arrière, il semble n'avoir d'yeux que pour Fury.

Ashura avance, ses pas lourds mais mesurés, comme s'il portait le poids du ciel lui-même. Ses prunelles, si souvent emplies de chaleur pour moi, sont aujourd'hui voilées par une tension palpable.

— Comment vas-tu ?

Son ton est froid, pourtant je ne ressens pas forcément de colère envers moi, mais plutôt de l'inquiétude. Il sait, pour Vaëlion.

— Je vais bien. Ne devais-tu pas m'accueillir à l'intérieur de la cathédrale ? Nos invités t'attendre.

Il balaye l'argument de la main avant de me prendre dans ses bras.

— Les Worgens s'occupent de nos convives, ne t'en fais pas pour cela. Je sais que mon frère

Vaëlion est venu ici durant mon absence. Orion m'a dit que vous vous étiez parlé et qu'il était reparti sans demander son reste. Je ne peux deviner les paroles de mes congénères avec toi, nos pouvoirs ne marchant pas les uns sur les autres. Que te voulait-il ? T'a-t-il fait du mal ?

— Absolument pas, il ne s'est pas déplacé pour ça, du moins pas encore d'après lui.

— Pas encore ! s'exclame mon mari en hurlant. Je vais lui faire bouffer sa crinière à ce chien galeux.

Pour la première fois, la peur du Dieu de la colère me force à reculer d'un pas. Sa voix vient de raisonner sur des kilomètres, mais aussi dans mon esprit. Mon cœur s'emballe. La nervosité dans l'air est presque tangible, comme si quelque chose d'immense et d'inévitable allait se produire. Mon dragon bleu se tient prêt, tendu, et je sens son inquiétude résonner avec la mienne.

Je comprends que je dois le calmer à tout prix, surtout un jour comme celui-là.

— Il pense que tu as tué Illith. Ou du moins, il est certain que Nobtus ne l'a pas tuée.

Sa colère semble s'évaporer pour laisser place à de la stupéfaction. Il commence à faire les cent pas, ce qui est inhabituel chez lui car cela signifie qu'il « réfléchit », ce qui ne lui arrive jamais. D'habitude, il sait. Lorsqu'il s'arrête de marcher, il me fixe comme s'il me voyait pour la première fois.

— Tu as bien dit qu'il sait que Nobtus ne l'a pas tuée ? Comment peut-il en être sûr ?

— Tu ne t'exprimes pas sur le fait qu'il t'accuse de sa mort ?

Une fois de plus, il balaye l'argument avant de me saisir par les épaules :

— Je n'ai pas tué Illith, donc ses recherches me concernant ne donneront rien. Il n'y a donc aucune raison de s'inquiéter de cela. En revanche, l'idée qu'il sache que Nobtus n'est pas le responsable veut dire qu'il est au courant de quelque chose que j'ignore ! Tu comprends ?

— Il m'a dit avoir la faculté d'identifier votre position, plus ou moins. D'après lui, Illith est morte très vite, son énergie s'est éteinte presque instantanément, et Nobtus était à ce moment-là très loin d'elle.

— Fascinant, me répond-il presque sans me regarder. Ce vieux chat a donc le pouvoir de nous localiser… Et ça ne lui est pas venu à l'esprit de m'en parler ? Je pense qu'après ce mariage, je vais lui rendre une petite visite de courtoisie moi aussi.

— Tu n'es pas effrayé ? Il semble si ancien, si puissant… Il s'est présenté seul, sans légendaire. Il ne te craint pas.

Il sourit et je ressens une pointe d'excitation naître dans le regard de mon époux.

— Droshin non plus n'avait pas peur, mon amour, mais trêve de bavardage. Tu viens de m'apprendre une merveilleuse nouvelle.

Il dépose un baiser sur mon front, un rictus radieux sur son visage avant de se retourner pour remonter sur son dragon d'or, le mouvement empreint d'une maîtrise presque surnaturelle. Ses yeux croisent les miens une ultime fois, un mélange de promesses et de mystère dans son regard :

— Laisse-moi dix minutes, veux-tu, le temps de m'assurer que tout est en place pour ton arrivée. Et une dernière chose : je n'ai jamais vu une femme plus belle que toi en ce jour, je suis l'homme le plus chanceux de l'univers.

Je reste là, immobile, le souffle coupé, regardant la silhouette imposante de Dragar disparaître à l'horizon. Mon propre dragon bleu se rapproche doucement, baissant la tête comme pour m'inviter à trouver un moment de réconfort. Je caresse distraitement ses écailles fraîches et lisses, perdue dans mes réflexions.

Le silence du plateau me semble presque apaisant, bien qu'un étrange mélange de tension et d'excitation me traverse. Je m'assieds sur un rocher plat, mon regard s'égarant dans l'immensité céleste qui s'étend autour de moi.

Bientôt, pensais-je. *Bientôt, je serai l'épouse officielle d'un Dieu.*

La perspective me remplit de contradictions. Une part de moi est emplie d'une joie incommensurable, un bonheur éclatant à l'idée de cette union sacrée avec Ashura, ce Dieu puissant et complexe. Mais d'un autre côté, je reste humble, presque incrédule face à l'immensité de ce rôle. Être l'épouse d'un Dieu n'est pas seulement une célébration, c'est un engagement, une promesse de marcher à ses côtés dans la lumière comme dans l'ombre, de porter une couronne faite d'amour et de responsabilités.

Une chose est sûre : ma vie ne m'appartient plus entièrement. Elle est désormais liée à quelque chose de bien plus grand. Et pourtant, en cet instant suspendu, je me sens étrangement en paix. Car au fond de moi, je sais que peu importe les épreuves à venir, c'est *lui* que j'ai choisi.

Lorsque je rouvre les yeux, le soleil caresse le zénith, comme pour me souffler que le moment est enfin venu. Je me lève, déterminée, prête à rejoindre Ashura. Car bientôt, ce sera notre destin, ensemble.

CHAPITRE 20

— Vous êtes préoccupée.

Je suis tirée de mes pensées par Fury. Sa voix est apaisante mais je la sens stressée.

— En effet, c'est une grande journée, qui ne le serait pas ? je lui réponds l'air de rien, sans qu'elle soit dupe pour autant.

— C'est en effet une grande journée, mais c'est aussi un nouvel âge pour nous, me réplique-t-elle sans se retourner, me guidant inexorablement vers l'île de la cathédrale. À présent, notre maître est comblé, comme votre fille. Bien qu'elle soit une légendaire, elle reste la princesse Artémis.

Mon dragon bleu descend lentement, ses puissantes ailes créant des courants qui font danser la lumière autour de nous. Nous atterrissons sur une large esplanade de marbre poli, bordée de statues colossales représentant les grandes figures divines de l'histoire. Parmi elles, je reconnais Ashura, symbolisé dans une pose de guerrier, son regard sculpté fixé sur l'horizon. Je réalise que les hommes qui viennent de contempler ce chef-d'œuvre doivent vraiment se demander ce que va devenir l'humanité. N'est-ce pas trop pour eux ? Même moi, en voyant la démesure de l'édifice tout entier, je me dis que les peuples de la Terre ont raison d'avoir peur.

Le silence est écrasant, interrompu seulement par les légers bruissements de mon dragon. Je descends doucement de son dos, mes pieds touchant le marbre froid avec une délicatesse presque irréelle. L'air est chargé de quelque chose d'indescriptible, une tension entre le sacré et le profane, entre le divin et l'humain.

Je pose une main sur l'encolure de Fury, qui me fixe de ses grands yeux intelligents. C'est

comme s'il savait ce que je ressens : une anticipation mêlée de crainte et d'excitation.

— Merci, mon amie, murmuré-je, caressant
doucement ses écailles.

Elle incline la tête en réponse, puis s'éloigne
légèrement, s'allongeant à proximité comme si
elle veillait sur moi. Je me tourne vers les portes,
mon cœur battant plus vite à chaque pas.

Le vent s'agite, emportant une mèche de mes
cheveux, et je lève les yeux vers les cieux où la
lumière éclatante joue avec les ombres. Une pensée traverse mon esprit : bientôt, tout cela changera. Bientôt, je ne serai plus simplement moi. Je
serai l'épouse d'un Dieu.

Avec une inspiration profonde, je m'avance
vers la cathédrale, prête à commencer un nouveau chapitre de mon existence.

Je prends une grande bouffée d'air, un grincement sonore brise le silence qui, jusqu'alors,
envahissait l'atmosphère, m'informant qu'il est
enfin temps que j'entre en scène. Je jette un dernier coup d'œil à Cubi pour vérifier que celui-ci
est toujours à côté de moi. Puis je resserre mon

emprise sur ma rapière pour m'insuffler le courage dont j'ai besoin pour les minutes à venir.

Lorsque je franchis les immenses portes de la cathédrale, une vague d'émerveillement me submerge instantanément. L'intérieur est baigné d'un éclairage doré, diffus et irréel, qui paraît émaner à la fois des vitraux ornés et de l'atmosphère elle-même. L'espace est gigantesque, si vaste qu'il semble contenir tout un ciel en son sein.

Et c'est là, suspendus dans les airs, que je les vois : deux mille Elfes, flottant gracieusement à plusieurs mètres au-dessus du sol. Leurs robes diaphanes captent la lumière, créant des éclats de couleurs chatoyantes qui dansent sur les parois de marbre blanc et les piliers élancés.

Puis, comme une seule voix, ils commencent à chanter.

Leur cantique est une harmonie parfaite, une mélodie si pure qu'elle semble toucher directement l'âme. Chaque note résonne dans l'espace sacré, vibrant contre les colonnes, les arcs, et les fresques célestes au plafond. C'est une musique qui transcende le langage, un hymne ancien et mystique qui raconte des histoires de dieux, d'étoiles, et d'un amour éternel.

La magie qui les maintient en lévitation est subtile mais évidente : un doux éclat bleu-argenté entoure leurs corps graciles, comme un halo vivant. Ils se déplacent légèrement, oscillant au rythme de leur chant, créant un ballet aérien qui semble défier les lois mêmes de la gravité.

Je reste figée, incapable de bouger, mes yeux s'emplissant de larmes face à une telle beauté. Leurs voix donnent l'impression de me parler directement, comme si chaque note portait un message, une bénédiction, une promesse d'espoir et d'amour.

Mon regard suit leurs mouvements, et je remarque que les Elfes forment des constellations vivantes, dessinant des figures et des symboles dans l'air. Ces images racontent une histoire : celle d'un amour qui unit non seulement deux êtres, mais deux mondes.

Le sol sous mes pieds, un marbre blanc veiné d'or, semble pulser doucement avec l'énergie de la musique. Les rayons du soleil traversent les vitraux, projetant des ombres colorées qui dansent au rythme des voix.

Je ressens alors quelque chose d'indescriptible, une chaleur qui envahit mon cœur et chasse mes derniers doutes. Cette cérémonie n'est pas seulement la mienne, elle appartient à tous ceux qui sont ici, à tous ceux qui croient en ce que nous représentons.

Je me tiens droite, le regard levé vers ces chanteurs célestes, sentant pour la première fois le véritable poids de ce jour sacré. Je suis prête.

Tandis que les voix pures des Elfes continuent de résonner dans l'immense cathédrale, mes yeux se détournent un instant vers les alcôves qui s'alignent de chaque côté de la nef principale. Des humains y sont installés, leurs vêtements somptueux révélant leur statut d'élite. Pourtant, leurs murmures, leurs expressions curieuses et leurs mouvements nerveux n'attirent que peu mon intérêt. Ils semblent étrangers à ce moment sacré, simples spectateurs d'un événement qui les dépasse.

Mon attention glisse alors vers l'avant, et mon souffle se coupe quelques secondes.

Une ligne d'hommes-loups imposants se dresse devant moi, formant une haie vivante qui s'étend jusqu'à l'autel où m'attend mon destin. Leurs silhouettes sont colossales, leur pelage variant entre des teintes sombres et argentées, reflétant les lumières fluctuantes de la cathédrale. Leurs regards ardents sont rivés sur moi, brûlants de respect et de fierté.

À mesure que j'avance, chacun d'eux se frappe la poitrine d'un poing puissant, un geste qui résonne dans l'air comme le battement d'un immense tambour. Boum. Boum. Boum. Ce son profond, rythmé par mes pas, s'harmonise étrangement avec le chant des Elfes. C'est un langage muet, une déclaration qui transcende les mots : leur loyauté, leur respect, et leur reconnaissance.

Leur énergie brute et sauvage emplit l'espace, me frôlant à l'image d'une tempête contenue. Je perçois leur force, leur fierté ancestrale, et surtout leur approbation. Chaque frappe sur leur poitrine est semblable à un serment silencieux qu'ils me prêtent : celui de m'accepter comme leur reine, leur guide.

Je me redresse, sentant une vague de chaleur parcourir mon corps. Ce n'est plus de la peur ou de l'angoisse, mais une vigueur nouvelle, alimentée par leur ferveur. Ils me reconnaissent.

À chaque pas, leurs gestes deviennent plus synchronisés, plus intenses. Certains rugissent doucement, une vibration gutturale qui s'ajoute à cette étrange symphonie de puissance et de majesté. Je les vois incliner légèrement la tête, un signe d'humilité qui contraste avec leur aura de force indomptable.

Alors que je poursuis ma progression dans la nef, entourée par le chant sacré des Elfes suspendus et les battements dynamiques des poitrines des Worgens, une silhouette familière se détache devant moi. Brawn, mon maître d'armes, se dresse dans toute sa majesté. Son pelage noir comme la nuit capte les reflets dorés des vitraux, et ses yeux brillent d'une lumière intense, mélange d'honneur et de fierté.

Il s'avance de quelques enjambées, ses mouvements empreints de la grâce féline des combattants aguerris, et s'incline légèrement devant moi. Puis, d'un geste solennel, il tend son bras pour m'inviter à le suivre. Une onde de gratitude m'envahit : Brawn, cet homme-loup à l'âme farouche et au cœur noble, celui qui m'a formée, me guide aujourd'hui vers un futur qui dépasse tout ce que je pouvais imaginer.

Ses pas résonnent doucement sur le marbre, et je marche à ses côtés, soutenue par sa présence imposante et réconfortante. À chaque battement de tambour produit par les Worgens, je sens sa force m'envelopper, un rappel silencieux qu'il a toujours été là, à veiller sur moi.

Mais alors que nous approchons de l'autel, une autre silhouette surgit, irradiant une énergie électrique presque palpable. Foudre, ma fille, la déesse de l'éclair originel, s'avance pour prendre la relève. Sa démarche est vive et déterminée, chaque mouvement chargé d'une puissance contenue. Ses cheveux, auréolés d'une lumière vibrante, semblent crépiter doucement comme si l'orage lui-même voulait participer à cet instant sacré.

Brawn s'arrête et incline humblement la tête, un geste qui témoigne non seulement de son respect envers elle, mais aussi de la passation symbolique de ce moment. Il se retire en silence, se fondant parmi les rangs des Worgens, laissant place à ma fille.

Foudre me tend la main, et quand mes doigts rencontrent les siens, une chaleur familière m'envahit. Son sourire est à la fois tendre et encourageant, et dans ses prunelles, je vois une fierté qui dépasse celle d'une enfant pour sa mère : c'est une déesse qui reconnaît une autre âme digne de marcher à ses côtés.

Ensemble, nous continuons, nos pas résonnant en harmonie, tandis que l'autel, et mon destin se rapprochent inexorablement.

À quelques mètres de moi se tient Ashura qui me contemple avec des yeux rêveurs. Je réalise non sans une pointe d'ironie les paroles de Vaëlion : « je comprends pourquoi il a utilisé tant d'énergie pour vous retrouver ». Cette affirmation, pourtant anodine, me saute au visage. Dans ma vision égoïste de la situation, je n'avais jamais vraiment réfléchi à ce que ce mariage avait coûté au peuple Welfen et à mon époux. Pendant plus d'une décennie, ils ont parcouru l'univers pour me récupérer. Ils ont guerroyé, pansé leurs plaies. Ashura a mis de côté sa vengeance, pour moi.

Lorsque je franchis les derniers pas, Foudre me laisse doucement avancer seule. Ma moitié m'attend au pied de l'autel. Sa présence emplit l'espace, imposante et magnétique, comme un orage contenu. Il tend ses bras vers moi, et sans hésiter, je me glisse dans son étreinte, trouvant refuge dans la force de ses gestes.

À cet instant précis, tout se fige. Le chant des Elfes s'éteint, les battements de poitrine des Worgens cessent. Un silence absolu s'installe, si profond qu'il semble avaler tout le reste.

Mon cœur accélère sous le poids de l'attention de l'assemblée réunie. Je pourrais me sentir vulnérable, exposée, mais dans les bras d'Ashura, cette crainte s'efface. Il est mon pilier, mon ancre, et dans cet instant suspendu, il n'y a que lui et moi.

Je relève doucement les yeux vers lui, et il me sourit, un sourire rare, presque imperceptible, mais rempli de la puissance et de l'amour qu'il n'exprime jamais en mots. Ses mains, chaudes et protectrices, se posent sur mes épaules, comme pour me rappeler que je ne suis plus seule.

Le silence persiste, mais dans ce calme, une énergie particulière circule. Une reconnaissance muette, un accord tacite : ces peuples si différents, réunis aujourd'hui, acceptent ce lien qui va bien au-delà des frontières ou des lignées.

Alors, doucement, Ashura me murmure à l'oreille :

— Ils savent pourquoi ils sont ici. Maintenant, c'est à toi de leur montrer pourquoi tu mérites d'être à mes côtés.

Ces mots, prononcés à la fois comme un défi et une promesse, résonnent en moi telle une étincelle. Et dans ce silence parfait, je réalise que je suis prête.

Le vide sonore est total. Des milliers d'yeux m'observent, scrutant le moindre de mes mouvements. Les humains, dans leurs alcôves dorées, sont immobiles, presque distants. Leur regard est curieux, mais il ne m'atteint pas. Ce n'est pas pour eux que je suis ici. Ce n'est pas à eux que je dois m'adresser.

Je lève les prunelles vers les rangées de Worgens qui me fixent avec une intensité brûlante. Ces êtres fiers, indomptables, représentent tout ce que je veux honorer. Ils sont ma famille, mon peuple, mon essence.

Alors, je prends une profonde inspiration, sentant chaque fibre de mon être vibrer de cette énergie brute et sauvage. Et dans une explosion de pure émotion, je pousse le plus puissant cri de joie que mon corps soit capable de produire.

Le son s'élève, féroce et libérateur, inondant le colosse architectural, ricochant sur les murs de marbre, montant jusqu'aux voûtes célestes. C'est un rugissement primal, un hurlement qui transcende les mots, exprimant tout ce que je ressens : l'acceptation, l'amour, la fierté, et surtout, mon appartenance.

Je suis une Welfen.

Le cri résonne, réveille quelque chose dans l'assemblée. Les Worgens et les Elfes se redressent, comme touchés par une force invisible, et bientôt, l'un d'eux répond, suivi d'un autre, puis

238

de dizaines, jusqu'à ce que l'immense cathédrale soit emplie d'un chœur sauvage et puissant.

Je perçois leurs voix qui se mêlent à la mienne, une harmonie brutale et magnifique. C'est une symphonie d'âmes, un appel ancestral qui unit chacun d'entre nous dans ce moment sacré.

Et dans cette alliance, je ne suis plus une étrangère. Je suis leur reine.

Ashura, derrière moi, reste silencieux, mais je sens son regard. Je sais qu'il me voit pour ce que je suis : une femme qui a trouvé sa place. Je baisse la tête un instant, retenant les larmes qui menacent de couler, puis me redresse, le cœur gonflé de fierté.

Aujourd'hui, je ne suis pas simplement une mariée, pas simplement une élue. Je suis une Welfen, et rien ni personne ne pourra jamais me retirer cela.

CHAPITRE 21

La fête bat son plein, et le toit du palais offre une vue imprenable sur les cieux étoilés. Des lanternes flottent dans l'air, illuminant les visages et les riches ornements de ceux qui se pressent pour célébrer cette union divine. La musique, une combinaison de chants elfiques et de percussions Worgen, emplit l'atmosphère d'une énergie vibrante et intemporelle.

Je me tiens près de la balustrade, observant les festivités avec un mélange de fierté et d'étrangeté. Les dirigeants terriens, dans leurs costumes impeccables et leurs regards réservés, se regroupent en petits cercles. Ils me jettent des coups d'œil furtifs, comme s'ils ne savaient pas s'il fallait m'approcher ou garder leurs distances.

Le poids de leur crainte est presque tangible. Il ne s'agit pas seulement de ma nature, mais de l'homme qui est désormais mon mari : Ashura, le Dieu de la Guerre, de la Colère et du Sang. À leurs yeux, je ne suis pas une reine ordinaire. Je suis l'épouse d'un être qu'ils respectent autant qu'ils le redoutent, et cette ombre qu'il projette semble les empêcher de m'aborder.

Soudain, une voix chaleureuse et teintée d'un léger accent brise ce mur de silence. Le Président français s'avance, un sourire sincère sur le visage. Son allure est décontractée, presque désarmante, contrastant avec la rigidité de ses homologues. Il est l'homme petit et grassouillet que je voyais avant dans mon poste de télévision. Pourtant, il semble le plus courageux de tous.

— Madame, vous êtes magnifique.

— On dit Votre Majesté, monsieur le Président.

Il se redresse légèrement et ajuste ses lunettes non sans un sourire au coin des lèvres.

— Comment ai-je pu ? Me pardonnerez-vous ?

Je ne réponds rien et l'entraîne près du buffet, je dois admettre que je suis morte de faim.

— Vous ne mangez rien ?

— J'ai bien profité il y a peu, m'assure-t-il en tapotant sa bedaine bien rebondie. Je voulais vous présenter mes excuses pour ce qui est arrivé précédemment. Je dois avouer que les militaires ont tendance à en faire beaucoup trop.

— Vous auriez dû écouter... comment se nommait-il déjà ? Le général Dujardin ?

Il hoche la tête en me souriant de nouveau.

— Un homme avisé ! C'est certain. J'espère que ces mésaventures passées ne gâcheront pas nos futures relations. Je m'engage à ce que la France soit un partenaire de choix avec… Comment doit-on vous appeler ?

— L'Archipel. Et *mon* peuple se nomme les Welfens.

Il hoche de nouveau la tête comme gêné par la situation.

— Il est évident que nous avons encore beaucoup de choses à apprendre sur vous. Cer-

242

tains pourraient dire qu'on est parti du mauvais pied !

— Et je ne leur donnerai pas tort, je réponds en choisissant un rouleau de printemps particulièrement appétissant.

Il me regarde manger comme s'il n'avait jamais vu personne engloutir de la nourriture avant de se reprendre.

— Votre Majesté, vous-même, votre fille et votre mari êtes… étiez Français. De ce fait, nous sommes extrêmement fiers de vous compter parmi nos concitoyens.

Je manque de m'étrangler en l'écoutant mais cela ne semble pas l'importuner le moins du monde.

— Par conséquent, nous avons décidé d'organiser une cérémonie afin de vous octroyer la Légion d'honneur à tous les trois et de vous offrir une résidence permanente sur le territoire français, et pas n'importe laquelle. Nous voudrions vous faire don du château de Chambord.

Je me fige devant la déclaration de ce petit bonhomme plein d'audace. Pour le coup, on ne peut pas dire qu'il y va avec le dos de la cuillère.

Le château de Chambord, rien que ça ! Je ne sais quoi lui répondre lorsque je sens mon mari se glisser à mes côtés. Je ne l'ai même pas vu venir.

— Monsieur le Président.

Sa voix est douce, presque charmeuse, ce qui m'étonne, voire me fait peur.

— Que pouvons-nous faire pour vous ?

L'homme en face de moi se décompose. Je peux également distinguer de la buée se former sur ses lunettes et je me dis qu'il est temps de sauver ce petit homme avant qu'il ne fonde sur place.

— Il vient de nous proposer de nous décerner la Légion d'honneur et ils veulent nous faire cadeau d'un château, afin que nous ayons une résidence en France, notre lieu de naissance.

Bizarrement, mon mari regarde l'individu avec un nouvel intérêt. Il demeure silencieux quelques secondes et je sais qu'il sonde son esprit afin de percevoir la moindre menace avant de répondre.

— Ma fille et moi sommes des immortels désormais. Votre médaille n'a que peu de valeur pour nous. Néanmoins, ma femme reste une mortelle, pour le moment. Elle vient de vivre l'une des expériences les plus traumatisantes de sa vie et on ne peut pas vraiment dire que vous lui ayez facilité la tâche.

L'homme s'apprête à répondre mais mon époux l'arrête de la main.

— Pardonnez-moi, je ne voulais pas dire cela sur le ton du reproche. Je trouve votre démarche des plus courageuses.

Il se tourne vers moi avant de continuer.

— Je pense que tu devrais accepter.

— Je vais y réfléchir...

Après une courte révérence, Ashura s'éclipse dans la foule, les gens s'écartant sur son passage.

— Sacré personnage ! À vous aussi, il vous donne des frissons comme ça ? demande le Président français en s'essuyant le front.

— Attendez de le voir en colère, je réponds en regardant mon mari s'éloigner, car je sais au plus profond de moi qu'il n'est pas intervenu par hasard dans cette discussion.

La nuit avance, et les festivités battent leur plein.

Je me laisse emporter par cette ambiance unique : la danse, les toasts portés en mon honneur, et les nombreuses voix qui s'élèvent en célébration. Malgré mes appréhensions initiales, je commence à sentir que cette union n'est pas seulement un destin orchestré par les circonstances, mais un chemin que j'ai choisi.

Alors que la lune décline lentement et que les premières lueurs de l'aube caressent l'horizon, je perçois une présence familière derrière moi. Ashura se tient là, imposant et magnétique, son regard brillant d'une intensité que je n'ai jamais vue auparavant.

Il tend une main vers moi.

— Viens. Il est temps.

Je fronce légèrement les sourcils, surprise.

— Déjà ? Je pensais que... nous resterions ici pour la nuit.

Il secoue doucement la tête, un sourire discret jouant sur ses lèvres, mais ses yeux trahissent une gravité inhabituelle.

Curieuse et un peu intriguée, je prends sa paume, sentant sa chaleur contre ma peau. Sans un mot, il m'entraîne à travers les derniers convives qui s'écartent respectueusement sur notre passage.

Lorsque nous atteignons nos montures qui patientent sur le bord du toit, mon cœur s'emballe. Ashura se hisse sur Dragar, et d'un geste, il m'invite à le rejoindre. Je grimpe derrière lui, mes bras s'enroulant instinctivement autour de sa taille, sentant la puissance de sa présence.

Le dragon s'élance dans les airs avec une grâce majestueuse, et bientôt, les lumières de la fête s'éloignent, remplacées par les vastes cieux étoilés. Le vent fouette doucement mon visage, et je me demande où il m'emmène.

Après un long moment de vol silencieux, une silhouette familière émerge à l'horizon : la tour de la vie. Sa structure titanesque semble presque irréelle sous le reflet pâle des astres, ses murs scintillants d'une lueur argentée.

— Nous n'allons pas dans nos appartements ? chuchoté-je dans le creux de son oreille ?

— Non, ce soir il est temps pour toi de savoir qui tu es, ou qui tu veux être.

Quand nous nous posons à l'avant-dernier étage, une vaste arche ornée de runes éclatantes s'ouvre devant nous, baignée d'une lumière chaude et tamisée. L'air est chargé d'une énergie vibrante, presque palpable. Dès que je mets un pied à terre, je ressens cette atmosphère unique, comme si chaque souffle portait une promesse de liberté, mais aussi un frisson de l'inconnu.

Ce sanctuaire caché où les Welfens se rassemblent pour se libérer de toutes contraintes, pour se retrouver dans leur nature la plus brute et la plus authentique. C'est un espace où les corps et les esprits s'entrelacent dans une communion intime et sans tabous, où les limites entre le spirituel et le charnel disparaissent complètement.

Des sculptures d'une sensualité sublime ornent chaque colonne : des silhouettes de Worgens et d'Elfes, figés dans des postures de danse ou de tendresse, presque vivants.

La pièce principale est vaste, baignée d'une lumière dorée qui semble provenir du plafond, un halo doux qui caresse la peau et apaise l'âme. Des coussins moelleux, des tapis somptueux, et des bassins d'eau claire s'étendent dans l'espace, invitant à la détente. L'air est parfumé d'une senteur envoûtante : un mélange d'épices et de fleurs exotiques.

Les murmures et les rires s'élèvent tranquillement, comme une mélodie harmonieuse. Quelques Welfens sont là, leurs regards me traversent, mais sans jugement. C'est comme si leur simple présence m'enveloppait d'un sentiment d'appartenance et de vulnérabilité entrelacée. Puis viennent les bruits de plaisir. Discrets, mais reconnaissables, je sais que nous devrons nous enfoncer plus profondément dans ce lieu mystique pour en voir plus.

Pourtant, une part de moi est troublée. La fascination, que j'ai toujours ressentie pour cet endroit, se mêle à une crainte viscérale. Ici, tout est mis à nu : les émotions, les désirs, les doutes. Cet espace invite à se perdre, mais aussi à se retrouver, d'une manière que je ne suis pas certaine d'être capable d'affronter.

Je détourne le regard, les joues légèrement rouges.

— Je ne sais pas si je suis prête…

— C'est pour cela que nous sommes là, me répond-il un peu moqueur. Tu es reine maintenant. Faisons un tour et tu feras ce qui te tente, tu observeras ce que tu souhaites et… tu ordonneras à qui tu le voudras.

Cette dernière phrase me procure un frisson de désir… et je m'avance presque machinalement entre les rideaux pour m'enfoncer dans ce dédale de couloirs et d'alcôves.

L'endroit est richement décoré, comme au premier jour. Il y a des pichets de Piña colada qui traînent sur des petites tables basses avec des verres retournés pour leur tenir compagnie.

À chaque fois que je franchis une tenture, j'ai une bouffée d'appréhension, mais aussi d'excitation à l'idée de découvrir une scène érotique. Ma surprise est totale lorsque j'aperçois les premiers occupants. Il s'agit de trois jeunes Worgens avec une Elfe. Ils sont nus, allongés dans un immense sofa pourpre aux accoudoirs dorés. Ils boivent tout en discutant, comme une bande de copains qui se retrouverait après une journée de travail, à la différence près que leurs vêtements sont au sol et que j'imagine que « la chose » est déjà terminée.

Pourtant, leur regard en me voyant est sans équivoque. Les Worgens me font un petit salut de la tête et je crois même entendre un « Votre Majesté » alors que l'Elfe devient totalement rouge quand elle découvre mon mari derrière moi.

— Maître…

Rien qu'au son de sa voix, je sais qu'elle le désire. Qui ne voudrait pas ? Néanmoins, il semble rester en retrait tout en dévisageant les trois Worgens. Le silence qui s'installe est à la fois pesant mais aussi très excitant. Avec une lenteur presque exagérée, l'un des hommes-loups se lève pour se placer dans mon dos. Il me dépasse de presque une tête et je perçois son souffle rauque dans ma chevelure. Il demeure là quelques secondes, comme s'il attendait un signe muet de ma part. Je ferme les paupières, car je sens mon désir monter rapidement. Je capte comme un courant d'air et je découvre que l'Elfe vient de se mettre debout pour se diriger vers mon mari, les yeux débordants d'envie, la bouche entrouverte. Il y a encore peu de temps, je l'aurai simplement traitée de salope. Mais aujourd'hui, je comprends ce qu'elle ressent. Je les vois s'éclipser tous les deux derrière le rideau et j'éprouve à la fois de la peur mais aussi du soulagement. Je ne sais pas si je serai prête à partager cette vision avec lui.

Pour les deux Worgens restants, c'est le déclic. Ils s'écartent pour me laisser m'installer avec eux sur le sofa. Celui qui était derrière moi nous rejoint et souffle plusieurs bougies pour permettre à la pénombre d'envahir l'alcôve.

— C'est votre première fois... avec l'un de nous ?

Celui qui vient de parler commence à défaire les lacets de ma tenue en plongeant ses yeux dans les miens. Je lui fais un petit signe de tête, incapable de prononcer un mot. Il sourit et semble satisfait de la réponse. Ma robe disparaît beaucoup plus vite qu'il ne lui en a fallu pour être greffée à mon corps et je me retrouve nue au milieu des trois hommes-loups qui me dévorent du regard.

— Vous êtes très belle, Votre Majesté, me susurre l'un d'entre eux à mon oreille.

Un frémissement me parcourt l'échine lorsque son souffle glisse sur mon épiderme. Leur présence, massive et imposante, m'entoure comme une vague de chaleur. L'un d'eux avance une main aux griffes effilées, frôlant à peine mon bras, tandis qu'un autre incline son museau vers ma gorge, déposant une caresse de ses lèvres. Leur fourrure effleure ma peau nue, déclenchant une multitude de frissons.

Je me laisse aller contre le dossier du sofa, le cœur battant sous l'intensité de leurs regards luisants dans la pénombre. Celui qui m'a dévêtue se penche et murmure contre mon cou :

— Nous sommes à vos ordres, Majesté… mais permettez-nous de vous honorer à notre façon.

Sa langue, douce et tiède, trace un chemin lent le long de ma clavicule, s'attardant sur les creux et les reliefs de mon corps. Un soupir m'échappe quand un autre fait de même, sa respiration brûlante soulevant une attente délicieuse. L'un d'eux s'agenouille à mes pieds, ses mains puissantes encadrant mes hanches alors qu'il glisse son organe buccal contre ma peau avec une patience infinie.

Mais ce désir qu'ils attisent en moi ne demande qu'à être partagé. J'entrouvre les lèvres et attire à moi celui qui a murmuré ces mots troublants. Je sens son souffle s'accélérer à mesure que je me hisse vers lui, effleurant de ma langue la courbe de sa mâchoire. Il tressaille. Je goûte sa peau avec la même langueur qu'il a accordée à la mienne, savourant la texture soyeuse de sa fourrure, la chaleur qu'il dégage.

Un grondement sourd résonne dans sa poitrine, un mélange de surprise et de plaisir. L'exploration devient mutuelle. Leurs langues, expertes, se synchronisent, éveillant chaque parcelle de mon corps avec une précision troublante. Ils dégustent ma chair comme s'ils s'abreuvaient d'un nectar rare, et en retour, je leur dispense une ferveur égale, traçant des arabesques invisibles sur leur pelage, jouant des frissons que je leur arrache.

La pénombre danse autour de nous, baignée par la lueur vacillante des bougies. Plus rien n'existe en dehors de cette étreinte envoûtante où les souffles s'accordent, où chaque frémissement devient une offrande. Je me perds entre leurs griffes et leurs langues, me laissant emporter dans cet art sensuel dont ils semblent être les maîtres absolus.

CHAPITRE 22

— *Elle semble avoir aimé.*

— *Il ne pouvait en être autrement. Mainte-*
nant, va-t'en, elle se réveille.

Les murmures me parviennent difficilement
et je dois lutter contre une envie irrésistible de
me rouler en boule avant d'ouvrir les yeux.
Les draps de satin sont d'une douceur incomparable et je me surprends à sourire dès mon éveil.
C'est alors que j'aperçois mon mari qui
m'observe de l'autre côté de la pièce, le regard
amusé.

— Bien dormi ?

Je sens son humour rien qu'au son de sa voix
et je grogne en signe d'assentiment avant de me

redresser et de jeter un coup d'œil circulaire afin de vérifier que nous sommes seuls.

— Tout le monde est parti, dit-il comme pour répondre à ma demande silencieuse.

— Tu m'as tendu un piège, je lui réplique du tac au tac.

Il lève les mains tel un enfant pris en faute.

— Je suis démasqué, mais la question qui me brûle les lèvres est : regrettes-tu cette nuit de noces ?

J'aimerais pouvoir me jeter sur lui mais à peine l'idée fait-elle son apparition qu'il se met déjà à rire. Jamais je ne pourrais l'avoir par surprise et je décide donc de me joindre à sa bonne humeur.

— Je ne sais pas trop, car voyez-vous mon cher, je suis une jeune mariée et mon époux ne m'a toujours pas consommée...

Je fais exprès de prendre une position particulièrement indécente afin de lui faire comprendre qu'on peut jouer à deux.

— Il faudra encore patienter, ma chère, nous sommes attendus.

— Ou ça ? je réponds, surprise.

— À l'arène de combat, ta fille va affronter Ajax aujourd'hui.

Je reste muette devant cette nouvelle qui me terrifie. Alors que Cubi se rapproche instinctivement de moi, comme pour me protéger, je me lève pour commencer à faire les cent pas.

— Elle n'est pas prête, tu avais affirmé que le duel aurait lieu dans plusieurs semaines !

Ashura rit doucement, son regard pétillant d'une assurance qui me semble presque cruelle. Il sait. Il connaît l'issue de ce duel, il entrevoit ce qui va se passer. Pourtant, il ne me dit rien.

Moi, mon cœur se serre. Foudre ignore la vérité, elle ne sait pas que son adversaire n'est autre qu'Orion, le premier légendaire, et qu'il la veut pour lui. S'il gagne, elle lui appartiendra.

L'angoisse m'étreint, plus glaciale encore que le plus puissant des vents. Dois-je intervenir ? Dois-je la prévenir ?

— Tu ne dois rien lui dire. Je leur ai proposé de le faire aujourd'hui car le moment est idéal. Il semble que les tensions avec les humains soient sur la bonne voie pour disparaître et, avec nos quatre légendaires en pleine forme et deux dragons, Nobtus ne s'amusera pas à venir nous chercher querelle.

— Tu es certain que tout va bien se passer ?

— En fait, il n'y a aucune raison pour que cela se passe mal. Il y a des duels comme ça toutes les semaines sur l'Archipel, dans le plus grand secret. La seule différence aujourd'hui, c'est que tout le monde est au courant et qu'on parle d'une légendaire. Le combat risque de laisser des traces dans l'histoire du peuple Welfen. Allons viens, il est temps.

Après un petit déjeuner obligatoire et après avoir revêtu une tenue plus adaptée à la situation, nous rejoignons l'un des balcons qui bordent la tour de la vie. Je ne peux m'empêcher de rougir lorsque je découvre Dragar et Fury qui nous attendent bien sagement, en sachant pertinemment d'où nous arrivons. Pourtant, aucun d'entre eux ne fait de remarque, comme si tout était parfaitement normal.

— C'est exactement ce qu'ils se disent, me dit discrètement Ashura avant de se diriger vers son dragon d'or. Ce que tu as fait cette nuit, les Elfes le font chaque semaine dès qu'elles le peuvent… c'est plutôt quand tu ne venais pas ici que ça jasait.

Je grimpe sur Fury en essayant d'être la plus naturelle possible.

— C'était un splendide mariage Votre Majesté, vous étiez magnifique, me dit-elle pendant mon ascension.

— Merci, ma belle, je réponds en finissant de m'installer. A priori, on va enchaîner sur un autre événement de taille…

Je sens son excitation lorsque j'aborde le sujet de Foudre et de son duel avec Ajax.

— Oui ! J'ai hâte de découvrir votre fille au combat. Je n'ai jamais eu cette chance mais tous ceux qui l'ont déjà vue sur le champ de bataille ne parlent que de ça !

Je reste silencieuse car pour m'être entraînée avec elle, je suis la première à reconnaître qu'elle est très forte, mais sans commune mesure avec Ashura.

Elle décolle à la suite de Dragar et le vent siffle à nos oreilles tandis que nos montures fendent les cieux. Mon mari vole légèrement devant moi, imposant et serein sur son dragon d'or. Moi, je lutte contre l'oppression qui me ronge.

L'Archipel qui s'étend en contrebas est étrangement vide. Où sont passés les habitants ? me dis-je à moi-même.

Au loin, l'arène apparaît enfin, massive, sculptée à même la pierre, parfaitement circulaire. Son architecture porte la signature d'Ashura : imposante, brute, indestructible. Ce lieu a été conçu pour un affrontement d'une rare intensité.

L'amphithéâtre vibre d'une énergie presque sauvage. Cinquante mille Welfens, serrés les uns contre les autres, attendent dans un silence pesant. Malgré la foule immense, l'atmosphère est oppressante, chargée d'anticipation.

Sur la plateforme, Rafale, fidèle et impassible, observe la scène. Je me demande si elle a déjà déposé son enfant à la tour de la vie. À ses côtés, Brawn, son pelage noir luisant sous la lumière du jour, fixe l'arène d'un air amusé, je sens qu'il a hâte de voir le combat. Et enfin, Foudre, droite et fière, son corps tendu par l'adrénaline, prête à affronter un adversaire qu'elle ne connaît pas encore vraiment.

Mon regard se perd sur les gradins. Les Welfens sont figés, silencieux, presque en transe. Ce combat est plus qu'un simple duel. Il est un rite, un jugement, une loi ancestrale qui va s'appliquer.

À peine suis-je descendue de mon dragon qu'elle se jette sur moi.

Je serre les poings. Peut-être plus que jamais, Foudre est seule face à son destin.

Ses paroles n'atteignent pas mes oreilles, mais je les vois apparaître devant moi, dessinées dans l'air par la magie de notre lien. Des éclairs d'énergie pure tracent ses pensées, vibrantes et urgentes.

« Maman, qu'est-ce que je dois faire ? »

Je fixe les lettres lumineuses qui s'effacent aussi vite qu'elles se sont formées. Sa détresse est palpable, chaque phrase trahissant son hésitation.

« Je pourrais perdre exprès… mais je ne veux pas qu'il imagine que je le crois faible. »

Mon cœur se serre. Elle ne sait pas. Orion n'a rien d'un être sans défense. Il cache sa puissance par un pacte qui le lie à Ashura, un pacte qui sera bientôt nul et non avenu.

— Écoute ton instinct, Foudre. Un vrai combat ne se gagne pas qu'avec la force.

Elle me fixe un instant, puis hoche la tête, l'expression plus résolue. Le duel approche.

Le grondement assourdissant de la corne résonne dans toute l'arène, faisant vibrer les pierres sous mes pieds. Tous les regards se tournent vers l'entrée.

Là, dans l'ombre du passage, Ajax apparaît.

Torse nu, la tête haute, il avance avec une confiance absolue. Sa fourrure noire et dorée capte la lumière, lui donnant une allure presque irréelle. Chaque pas qu'il fait semble calculé, empreint d'une puissance contenue. Il est un prédateur né.

À mes côtés, Ashura lève une main et murmure une incantation. Un voile d'énergie invisible se déploie sur l'arène.

Je ressens la protection qui s'abat comme un bouclier sur la foule. Il vient de mettre les spectateurs à l'abri.

Foudre, debout près de moi, tourne brusquement la tête vers lui. Elle fronce les sourcils.

« *Pourquoi prendre de telles précautions ?* » semblent dire ses yeux.

Elle ne comprend pas encore. Mais bientôt, elle réalisera l'ampleur de ce qui l'attend. Elle fixe Ajax, les muscles tendus sous l'effet de l'indécision. Son cœur hurle en elle.

Elle l'aime. Cette vérité me frappe aussi brutalement qu'un éclair en pleine tempête. Mais cet amour n'a de sens que s'il est à la hauteur de sa force. Elle ne veut pas d'un faible.

D'un seul bond, elle plonge dans l'arène.

L'air siffle autour d'elle, et quand elle atterrit, le sol tremble légèrement sous l'impact. Elle ne chancelle pas. Son dos est droit, son port fier. Un silence pesant s'abat sur l'assemblée alors qu'elle avance lentement vers son adversaire.

Puis, elle s'arrête.

Sans détourner son regard d'Ajax, elle porte les mains à son plastron. Un instant, ses doigts

264

effleurent les gravures anciennes qui ornent son armure du Chaos. Une cuirasse légendaire, nourrie par les forces les plus sombres de l'univers.

Un objet sacré, presque vivant.

Mais elle fait son choix, ce qui me glace le sang.

Un cliquetis métallique retentit lorsqu'elle défait la première attache. Puis une autre. Une tension électrique monte dans l'air. Les Welfens retiennent leur souffle.

D'un geste fluide, elle laisse tomber la pièce argentée qui préservait son torse. Elle s'écrase lourdement sur le sol dans un bruit sourd.

Un murmure parcourt la foule.

Elle continue. Elle retire les protections de ses bras, puis celles de ses jambes, une à une, jusqu'à ce que toute l'armure repose à ses pieds, immobile, comme une relique abandonnée. Elle vient de renoncer à l'arme qui faisait d'elle une guerrière inarrêtable.

Je vois la scène se dérouler devant moi, et une angoisse sourde me prend au ventre. Je sais ce qu'il est capable de faire. Ajax n'est pas simplement un adversaire. Il est une légende vivante, un être dont la puissance dépasse l'entendement.

Pourquoi fait-elle cela? La réponse me saute au visage: elle refuse qu'il y ait un combat truqué. Parce qu'elle ne veut pas être invincible face à lui. Parce qu'elle exige de voir s'il est digne.

L'armure du Chaos, pourtant convoitée par les plus grands, gît à terre, inutile.

Foudre se redresse. Elle s'avance, simplement vêtue de son corps sculpté par la guerre. Plus de protection, et j'imagine qu'elle n'exploitera pas ses pouvoirs de légendaire.

Son regard rencontre celui d'Ajax.

« Prouve-moi qui tu es. »

Sans un mot, elle prend sa position de combat.

J'ai l'impression que le temps se suspend. Tout autour de nous semble se figer.

Et là, Ajax répond.

Il n'a même pas besoin de parler. Sa silhouette se met à vibrer, une énergie intense envahit l'arène, battant l'air comme un souffle de tempête.

Je frissonne. Il est en train de se métamorphoser.

Le vent se lève autour de lui, tourbillonnant dans un sifflement qui fait pulser mes tempes. Ajax se transforme en Orion.

Ce n'est plus un Welfen. C'est un dieu.

Son corps change. La fourrure noir et or devient celle du miel, chaque mouvement révélant une lumière aveuglante.

Il est comme un soleil incarné, une flamme vivante qui explose autour de lui. Sa puissance est inimaginable.

Il brille d'un halo pur, presque insoutenable. Les membres de l'arène se couvrent les yeux face à cette déflagration de lumière. La chaleur qui s'en dégage est presque brûlante.

Je sens ma gorge se serrer. Ma fille est maintenant face à la personnification de la destruction elle-même.

Il l'a regardée. Il l'a vue.

Elle l'a aimé d'un amour pur, un amour qui n'a pas de condition. Mais en retour, il la dévore des yeux, comme un prédateur affamé.

C'est un combat qu'elle ne peut pas gagner. C'est une loi plus ancienne que tout, une loi qui s'impose à elle.

Je sais que si elle perd… ce ne sera pas simplement une défaite. Ce sera la fin de sa liberté.

Foudre recule d'un pas, le regard fuyant, avant de se tourner vers son père. Son visage est figé dans une expression que je ne parviens pas à saisir. Un frisson me traverse. Ashura, impassible, l'observe un moment, puis, contre toute attente, lui lance un baiser, comme si un accord silencieux venait d'être scellé entre eux, quelque chose que je ne comprends pas, mais qui me serre le cœur.

Je n'ai pas le temps d'interroger ce geste. Orion lève son poing. Un frisson de terreur m'envahit. Je sais ce qui va suivre. En une fraction de seconde, il frappe.

Foudre, pourtant si rapide, est projetée comme une poupée de chiffon. Elle vole sur plusieurs dizaines de mètres avant de percuter le mur de l'arène, provoquant une explosion de poussière et de débris. Le son de l'impact résonne dans mes oreilles, comme un coup de tonnerre qui me glace le sang.

Je hurle de peur, mon cœur s'emballe, mes yeux écarquillés, la gorge serrée. Ma fille a été assassinée juste devant moi. Mais alors que je scrute frénétiquement les visages autour de moi, je me fige. Ils sont tous transcendés, illuminés par une joie macabre, un plaisir malsain face à ce massacre. Je ne reconnais plus ces regards, si emplis d'extase, comme si ce qui venait de se passer n'était qu'un divertissement, une fête pour eux.

Et puis, je remarque Rafale et Brawn, leurs yeux étincelants d'un enthousiasme étrange, un frisson de satisfaction parcourant leurs traits. Ils ne sont pas différents des autres, partageant la même exultation que tous les spectateurs présents.

— Mais vous êtes fous…

Je laisse échapper les mots dans un souffle tremblant, mes mains se crispant sur mes joues, comme pour étouffer l'incompréhension et l'horreur qui me submergent.

Des paumes fermes mais étrangement douces saisissent mes poignets. Je lève les yeux, Ashura se tient là, devant moi, son visage éclairé par une joie qui me glace le sang. Pour la première fois, un désir violent m'envahit, une furie de douleur et de colère. L'envie de le frapper, de lui faire payer ce qu'il vient de m'infliger. Mais je n'ai ni la force ni la volonté de le faire.

Il me tourne alors le visage, me forçant à regarder l'arène. Ses lèvres se rapprochent de mon oreille, et sa voix résonne comme un murmure glacé, imprégnée de cet air de satisfaction malsaine qui m'est désormais insupportable :

« Je te présente Foudre, ta fille. »

Les décombres vibrent sous la pression d'une force que l'on ne peut nommer. Une silhouette émerge des ruines, Foudre, l'éclair originel, se dresse enfin, sa forme éclairée par une lumière violente et aveuglante. Le vent se lève autour d'elle, une tempête naissant de son propre corps, qui semble dorénavant fusionner avec l'énergie surnaturelle qu'elle incarne. Elle n'est plus la fille fragile que j'ai connue, mais une divinité, une entité redoutable, prête à écraser tous ceux qui oseraient se confronter à elle.

Des arcs électriques dansent autour de ses bras tendus, chaque mouvement déchirant l'air. Son regard, fixé sur Orion, est chargé d'une intensité incomparable, comme si elle était prise dans un tourbillon de passion pure. Son sourire, celui d'une victime consentante, éperdument amoureuse, se dessine lentement sur ses lèvres, un rictus d'extase absolue. L'homme qu'elle affectionne est plus fort que tout, et c'est là, dans cette défaite apparente, qu'elle trouve la plénitude de son désir, de son attachement.

Elle respire profondément, comme une amante comblée, savourant la puissance brute d'Orion. Les éclairs électriques qui l'entourent semblent danser au rythme de son cœur, pulsant dans un accord parfait avec l'adrénaline qui l'envahit. Elle sait qu'elle va pouvoir tout affronter, que sa passion pour Orion, loin de l'affaiblir, l'a rendue plus solide, plus connectée à la lumière.

Ma fille n'a plus peur, je le sens. Elle est la foudre incarnée, la force brute, et elle sourit à cette idée, telle une déesse ayant atteint son apogée, son enveloppe vibrant de cette extase inouïe. Elle scrute les spectateurs, et chacun d'eux ressent la profondeur de son regard, un regard d'adoration et de provocation, à la fois terrifiant et fascinant. Elle est prête à faire face à tout, car le seul vrai défi pour elle, désormais, est de surpasser son propre amour. Et en cet instant, elle se sent invincible.

Elle tend les bras devant elle, les paumes ouvertes. Une décharge d'énergie pure jaillit de son corps, une lueur métallisée entoure sa silhouette, grandissant, s'intensifiant. L'air environnant tremble, et bientôt, l'armure du Chaos se matérialise sur sa peau. Elle se forge pièce par pièce, les reflets d'argent brillent comme des étoiles naissantes, dansant autour d'elle avant de fusionner en une cuirasse parfaite. C'est une scène hypnotique : les spectateurs retiennent leur souffle tandis que les équipements de protection s'adaptent à sa morphologie, épousant ses formes avec une précision divine.

À mesure que les dernières parties se mettent en place, un éclat aveuglant d'énergie se répand dans l'arène, éblouissant les rétines, marquant la transformation complète de ma fille en la déesse qu'elle est devenue. Le rire intérieur qui émerge en elle se reflète dans l'intensité de son regard, celui d'une combattante invincible, mais aussi d'une amoureuse triomphante. Ses yeux brillent du feu de la foudre, et une vague de chaleur l'envahit, amplifiée par le soutien mystérieux et inébranlable de l'homme qu'elle a choisi.

Les spectateurs explosent alors en cris d'admiration et de folie. La décharge électrique n'est plus seulement un élément qu'elle maîtrise, elle est devenue l'incarnation vivante de la tempête, capable de tout arracher sur son passage. Elle sait que ce n'est pas uniquement une victoire dans un combat, mais une victoire sur elle-même, sur ses doutes. Elle est plus que prête, elle est en extase. Sans attendre une seconde de plus, elle se jette sur son adversaire, mais dans l'espoir qu'il l'emporte, j'en suis persuadée. Elle disparaît dans un éclair de lumière bleutée. Le sol gronde sous la déflagration de son départ. Avant même que le son de son déplacement n'atteigne les spectateurs, elle est déjà sur Orion. Son poing fend l'air comme un coup de tonnerre, droit vers son visage.

Mais Orion esquisse un sourire et incline légèrement la tête. L'attaque frôle sa joue, suffisamment proche pour faire vibrer l'atmosphère autour de lui. En réponse, il lève un bras, son revers tranchant l'espace comme une lame invisible.

Foudre anticipe et se laisse tomber en arrière, pivotant sur elle-même avec grâce. Son pied balaie le terrain dans un arc parfait, un éclair jaillissant de l'impact. Orion saute pour éviter la décharge et atterrit souplement, sans la quitter du regard.

Le sol porte déjà les stigmates de leur échange : de fines fissures rayonnent autour d'eux, témoins de la puissance brute de leurs mouvements. Mais ce n'était que le début, ce combat promet d'être mythique.

L'amphithéâtre tremble sous leurs assauts. La foudre danse autour de la légendaire, électrisant l'air, tandis qu'Orion brille d'une lueur aveuglante, semblable à un astre incandescent.

Chaque impact entre eux libère des ondes de choc qui lézardent la surface de l'arène.

Je suis figée, hébétée par la démonstration de puissance qui se déroule sous mes yeux. J'étais sûre que ma fille était redoutable, mais jamais je n'aurais imaginé une telle maîtrise, une telle furie mêlée d'extase. Elle n'est plus seulement Foudre, ma fille, elle est la Déesse de la Foudre incarnée, une force primordiale déchaînée.

À mes côtés, Ashura sourit, amusé, fier. Il était au courant. Il avait conscience que ce moment viendrait. Il savait ce dont elle était capable, bien avant moi.

Dans les gradins, c'est l'exultation. Les Welfens hurlent leur allégresse, transportés par l'affrontement titanesque. Rafale et Brawn sont en extase, non seulement par l'intensité du duel, mais aussi par la révélation de l'identité d'Orion. Ils brûlent d'envie de le défier à leur tour et je me rends compte que j'ignore l'étendue de leurs aptitudes.

Foudre s'élance de nouveau, une traînée d'éclairs dans son sillage. Orion pare le premier coup, puis le second, avant de riposter d'un revers fulgurant. Elle esquive, virevolte autour de lui, son corps se mouvant avec une grâce féline. Chaque échange est un pas de danse, une chorégraphie improvisée où la force brute se mêle à une attirance instinctive.

Puis, elle feinte une attaque frontale. Orion, réactif, tente de la saisir, mais elle disparaît dans un flash bleuté. L'instant d'après, elle est derrière lui. Ses jambes puissantes s'enroulent autour de son torse, et avec un cri de défi, elle le bascule en avant.

Le choc est brutal. Orion s'écrase, dos contre le sol, soulevant un nuage de poussière et de débris. La foule rugit d'excitation.

Foudre ne lui laisse aucun répit. En un battement de cœur, elle se positionne à califourchon sur lui, plaquant ses poignets contre la pierre fendue. Son souffle est court, ses yeux brûlent d'un éclat indomptable.

Orion, sous elle, sourit. Il ne lutte pas. Il la contemple, captivé par sa sauvagerie, par cette force qui pulse en elle. Autour d'eux, l'arène s'efface. Il n'y a plus de spectateurs, plus de dieux, plus de guerre, seulement eux.

Foudre se penche légèrement, leurs visages si proches qu'elle peut sentir la chaleur irradiant de sa fourrure. Son cœur bat à tout rompre, non pas de peur, mais d'exaltation. Elle l'a plaqué par terre, prouvé qu'elle pouvait être son égale.

Mais Orion n'a pas dit son dernier mot.

Avec une force inouïe, il enfonce ses doigts dans la pierre et fait exploser le sol sous eux. L'impact les projette en l'air, séparant leurs corps un instant, avant qu'Orion ne se redresse d'un mouvement fulgurant. D'un geste aussi rapide que brutal, il attrape son adversaire par la taille et la retourne en plein vol, la maintenant contre lui comme si elle lui appartenait déjà.

Ils retombent dans un grondement sourd, Orion dominant à présent la situation. Il immobilise sa compagne sous sa masse, ses bras d'acier emprisonnant les siens, son haleine brûlante caressant sa peau. L'arène tout entière semble retenir son souffle.

Foudre lutte, se débat, électrise son corps pour se libérer, mais Orion tient bon. Il abaisse lentement son visage vers elle, ses yeux ardents rivés aux siens. À cet instant, Foudre comprend.

Ce combat n'est pas une simple épreuve de force. C'est un rite, une danse, un jeu instinctif où le plus redoutable impose sa loi. Et elle l'aime pour ça.

Un frisson parcourt son échine. Elle relâche ses muscles, cessant de lutter, comme si elle validait la défaite. Mais ce n'est pas de la soumission. C'est l'acceptation d'un lien qu'elle ne maîtrise pas encore. Orion la soulève doucement, ses bras puissants l'enveloppant, la serrant contre son torse.

Foudre, haletante, perçoit la chaleur de son adversaire la consumer. Elle pose une main tremblante sur son visage, le regard incandescent. Orion ne dit rien. Il la contemple, triomphant, mais aussi… protecteur.

Au milieu des clameurs enfiévrées des Welfens, Orion vient de gagner. Mais j'ai le sentiment que ma fille n'a jamais eu autant de vitalité.

Mon cœur battait de peur pour elle, d'angoisse face à cet affrontement, mais maintenant… Je ressens autre chose. Un mélange d'admiration, de soulagement et d'une fierté indicible. Foudre n'a jamais été aussi resplendissante. Elle, la déesse de l'éclair originel, est là, dans les bras d'un guerrier qui lui tient tête, un être qui l'accepte tel qu'elle est, avec toute sa force et sa fureur.

Je déglutis, réalisant que je ne l'ai jamais vue ainsi. Je pensais connaître ma fille, mais ce combat… Non, cette danse, cet affrontement primal, m'a fait comprendre quelque chose : Foudre n'est pas une enfant que je dois protéger. Elle est une puissance de la nature, une divinité née pour embrasser son destin, et elle vient de le prouver à tous.

CHAPITRE 23

Je fixe mon assiette sans réussir encore à y croire. Le combat entre ma fille et Orion restera gravé dans ma mémoire pour l'éternité et je n'ai qu'à regarder autour de moi pour savoir que je ne suis pas la seule à avoir du mal à m'en remettre.

La fête bat son plein à l'auberge de la tour de la vie qui déborde de monde pour l'occasion. Ici, au cœur de ce lieu mythique, l'ambiance atteint son point culminant, résonnant d'un tumulte vibrant de vie et de fierté.

Les Worgens sont partout, robustes, imposants, leurs fourrures luisant sous la lumière tamisée des lanternes suspendues. Ils rient, boivent à grandes rasades dans d'énormes chopes, cognant avec fracas leurs poings sur les tables en bois massif à chaque toast. Les Elfes quant à elles, s'amusent de la situation et les provoquent.

Un tonnerre d'applaudissements éclate dès que Foudre et Orion franchissent le seuil de l'auberge. Les bruits des instruments, des chants et des gloussements se figent un instant avant de se mêler à la clameur déchaînée qui secoue le lieu. Les Welfens hurlent, frappent le sol de leurs pieds, leurs yeux brillants de fierté et de respect, et lèvent leurs bras pour saluer les deux combattants.

Foudre, rayonnante de son succès, semble entourée d'une aura de pouvoir. Sa silhouette, encore éthérée de la bataille, irradie une confiance nouvelle, une puissance dont elle n'avait pas conscience avant le duel. Les cheveux épars et scintillants, elle traverse la salle avec une grâce insouciante. Orion, à ses côtés, imposant dans sa stature, affiche un sourire énigmatique, comme s'il savourait ce moment. Et pour cause : son peuple vient de connaître l'identité de leur héros, le premier légendaire, le Worgen qui aida

Ashura à tuer Droshin. Ils sont l'image même de la victoire partagée, et cette union fait naître un respect profond parmi le public.

Les applaudissements continuent, devenant plus intenses, plus frénétiques, comme un appel à la célébration. Les deux Légendaires, maîtres du combat, de la foudre et de la lumière, avancent ensemble dans cette mer de mains tendues et de visages brillants. Le sol tremble presque sous la force de l'ovation, un spectacle à couper le souffle qui marque à jamais l'histoire de la fête, un instant gravé dans le cœur de chaque être présent.

Lorsqu'elle me voit, ma fille se jette dans mes bras, et je la serre fort contre moi avant de l'inspecter sous toutes les coutures. Hallucinant, elle n'a rien, si ce n'est un léger hématome sur le coin des lèvres. N'importe qui d'autre qu'elle aurait été pulvérisé.

— Tu as été incroyable ! je lui dis en lui prenant les mains.

« Mais j'ai perdu… » me répond-elle en faisant une petite moue sans pour autant réussir à effacer le sourire qui illumine son visage.

— La seule question qui compte c'est: es-tu heureuse ?

Ses prunelles pétillent et elle jette un coup d'œil discret vers son âme sœur avant de me faire un signe de tête démontrant son exultation pour l'instant présent. Elle est comblée, je le sens, et la voir de cette façon m'envahit le cœur de joie.

— Alors c'est quoi cette mascarade ?!

La voix de Brawn me ramène à la réalité. Ce dernier avance vers notre table, une chope bien remplie. À chacun de ses pas, une flaque de Piña colada s'écrase au sol, nous dévoilant ainsi un Brawn dans tous ses états. Plein d'assurance, il se place face à Ajax, un doigt pointé vers sa poitrine. Bien qu'il soit un puissant colosse, je réalise que le premier légendaire est d'un autre niveau. Tout dans sa posture, son regard, démontre une expérience que son homologue ne possède pas.

— Donc comme ça, on joue les timides alors qu'on est un véritable héros ! continue Brawn, la voix légèrement émoussée par l'alcool. Tu t'es bien foutu de nous !

Ce qui me surprend, c'est que le jeune légendaire ne semble pas du tout avoir peur d'Ajax. Son attitude en totalité démontre une volonté de provoquer ce dernier, sans résultat.

— Calme-toi, intervient Ashura. C'est moi qui lui ai ordonné de garder son identité secrète.

Cette fois, c'est de l'étonnement que je lis sur les visages des occupants de la taverne, ce qui ne laisse pas indifférent mon mari.

D'un geste fluide, presque imperceptible, Ashura claque des doigts. L'instant d'après, une décharge d'énergie vibre dans l'air autour de nous, et tout ce qui nous entoure s'efface dans un tourbillon de lumière éclatante. Le sol sous mes pieds se dissout, les murs de l'auberge s'évaporent, et je me retrouve, en un clin d'œil, sur le toit du palais.

Le vent frais me caresse le visage, emportant les derniers échos des acclamations, tandis que je prends conscience du changement d'environnement. Autour de nous, les légendaires sont là, immobiles, comme des statues vivantes, leurs yeux traversant l'horizon. Le panorama s'étend à perte de vue, baigné d'une lumière dorée, une vision impressionnante du monde que nous dominons.

Il montre les sofas dispersés en cercle, comme s'il avait déjà tout prévu, et nous fait signe de nous asseoir.

— Il est temps de vous révéler certaines choses, comme il est temps de répondre à certaines de tes interrogations mon amour, termine-t-il en me regardant.

Nous prenons un instant nous installer, conscients que rien ne s'improvise pour lui. Cela doit faire un moment qu'il avait prédit que cette discussion allait avoir lieu, la question étant : est-ce de bonnes ou de mauvaises nouvelles qu'il avait gardé pour lui jusqu'à ce jour ?

— La majeure partie de l'histoire d'Ajax est vraie. Ce que vous avez pu entendre sur sa participation dans la mort de Droshin est plus que mérité. Ce dernier y a perdu beaucoup. Notamment, presque toute son enveloppe physique.

J'écarquille les yeux en apprenant l'information. Pourtant, en le regardant, il ne me semble pas qu'il lui manque quoi que ce soit.

— Vous avez accepté un objet du Chaos que j'ai créé pour chacun d'entre vous. Orion en a reçu un également : son corps tout entier est un objet du Chaos, le rendant ainsi quasiment indestructible.

Nous buvons tous ses paroles et je suis presque heureuse car, pour une fois, je ne suis pas la seule à qui l'on raconte une histoire. Rafale, Foudre et Brawn sont aussi attentifs que moi.

— J'ai utilisé une grande quantité d'énergie pour en arriver à ce résultat. C'est en partie pour cela que notre exode fut si long. J'ignore toujours si j'ai fait le bon choix mais le fait que nous soyons tous réunis ici aujourd'hui me prouve que ça n'en était pas un mauvais.

Je constate qu'il cherche ses prochaines paroles, ce qui me surprend venant de lui qui est d'habitude si sûr de lui.

— Il faut que vous sachiez que l'affrontement avec Nobtus est pour bientôt.

Je peux voir la mâchoire de ma fille se serrer à cette annonce mais elle n'est pas la seule à réagir. Tous les légendaires semblent surexcités par cette déclaration qui, personnellement, provoque chez moi une vague de panique.

— Calmez-vous. Si je suis sûr que le combat est proche, en revanche, je n'ai pas encore réussi à définir le chemin qui y mène ainsi que sa conclusion. Nobtus, comme moi, bouge ses pions pour changer en permanence l'avenir. Quoi qu'il advienne, votre affrontement, continue-t-il en désignant Foudre et Orion, est le déclencheur temporel. J'ai tout fait pour l'éviter et c'est pour cela que j'avais demandé à Orion de ne pas dévoiler son identité. Ma fille, ta volonté d'être auprès de quelqu'un de fort pour venger ta sœur, t'aurait inexorablement lié à lui. J'ai essayé de le faire passer pour plus faible qu'il ne l'était, mais il semble que les voix de l'amour soient indestructibles et que le destin n'accepte pas mon intervention sur le sujet.

La première à réagir est la belle Rafale :

— Ça veut dire que vous ne pouvez plus voir l'avenir ?

— Si. Mais j'ai découvert qu'il y a des événements que l'on ne peut totalement éviter.

Le problème, c'est que je viens de le comprendre...

— Alors que Nobtus doit l'avoir compris depuis longtemps, je complète à voix haute.

— Tu as tout saisi, continue-t-il en me fixant. Mais ce n'est pas forcément une mauvaise chose. Car si je n'ai pu prévenir la connexion entre Foudre et Orion, j'ai la certitude que cet événement est un déclencheur important. Ça, il y a de fortes chances que notre ennemi ne le sache pas. Or, Brawn a réussi à abattre deux légendaires et Foudre les deux autres dans sa quête de sang. Même si Nobtus forme quatre nouveaux légendaires, ces derniers seront sans expérience face à vous. Catoh était un adversaire redoutable qui n'aurait jamais dû traîner en longueur pour essayer de te tuer, continue-t-il en me regardant. Cela lui a coûté la vie et Brawn est toujours parmi nous. En provoquant l'affrontement plus tôt que prévu, j'espère prendre de court notre opposant.

— C'est une très bonne stratégie, enchaîne Orion comme pour lui-même. Sauf que nous ignorons où le trouver.

288

— L'un de mes frères peut le localiser, je l'ai appris il y a peu de temps grâce à ma chère et tendre épouse.

À l'énoncé de ces paroles, ma fille se lève pour s'exprimer.

« *Tu n'as qu'à me dire qui sait et je lui ferai cracher l'information* ».

— Ah bon, en es-tu certaine ? lui répond mon mari avec aplomb. C'est Vaëlion.

Alors que je viens de découvrir mon enfant sous l'aspect d'une déesse à la puissance inégalable, je peux la voir faire un pas en arrière, envahie par le doute.

— Oui ma fille. Vaëlion est assurément le seul capable de me tenir tête, il a osé s'introduire chez nous, sous notre nez et sans ses légendaires afin de parler à ma femme. Et aucun d'entre vous n'a senti sa présence, à l'exception d'Orion.

C'est la première fois que j'entends mon mari accuser ses légendaires d'avoir commis un impair. Chacun d'entre eux baisse le regard, ma fille comprise, comme s'ils venaient d'être pris en faute.

— De plus, continue mon époux, en ciblant directement Vaëlion, Nobtus risque de voir l'attaque approcher. Je me dis que le destin est en marche. Plus je me concentre sur l'avenir et plus j'arrive à discerner l'affrontement entre Nobtus et nous. Le but de vous réunir aujourd'hui est de vous prévenir. Ne changeons rien à notre comportement pour le moment. Mais dans le plus grand secret, organisons-nous, que chacun d'entre vous prépare ses légions, doublez les tours de garde et faites passer le message que les entraînements des jeunes doivent être pris en charge par des vétérans. Quand à Vaëlion, laissez-moi m'en occuper, je vais lui faire personnellement une visite, histoire de lui rendre la monnaie de sa pièce.

Chaque légendaire se frappe sur la poitrine en signe d'assentiment alors qu'un aigle géant se pose sur la terrasse du palais, surprenant tout le monde. Une jeune Elfe saute vivement au sol avant de tendre une enveloppe à mon mari.

— Maître, un véhicule volant humain s'est avancé, seul, près de la barrière. Lorsqu'il m'a vue, il ne m'a montré aucune hostilité mais m'a fait signe de venir à sa rencontre. L'un des terriens m'a donné ceci, c'est pour Sa Majesté.

Intriguée, je saisis la lettre pour l'ouvrir rapidement et y découvrir un document écrit à la main par le Président de la République français en personne. Il me convie à une cérémonie afin de me remettre la Légion d'honneur ainsi que les clés du château de Chambord.

— C'est une bonne chose, lance mon mari par-dessus mon épaule. Si je pouvais moins me préoccuper des humains, je pourrais reporter toute mon attention sur l'imminent combat que je dois livrer contre Nobtus. Quand est-ce ?

— Dans deux jours, je précise en relisant le message une deuxième fois. Ils parlent d'une cérémonie en petit comité. M'accompagneras-tu ?

Il réfléchit un quart de seconde avant de répondre :

— Non, cette journée sera en ton honneur. J'ai peur que ma présence ne joue pas en notre faveur. Bien que transformée, tu restes l'humaine qui vient d'épouser une divinité. Il faut que cette espèce nous fasse confiance, c'est primordial.

Leur bêtise m'a déjà coûté beaucoup de temps et d'énergie. Bizarrement, l'avenir avec l'humanité m'est beaucoup moins facile à discerner que je ne l'aurais cru. C'est certainement dû à leur caractère très versatile. J'en profiterai pour rendre visite à Vaëlion. Nous verrons à mon retour ce que nous ferons. Maintenant, laissez-nous seuls, je dois discuter avec ma femme.

Ma fille ne dit rien, mais son expression parle d'elle-même. Elle observe Ashura avec une intensité troublante, ses pupilles étincelant comme des éclairs naissants. Elle croise les bras, le menton légèrement relevé, défiant son père du regard mais ce dernier reste impassible, affichant son éternel sourire énigmatique.

Lorsque nous sommes seuls, Ashura se place face à moi, ses traits plus sérieux que je ne l'ai jamais vu. L'éclat de malice qui danse habituellement dans ses prunelles s'est éteint, remplacé par une gravité presque douloureuse.

— Lorsque le moment viendra d'affronter Nobtus… j'aimerais que tu fasses quelque chose pour moi.

Je hoche la tête en restant silencieuse, plus soucieuse qu'autre chose car je me demande ce que je pourrais bien faire que lui ne pourrait pas.

— Il faudra empêcher Foudre de m'accompagner, ce jour-là.

Son ton est sans appel, et pourtant, je sens derrière ces mots une inquiétude qu'il ne désire pas avouer. Mon cœur se serre.

— Tu veux la protéger.

Ce n'est pas une question. C'est une évidence.

Ashura acquiesce lentement, croisant les bras, le regard perdu dans les étoiles scintillantes au-dessus du palais.

— J'ai eu une vision. Si Foudre se tient à mes côtés lors du combat contre Nobtus… ce sera une catastrophe.

Je prends une grande inspiration, pesant le poids de ses paroles.

— Que veux-tu dire ? soufflé-je, la gorge nouée.

Il détourne le regard vers l'horizon, là où la mer et le ciel se confondent dans l'obscurité.

— J'ai vu… la fin. Ma fin. Sa fin. Ta souffrance. Nobtus ne gagnera pas parce qu'il est plus fort, mais parce qu'il exploitera ce qui me rend vulnérable : Foudre. Chaque fois que je discerne l'avenir et que nous affrontons Nobtus tous les deux, cela se termine ainsi.

Il serre les poings, son regard s'assombrit d'une douleur que je ne lui connais que trop bien.

— Il a déjà pris Rosalie. Je ne le laisserai pas m'arracher une autre de mes filles.

Mon cœur se tord à l'évocation de son nom. Rosalie… L'éclat lumineux qu'elle était s'est éteint avec la cruauté de Nobtus. Sa mort a brisé Foudre. Elle l'a transformée en cette guerrière impitoyable, consumée par une haine inextinguible.

— Si elle est près de moi, je tenterai de la protéger. C'est instinctif, je ne pourrai pas m'en empêcher. Et c'est à ce moment-là que Nobtus frappera.

Je frissonne, comprenant l'ampleur du danger.

— Alors, tu veux l'éloigner ?

— Il le faudra. Et ce sera à toi de l'en convaincre. Je n'y arriverai jamais seul.

Je déglutis. Foudre a voué sa vie à la destruction de Nobtus. Elle s'est forgée dans la haine et la vengeance, dans la perte de sa sœur. Lui dire de rester en arrière serait pire qu'un affront. Ce serait trahir la mémoire de Rosalie.

— Comment pourrais-je la convaincre de ne pas se battre ? Elle est née pour ça… Elle est morte une première fois avec Rosalie. C'est son unique raison de vivre.

Ashura enlace mes doigts, son regard brûlant transperçant le mien.

— Parce que tu es sa mère et qu'aujourd'hui elle t'a toi. Tu es la seule à pouvoir influencer son jugement.

Je me sens vaciller. Le destin de ma fille repose désormais entre mes mains. Comment pourrais-je lui demander de renoncer ?

— Mais elle a voué sa vie à sa destruction. Si elle découvre que nous l'écartons…

— C'est pour cela que tu devras être là pour elle, répond-il en me regardant droit dans les yeux. Tu devras lui faire comprendre, lui donner un motif de rester en arrière. Parce que si elle s'élance malgré tout, alors je pourrais ne pas survivre... et elle non plus.

Un frisson me parcourt l'échine. Je sais à quel point il a raison. Mais je me rends compte aussi que convaincre Foudre sera la chose la plus difficile que j'aurais jamais eu à faire.

— Et si elle refuse ? Si elle choisit de se battre coûte que coûte ?

Ashura ne répond pas tout de suite. Son silence est plus glaçant que n'importe quelle parole. Lorsqu'il parle enfin, sa voix est étrangement calme, trop calme.

— Alors, je devrai la tuer.

Je recule d'un pas, frappée de plein fouet par l'horreur de ses mots.

— Quoi ?!

— Si elle ne m'écoute pas, si elle se tient à mes côtés malgré tout... je n'aurais pas d'autre choix.

Mon cœur tambourine dans ma poitrine.

— Non... non, c'est impossible. Tu ne peux pas lui faire ça !

Il ferme les yeux un instant avant de les rouvrir, plus sombres que jamais.

— Je le ferai. Parce que je l'aime.

Sa voix est lourde de douleur, mais son regard ne fléchit pas. Il est prêt à porter ce fardeau.

— Et après ? je murmure, la gorge serrée.

— Je la ramènerai. Je la ressusciterai, mais… il y aura des conséquences.

Je sens mon monde vaciller sous mes pieds.

— Tu la ressusciteras… mais elle ne nous pardonnera jamais.

Ashura ne répond pas immédiatement. Son regard se perd au loin, comme s'il voyait déjà l'avenir se dérouler sous ses yeux.

— Non, elle ne pardonnera pas, finit-il par dire d'une voix posée. Elle n'aura plus confiance en nous.

Un poids s'abat sur ma poitrine.

— Elle pourrait… s'exiler.

— C'est possible.

Les mots résonnent comme une sentence irrévocable. Si Ashura revient victorieux, ce sera peut-être au prix de notre fille. Pas de sa vie, mais de son amour, de son estime.

— Alors, on la perdra.

Il baisse la tête légèrement, avant de murmurer :

— Nous n'aurons peut-être pas le choix.

Une vague de colère et de désespoir m'envahit. Je dois empêcher cela. Peu importe ce qu'il faudra faire, je refuse de dire adieu à ma fille. Je ne connais que trop bien cette souffrance, jamais je ne pourrais revivre pareil cauchemar.

CHAPITRE 24

« L'obscurité m'engloutit, suffocante. Devant moi, un champ de ruines. L'air est saturé de cendres et de sang. Un hurlement déchire le silence.

Je la vois. Foudre.

Son corps est brisé, foudroyé par une force contre laquelle elle n'a rien pu faire. Ses yeux s'accrochent au mien, et dans ses prunelles… du désespoir.

— MAMAN !

Je veux courir, clamer son nom, la sauver. Mais mes jambes refusent de bouger.

Une silhouette se dresse derrière elle. Immense. Indescriptible. Son ombre s'étend sur tout l'horizon.

Un rictus cruel. Un éclat de lumière noire. Puis… plus rien.

La mort la prend ».

Un cri jaillit de mes lèvres, et je me redresse en sursaut. Mon souffle est court. Mon cœur cogne contre ma poitrine.

Je suis dans notre chambre. Il fait encore nuit.

Ashura est là, à mes côtés. Son regard d'or posé sur moi. Il a vu. Il a compris.

Ma gorge est sèche. Les mots se dérobent.

— Tu as fait un cauchemar, me dit-il calmement en me tendant un verre d'eau fraîche. J'ai manqué de délicatesse en te demandant de convaincre Foudre. J'ai parfois tendance à oublier ta condition humaine, tant tu es à l'aise avec nous tous.

Je me blottis contre lui, heureuse de le trouver là.

— À quoi il ressemble, Nobtus ?

Il reste silencieux un moment avant de répondre :

— Pourquoi cette question ? murmure-t-il.

Je me redresse lentement dans le lit, toujours hantée par les images cauchemardesques de la nuit.

— Je l'ai vu… encore et encore… Il tuait Foudre.

Mon cœur se serre en prononçant ces mots. Mais c'est impossible, non ? Je ne connais pas Nobtus, je ne sais rien de son apparence… et pourtant, dans mon sommeil, son ombre s'abattait sur ma fille, implacable, inévitable.

— Ashura… quelle image as-tu de lui ?

Adossé contre le rebord du lit, il laisse échapper un léger soupir avant de plonger ses yeux de miel dans les miens. Il semble peser ses mots, comme s'il cherchait à rendre tangible l'indescriptible.

— Nobtus… il n'a pas vraiment de forme. Pas comme toi ou moi. C'est une ombre vivante, mais pas une simple absence de lumière. Sa silhouette oscille sans cesse, tantôt massive, tantôt filiforme. Quand tu crois l'avoir saisi du regard, il change. À l'image d'une illusion que ton esprit refuse d'admettre.

Il marque une pause, ses doigts traçant distraitement un motif invisible sur le drap.

— Sa matière est étrange. On dirait du néant solidifié, un gouffre mouvant qui semble absorber tout ce qui l'entoure. Parfois, on distingue ce qui ressemble à un visage... mais ce n'est jamais le même. Une multitude d'yeux apparaissent et disparaissent, des sourires qui n'en sont pas vraiment, un rictus fendu d'un vide abyssal.

Ashura détourne un instant le regard vers l'horizon avant d'ajouter d'une voix plus grave :

— Il est insondable. Même moi, je ne peux pas toujours le percevoir clairement. Et c'est ce qui le rend si dangereux.

— Tu penses vraiment pouvoir le vaincre ?

— En combat singulier, il n'aurait aucune chance et c'est bien pour cela qu'il évite l'affrontement. Il veut me faire souffrir car je l'oblige à se cacher comme un vulgaire mortel. Il n'en reste pas moins un Dieu et, par conséquent, très redoutable, surtout pour toi. Néanmoins, je réitère mes propos : j'ai manqué de délicatesse. Je pense sincèrement que nous venons de prendre l'avantage sur notre adversaire. Il n'est pas prêt pour un affrontement. Se dissimuler dans l'Univers doit lui coûter une énergie colossale.

— Comment le sais-tu ?

— Car j'ai essayé, moi aussi, de devenir invisible. Je veux dire, totalement. La puissance que cela nécessite est inconcevable. Vaëlion doit être vraiment fort pour être capable de nous localiser sans devoir capter notre essence.

— Alors… peut-être que Vaëlion a raison et que Nobtus n'est pas responsable du décès d'Illith. Si disparaître demande autant d'énergie, comment a-t-il fait pour la tuer ? Si elle l'avait trouvé, n'aurait-elle pas eu la force de le combattre et de s'enfuir si cela avait dégénéré ?

Il se lève en silence en faisant les cent pas. Je sens qu'il a quelque chose à m'avouer.

— Oui, il a certainement raison. Lorsque je suis arrivé dans le monde d'Illith, ils avaient tous disparu. Les feux de camp étaient allumés, la viande tournait sur les broches… et je sais ce que cela signifie.

— En mourant, sa magie s'est éteinte et son peuple a cessé d'exister, je réponds d'un souffle.

Il hoche la tête avant de reprendre.

— À l'époque, je me suis demandé comment Nobtus avait réussi pareil prodige. Illith, avec le décès de l'amour de sa vie, est devenue une guerrière redoutable. Ses légendaires étaient eux aussi triés sur le volet, tu imagines bien. Mais avec les révélations de mon frère...

— Tu te dis que c'est un autre Dieu qui a fait cela.

— Un Dieu ou... un maître de la terreur.

Un maître de la terreur. C'est la deuxième fois que j'entends ce nom. Sheliazades l'avait mentionné en parlant du poison de Catoh. Il aurait été capable, d'après ses allégations, de tuer l'un d'entre eux.

— Que sont-ils, ces maîtres de la terreur ?

Ashura fronce les sourcils en écoutant ma question. Il prend un instant avant de répondre, comme s'il hésitait à m'en dire trop. Mais il se décide, et sa voix devient plus grave, empreinte de la lourdeur de ce qu'il s'apprête à décrire.

— Les maîtres de la terreur... Ce sont des créatures nées des ténèbres les plus profondes, au-delà de tout ce que tu peux imaginer. Ils ne ressemblent en rien à ce que nous connaissons. Pour moi, c'est de la théorie, je n'en ai jamais rencontré, mais Vaëlion m'en a montré par la pensée.

Il marque une pause, se tournant légèrement, comme si la vision d'une telle créature pouvait l'atteindre de manière physique, même à distance.

— Ce sont des êtres titanesques, aussi grands que des dragons, mais bien plus terrifiants. Leur peau est d'un noir abyssal, d'une matière luisante, évoquant du métal forgé dans un volcan. Ils sont recouverts de multiples écailles, chacune dure comme de l'acier. Leur taille est si imposante qu'ils peuvent bloquer la lumière du soleil, jetant une ombre étouffante sur tout ce qui les entoure.

Ashura prend une grande inspiration, un frisson d'angoisse perceptible dans ses mots.

— Leur visage est ce qui les rend les plus terrifiants. Des mâchoires énormes, couvertes de crocs acérés, capables de broyer la chair d'un Dieu comme on écrase un insecte. Leurs yeux sont deux orbes incandescents, telles des flammes noires qui brûlent dans des orbites sans fin. Ils n'ont pas de pupilles, juste un vide opaque, comme s'ils regardaient à travers les âmes.

Il ferme brièvement les paupières, se concentrant sur cette image, puis poursuit.

— Leur corps est surmonté de cornes tordues, aussi longues que des lances, qui émergent de leurs têtes et de leurs épaules. Des chaînes et des os suspendus à leur cuir, comme des trophées d'anciennes batailles. Et le pire... C'est leur souffle. Ils exhalent une brume noire qui dévore la lumière, une énergie susceptible de transformer les êtres vivants en pierres, puis en poussière, s'ils respirent trop longtemps cet air malsain.

Ashura regarde fixement l'horizon, son expression sombre, la réalité de ces créatures pesant sur ses mots.

— Ce sont les seuls capables de détruire un Dieu. Ils ne tuent pas uniquement le corps. Ils effacent la substance même de l'être, supprimant son essence de l'Univers. On n'est plus rien, juste un souvenir englouti dans le néant.

La pièce devient plus froide alors qu'il termine sa description, le poids de la menace qu'ils représentent flottant lourdement dans l'air. Quant à moi, je suis tout simplement épouvantée. Jamais je n'aurais cru qu'une pareille créature puisse exister.

— Sont-ils nombreux ?

— Non. Une poignée tout au plus, et lorsque l'un d'entre nous en aperçoit un, il est de mise de faire front commun pour l'affronter. D'après ce que je sais, cela fait des millénaires que personne n'est tombé sous les coups d'un maître de la terreur. Peut-être est-ce pour ça que Vaëlion ne l'envisage pas.

Plus je l'écoute, plus ma décision est prise concernant mes agissements dans un avenir proche. Je me redresse alors sur le lit pour me planter face à lui avant de lâcher:

— Je veux venir avec toi voir Vaëlion.

— Inutile, tu ne…

— Ce n'est pas une question.

Mon ton semble le choquer, mais il ne se met pas en colère, donc j'en profite pour continuer.

— Je ne te l'ai jamais dit, car j'imagine combien la perte de Rosalie doit être terrible pour toi. Mais quand vous avez disparu, la vie n'a plus eu aucun sens pour moi. J'attendais ma mort, ou du moins le courage de me donner la mort. Tu serais arrivé quelques semaines plus tard, tu ne m'aurais peut-être pas retrouvée vivante.

Je le vois baisser les yeux et me prendre les mains.

— Je suis tellement désolé.

— Ne le sois pas, je lui réponds en le serrant contre moi. Tu as traversé des épreuves bien plus terribles que les miennes pour me revenir alors que moi, je t'attendais sur un canapé, faible et fataliste. Moi, je n'ai pas combattu comme toi, je n'ai pas lutté pour te retrouver. Aujourd'hui, j'apprends que ma fille et toi, vous allez encore devoir vous battre et risquer votre vie. Or, ma place désormais, elle est à tes côtés. Pour les bons et les mauvais moments. J'ai eu le sentiment que Vaëlion m'a tout de même appréciée. N'ai-je pas réussi à charmer une déesse ? finis-je par dire en prenant la posture d'une aguicheuse. Peut-être que lui aussi voudra passer une nuit avec moi contre une information...

Je n'ai pas le temps de prononcer un mot de plus que je me retrouve renversée sur le lit, les poignets plaqués contre le matelas.

— Il sera mort avant d'avoir formulé une telle demande, crois-moi, m'affirme-t-il plein de fougue.

Je m'accroche à lui avant de lui répondre:

— Bien, maintenant que nous sommes d'accord, quand nous mettons-nous en route?

— Si tu veux être revenue pour la fête qu'offrent les humains en ton honneur, il faut partir immédiatement, lance-t-il en se relevant. Mais je vais quand même te donner quelques conseils concernant Vaëlion.

Je m'assois sur le lit afin d'être plus attentive car, bien que j'essaie de prendre les choses avec légèreté, je suis terrifiée à l'idée de revoir le plus âgé des Dieux.

— Pour commencer, garde à l'esprit qu'il a des connaissances sur nos origines, du moins les armes que nous possédons, qu'il conserve jalousement. Je le soupçonne de savoir exactement ce que nous sommes mais je n'ai aucune preuve, simplement une sensation.

Je hoche la tête afin qu'il puisse continuer à son rythme.

— Il est très fort. Il est le seul capable de m'opposer une vraie résistance et c'est le point le plus important. Il faut bien que tu comprennes que mon arrivée a bouleversé le panthéon que Vaëlion avait créé. Il est considéré comme notre chef autant par respect que par crainte. Aujourd'hui, bien que je n'en sois pas l'instigateur, certains souhaiteraient se ranger derrière moi pour les protéger de Vaëlion. Tu imagines bien qu'il n'apprécie pas réellement la tournure des événements.

Je réfléchis un moment à ce que vient de dire mon époux. S'il dit vrai, cela veut dire que cette nouvelle guerre qu'espère à tout prix éviter Vaëlion pourrait bien l'arranger plus qu'autre chose, cela implique également que...

— C'est exactement ça, enchaîne mon mari qui a lu mes pensées. Vaëlion est peut-être venu brouiller les pistes, car celui qui pourrait bien y gagner le plus à faire disparaître Illith et ainsi m'affaiblir, c'est lui.

— Mais alors, crois-tu que c'est une bonne idée d'aller le voir ? lui demandé-je, encore plus angoissée à la perspective de rendre visite au potentiel tueur d'Illith.

— Il le faut. Mais tu peux rester ici, ça serait plus sage.

Je réfléchis quelques secondes avant de secouer la tête.

— Non, je veux venir. S'il avait envisagé de me faire du mal, il aurait très bien pu le faire lors de son passage. Et de plus, tu vas peut-être te moquer de moi, mais j'ai le sentiment qu'il désire réellement résoudre le conflit entre toi et Nobtus, ou du moins il trouve que ça va trop loin.

— Alors en route, nous avons besoin de réponses.

Il lève lentement la main, et l'air autour de nous semble vibrer sous l'effet d'une force invisible. Une lueur sombre et iridescente danse au creux de ses doigts, se tordant comme une flamme sous un vent inexistant. Puis, d'un geste fluide, il trace un arc dans l'espace, et la réalité elle-même se déchire.

— Il est temps d'y aller.

Je prends une dernière inspiration avant de franchir la porte, prête à affronter l'inconnu aux côtés de mon mari.

Lorsque nous traversons le portail, une lumière ambrée m'éblouit un instant avant que le décor ne se révèle devant moi.

Une immense savane s'étend à perte de vue, baignée par une clarté douce et chaleureuse. L'herbe haute ondule sous la caresse du vent, formant des vagues dorées qui semblent murmurer des secrets anciens. Par endroits, de majestueux arbres ressemblants à des baobabs millénaires dressent leurs silhouettes imposantes, offrant une ombre bienvenue sous ce ciel d'azur immaculé.

Au loin, des montagnes déchirent l'horizon de leurs pics acérés, veillant sur ce monde antique avec une solennité immuable. Entre leurs vallées, des forêts denses et luxuriantes tracent des veines vertes sur cette mer d'or. Tout ici respire la grandeur et l'éternité.

Le décor est magnifique, vibrant d'une énergie ancestrale qui me traverse, me faisant frissonner. Je sens que cette terre est vivante, empreinte de la puissance des dieux. Ashura approche avec assurance, comme s'il retrouvait un lieu familier.

— Bienvenue dans le domaine de Vaëlion, dit-il en avançant.

Alors que nous progressons à travers la savane, le paysage commence à changer. L'herbe haute s'éclaircit, remplacée par un sol battu, marqué par le passage de nombreuses créatures.

En moins de cinq minutes, nous atteignons les abords d'une cité étonnante. Contrairement aux palais de marbre ou aux forteresses imposantes que l'on pourrait attendre d'un dieu aussi ancien, la ville qui se dévoile devant nous semble composée de rustiques cabanes en planches. Il y en a des milliers, éparpillées sur une vaste étendue, construites avec une apparente simplicité, mais parfaitement organisées.

Elles s'intègrent harmonieusement à l'environnement, comme si elles avaient poussé naturellement parmi les arbres clairsemés. Des passerelles en bois relient certaines d'entre elles, formant un réseau complexe qui serpente au-dessus du sol.

Alors que nous nous enfonçons dans la cité aux mille cabanes, je remarque les habitants de cet étrange royaume.

D'immenses créatures aux allures de lions déambulent autour de nous, le dos voûté, marchant sur leurs pattes arrière avec une démarche lourde et puissante. Leur fourrure épaisse oscille sous le vent, et leurs yeux fauves brillent d'une intensité difficile à cerner. Ils ressemblent plus à des bêtes qu'à des êtres doués d'intelligence, et pourtant…

Leur simple présence dégage quelque chose d'ancestral, une sagesse brute et insondable. Certains nous observent d'un regard méfiant, d'autres continuent leur route sans se soucier de nous. Aucun ne parle, mais un silence respectueux règne dans la cité, comme si ces créatures communiquaient d'une manière qui nous échappe.

— Ce sont les enfants de Vaëlion, murmure Ashura. Ne te fie pas à leur apparence… Ils voient et comprennent bien plus que tu ne l'imagines.

— C'est très calme pour une agglomération de cette taille, je remarque en lui prenant le bras. J'ai l'impression d'être dans une ville fantôme.

— Tu es dans une métropole de chasseurs. Ceux que tu visualises sont là pour attirer notre attention, mais nous sommes observés par bien plus de monde.

— Et où allons-nous maintenant ?

— Au centre de la cité, ça va te plaire.

Nous marchons dans le plus grand silence encore une dizaine de minutes avant d'arriver sur une immense place circulaire. L'air y est plus lourd, chargé d'une présence écrasante, comme si chaque pierre du sol portait en elle l'écho d'une puissance ancestrale.

Et là, face à nous, se dresse un siège colossal, façonné dans les carcasses fossilisées de créatures titanesques. Des crânes énormes ornent son dossier, leurs crocs jaunis par le temps érigés vers le ciel comme un avertissement muet. Les os entremêlés constituent un trône brutal et primitif, reflet d'un règne aussi ancien qu'impitoyable.

Assis sur cet édifice d'une ère révolue, Vaëlion nous observe.

Son poil doré, parsemé de mèches plus sombres, cascade autour de son visage, formant une crinière majestueuse. Ses yeux, fendus de pupilles fauves, brûlent d'une intelligence aiguisée et insondable. Une couronne d'ivoire brut repose sur son front, marquant son autorité absolue.

Quand il se redresse, sa stature colossale projette une ombre immense sur la place. Sa voix, lorsqu'elle résonne, est un grondement profond, aussi rugueux et puissant qu'un orage naissant.

— Bienvenue à toi, mon frère. Je t'attendais mais je ne pensais pas que ta jeune épouse serait du voyage.

— Tu connais les femmes, lui répond mon mari en le regardant droit dans les yeux. Si ça ne tenait qu'à moi, elle serait restée en sécurité dans mon domaine.

Le seigneur des lieux lève un sourcil, amusé par la remarque d'Ashura.

— Elle est tout aussi en sécurité ici. Je ne lui veux aucun mal, ni à toi d'ailleurs.

Ashura me lâche le bras pour s'avancer vers le premier Dieu et se plante juste en face de lui, comme pour le provoquer.

— Alors, pourquoi l'avoir menacée ? Pourquoi t'être introduit chez moi sans venir me voir et sans te faire annoncer ? Le jour de mon mariage, mon frère.

Vaëlion se redresse lentement, quittant son trône d'ossements avec une aisance qui contraste avec son imposante carrure. Chacun de ses pas résonne sur le sol, un poids invisible s'abattant avec lui, comme si la terre elle-même reconnaissait son autorité.

Il s'approche d'Ashura, son regard fauve scrutant son ancien compagnon d'un air indéchiffrable. Puis, sans un mot, il tend une main massive et la pose sur l'épaule de mon mari.

— Calme-toi, rugit-il d'une voix grave et vibrante. La colère ne changera pas ce qui doit être.

Son ton n'est ni autoritaire ni menaçant, mais teinté d'une sagesse qui force l'écoute. Je vois les muscles d'Ashura se raidir sous la poigne du vieux dieu, son regard toujours empli de tension. Mais quelque chose, dans ce simple contact, semble absorber sa rage naissante.

Un silence pesant s'installe, seulement troublé par le vent qui soulève la poussière de la place.

— Je ne ferai aucun mal à ton épouse. Tel n'en a jamais été mon intention. J'avais besoin de réponses. L'affaire est grave, mon frère, bien plus que tu ne le penses. L'une des nôtres a disparu et j'ignore qui a fait ça. En sondant la conscience de ta compagne, je suis allé à la source, tu sais bien que je ne peux pénétrer ton esprit, comme tu ne peux lire le mien.

— En venant me parler, nous aurions gagné du temps. Ma femme m'a dit que tu avais la certitude que Nobtus n'est pas l'assassin d'Illith. Comment peux-tu en être sûr ?

Vaëlion retire sa main et recule d'un pas.

— Parce que je vois au-delà des apparences, murmure-t-il. Mon regard perce le voile du destin et remonte le fil des âmes. L'essence de Nobtus n'a jamais effleuré Illith au moment de sa mort.

Un frisson me parcourt. Si ce n'est pas Nobtus… alors qui ? Ashura, lui, semble lutter contre cette révélation. Mais pas pour les raisons que j'imagine.

— Qu'entends-tu par le fil de l'âme ? lui demande mon mari, intrigué.

Le dieu-lion ferme les yeux un instant, comme s'il pesait le poids de cette conversation. Puis, lentement, il lève une main griffue et trace un cercle dans les airs. Une énergie dorée crépite sous ses doigts, formant des symboles anciens qui vibrent dans l'atmosphère brûlante de la savane.

— C'est une magie antique, très puissante. Tu es venu pour ça, je le sais mais jamais je ne te l'apprendrais. Il faut que cette guerre cesse, mon frère. Je partage ta peine pour ton enfant. J'ai pleinement conscience du mal que cela engendre. Mais si Illith n'est pas morte de ta main ni de celle de Nobtus, alors nous avons tous un ennemi aujourd'hui. Nous devons faire front pour le débusquer et le vaincre.

Je peux voir Ashura commencer à faire les cent pas. Je ne discerne aucune colère alors qu'il vient de recevoir un refus catégorique à la principale motivation de notre visite. Il me regarde un long moment, comme s'il cherchait en moi une réponse, mais il me suffit de quelques instants pour que je comprenne qu'il mesure les risques que sa réaction pourrait avoir sur moi. Je me félicite d'être capable de freiner ses ardeurs et je me dirige vers lui d'un pas ferme avant de lui poser une main sur la joue.

— Tu ne lui as pas parlé de ta théorie, mon amour. Peut-être est-il temps. Ton frère semble s'exprimer avec sincérité, tu devrais en faire autant.

Je sens alors une présence dans mon esprit mais Ashura réagit immédiatement en me protégeant, empêchant ainsi mes pensées d'être violées une fois de plus par le plus ancien des Dieux.

— Laisse mon épouse tranquille. Son cerveau n'est pas un jouet. Néanmoins, elle a raison. Je dois te dire mon avis sur la mort d'Illith, mais avant, quand tu parles d'un ennemi commun, as-tu une idée de qui il pourrait s'agir ?

Bien que frustré de ne pas avoir pu lire dans mon esprit, Vaëlion répond, sûr de lui :

— Tu as les mêmes doutes que moi, tu penses à un maître de la terreur.

— En effet, confirme mon mari en le regardant droit dans les yeux. Et je te suggère un marché. Tu cherches l'assassin d'Illith… Moi, je cherche Nobtus. Nous avons tous deux un but, et nous savons tous deux que l'adversaire que nous poursuivons est rusé et insaisissable.

Vaëlion hausse un sourcil, curieux mais toujours méfiant.

— Ma proposition est la suivante, continue Ashura. Laisse-moi t'amener la tête du meurtrier d'Illith. Et si je réussis, tu m'apprendras cette magie afin que je débusque mon ennemi.

Je sens mon souffle se bloquer dans ma gorge, mon cœur battre si fort qu'il en devient douloureux. Ashura… veut affronter un Maître de la Terreur. Ces créatures, capables de tuer des dieux, n'appartiennent à aucun monde, à aucun cycle de vie. Elles incarnent l'effroi absolu, des cauchemars vivants dont même les divinités redoutent le nom. L'idée seule qu'il puisse en croiser un me glace le sang. Mon regard se fixe sur lui, cherchant à y déceler une hésitation, une crainte, un doute… Mais il n'y a que cette certitude implacable, cette détermination froide et inébranlable qui m'a toujours à la fois fascinée et horrifiée.

Vaëlion est surpris mais reste impassible. Je le sens comme déchiré par le marché que lui propose mon époux pour la simple et bonne raison qu'il ne l'a pas vu venir et moi non plus.

— Tu prétends vouloir vaincre un maître de la terreur ? Et quand bien même tu y arriverais, qu'est-ce qui me prouvera qu'il était bien l'assassin d'Illith ?

Mon mari réfléchit un moment avant de dire d'une voix froide:

— Je ne reviendrai pas sans une preuve, tu as ma parole et je t'ai apporté une garantie afin que la confiance règne désormais entre nous. Je veux que tu saches que le pouvoir ne m'intéresse pas, je ne cherche qu'à venger ma fille.

Je fronce les sourcils en entendant le discours de mon époux. Un présent ? De quoi parle-t-il ? Il ne m'en a jamais soufflé un mot. Je tourne un regard stupéfait vers lui, tentant de déceler un indice dans son expression, mais il reste impassible, les yeux rivés sur Vaëlion.

Une étrange sensation me noue l'estomac. Ashura est toujours maître de lui-même, calculateur, capable de voir bien au-delà de l'instant… mais cette fois, il a agi sans me prévenir. Un frisson d'inquiétude me parcourt l'échine.

Sans détourner son attention du Dieu-Lion, il lève très légèrement la main, comme pour ajuster un pli imaginaire sur sa manche.

Je reste interdite. Ce geste… Il est infime, presque imperceptible aux yeux des autres, mais pour moi, il signifie tout.

C'était notre signe, il y a longtemps. Lorsqu'Ashura n'était qu'un homme, avant de devenir un dieu, nous passions des heures à jouer aux cartes ensemble. Chaque fois qu'il bluffait et voulait que je le suive sans poser de questions, il faisait exactement ce même mouvement, une feinte subtile pour me rassurer, pour me dire *fais-moi confiance.*

Mon cœur se serre. Je ressens un mélange de peur et de nostalgie. Il a un plan, comme toujours. Mais je ne sais pas où cela nous mènera.

Alors, malgré mon trouble, je retiens les mille interrogations qui me brûlent les lèvres et je décide, une fois de plus, de lui faire confiance.

Ashura fait un geste circulaire de la main, et, en un éclair, une lumière éblouissante jaillit autour de lui. L'instant suivant, l'arme apparaît, suspendue dans l'air. Elle semble vibrer d'une énergie ancienne, presque vivante. C'est la hache de Droshin ! La vue de cette arme me frappe de stupeur car je sais qu'en faisant cela, il se prive d'un droit sacré: celui de créer un nouveau Dieu.

Vaëlion reste silencieux quelques secondes, fixant l'outil avec une attention presque religieuse. Ses yeux, d'un or lumineux, paraissent briller d'une lueur nouvelle alors qu'il prend l'objet dans ses mains. La hache de Droshin est une œuvre de puissance, un artefact vieux comme le monde, forgé dans l'âme même de la guerre divine. Quand il la soulève, l'air autour de lui semble frémir, comme si l'outil résonnait avec les anciennes énergies des créateurs de Dieu.

Il la porte à hauteur de ses yeux, observant les gravures complexes sur le bois qui, d'une certaine manière, donnent l'impression de lui murmurer des secrets oubliés. Puis, d'un geste lent, il se tourne vers Ashura, l'arme toujours dans ses mains. L'expression du dieu-lion s'est transformée, ses traits empreints à la fois de respect et d'une fascination intense. Sa voix, profonde et presque solennelle, résonne dans l'atmosphère lourde de la pièce.

— Cet objet… il n'est pas simplement un symbole de pouvoir. Elle porte en elle le droit sacré de créer un nouveau Dieu et tu sais à quel point je m'évertue à redéfinir un équilibre et la paix entre nous.

— Je suis au courant, Dieu parmi les Dieux. Et sois informé que si je prends la vie de Nobtus, tu auras aussi son arme. Afin que les erreurs du passé ne soient plus celles du futur. Je pense que tout le monde verra d'un bon œil que tu sois le gardien de ces reliques. Je ne remercierai jamais assez Illith d'avoir fait de moi ce que je suis, mais je prends conscience du danger que cela représente. Mon peuple et moi-même sommes bien trop forts, je le sais. Or la paix ne peut venir que par l'équilibre. Toi et moi sommes les plus puissants des Dieux, nous devons faire front commun et non pas nous quereller. S'il faut accepter de te faire confiance en tant que chef, alors je le ferai. Je ne souhaite pas vivre une éternité composée de guerres et de morts, finit pas dire mon mari en me prenant par la taille. J'ai l'espoir de pouvoir moi aussi me prélasser en compagnie de mon épouse, dans la joie.

Le silence qui suit les paroles d'Ashura est lourd, presque palpable. Vaëlion reste figé, son regard intense fixant la hache, comme s'il pesait le poids de cette offrande qui lui est accordée. Il observe le tranchant de l'arme, un symbole d'autorité et de sacrifice, avant de lever lentement les yeux vers Ashura.

Le dieu-lion, habituellement si implacable, paraît hypnotisé par les propos de mon mari. L'idée qu'un autre dieu, un dieu aussi puissant que lui, accepte de mettre de côté son propre pouvoir et de lui octroyer cette arme, cela semble le bousculer. Je saisis ce que cela signifie : un acte de soumission, mais également une tentative d'union sacrée, une alliance dans un monde de conflits incessants.

— Tu as su trouver les mots justes, Ashura. Cette hache ne représente pas simplement la fin d'une époque, elle symbolise un choix. Un choix qui, je le reconnais, pourrait nous mener à un autre avenir. Celui où l'équilibre régnera, non par la guerre, mais par la compréhension.

Puis, dans un geste solennel, il tourne lentement son regard vers Ashura et, d'une voix plus basse, il répond :

— Je vois que tu as mûri. Si tu désires que l'unité de notre peuple soit notre guide, si tu veux réellement que ce monde ne sombre pas dans une éternité de conflits, alors je suis prêt moi aussi à t'octroyer ma confiance. Ramène-moi le meurtrier de ma sœur et je t'accorderai le droit de te venger de Nobtus en te menant à lui.

Puis, une lueur de malice traverse ses yeux.

— Quant à l'espoir de te prélasser avec ton épouse, Ashura… Je crains que, même avec toute cette puissance, ce ne soit un luxe que tu devras encore attendre. La paix, après tout, n'est pas donnée si facilement.

CHAPITRE 25

Le silence est roi pendant plusieurs minutes après notre retour. Seuls dans nos appartements, Ashura fait les cent pas pendant que je le regarde, soucieuse. Je ne sais comment aborder la chose sans faire naître une dispute qui, j'en suis sûre, est inévitable.

Ses lèvres s'étirent, preuve qu'il a encore lu dans mes pensées. Je lui réponds moi aussi par un sourire, car il vient de m'avouer silencieusement qu'il a parfaitement conscience que mes inquiétudes sont fondées. Je décide donc d'engager la conversation en espérant que cela ne dégénère pas.

— Alors comme ça, tu veux tuer un maître de la terreur, rien que ça ?

Il fait la moue, un peu gêné.

— Je ne dis pas que cela sera facile, mais je n'ai pas vraiment le choix. Je sens, depuis déjà quelque temps, que le destin est en marche. Je peux voir un certain nombre de futurs possibles disparaître au fur et à mesure que je prends des décisions. Je laisse mon instinct agir.

— Et ça donne quoi ? Je réponds sur la défensive.

— Cinquante cinquante car je n'arrive pas à visualiser mon affrontement avec le maître de la terreur, alors que je sais que cet affrontement aura lieu. C'est une sensation très désagréable. Pour toi, c'est un peu comme si tu connaissais le goût d'un aliment, sans jamais l'avoir ne serait-ce que vu un jour. C'est déroutant.

Je prends le temps d'assimiler cette information avant de rebondir sur un autre sujet:

— Et l'arme de Droshin ? Pourquoi ne pas m'en avoir parlé ?

Cette fois, il se met à rire ouvertement:

— De la pure improvisation. Je devais trouver un moyen de le convaincre et j'ai simplement exploité le plus grand défaut de notre panthéon.

— Qui est ? je demande en levant un sourcil.

— La vanité.

Sa réponse est presque cinglante, comme s'il venait de trancher la chair avec ses paroles.

— Je suis jeune et lorsque je regarde ma fratrie, je ne vois qu'un immense sentiment de supériorité des uns envers les autres, chacun s'imaginant à l'abri de tout. Même Illith, avec sa triste expérience, a succombé à son arrogance. Ça les rend tous prévisibles. Tu avais raison sur un point: je ne crois pas que Vaëlion soit le responsable de la disparition de ma sœur. En acceptant mon marché, il m'a donné beaucoup plus d'informations que ce dont j'avais besoin.

Je ne cache pas ma surprise et je lui fais signe de continuer.

— C'est très clair. Soit il juge que je ne réussirai pas, peut-être parce qu'il connaît en fait l'assassin et qu'il sait que je cherche dans la mauvaise direction. Ou bien il pense simplement que le maître de la terreur que nous traquons aura raison de moi.

Je frissonne en entendant ses paroles.

— Soit il désire sincèrement retrouver le tueur d'Illith, à tel point que cela lui importe plus que la vie de Nobtus. Tu es d'accord avec ça ?

Je lui fais signe que oui, peu convaincue, avant de lui répondre:

— En effet, ça se tient, mais au final, on ne sait toujours pas si l'on peut lui faire confiance. Je dirais même que la situation est plus grave qu'avant car tu vas prendre un risque énorme, peut-être pour rien.

Il se dirige alors vers moi et me fait asseoir sur le lit avant de se mettre à genoux dans le plus grand silence et de placer l'une de ses mains contre ma tempe. Je ressens soudain une sensation très bizarre, comme s'il caressait mon cerveau avec ses doigts.

— Je vais protéger par magie ton esprit, du moins une toute petite partie, commence-t-il en chuchotant. Personne n'a jamais entendu les paroles que je vais prononcer et, je t'en conjure, ne le répète à personne. Cela pourrait avoir des conséquences catastrophiques. Cela pourrait même nous tuer.

— Es-tu sérieux ?

— Très, dit-il en plantant son regard dans le mien.

Je respire un grand coup, avant de répondre:

— Tu sais que tu peux avoir confiance en moi. Je te jure que je ne prononcerai jamais ce secret.

Il hoche la tête avant de chuchoter à mon oreille:

— Vaëlion est très puissant. Sa capacité à pouvoir nous localiser est extraordinaire, je l'envie beaucoup. Mais, moi aussi je suis redoutable et j'ai découvert il y a quelque temps que j'ai également un pouvoir très utile lorsque je me trouve assez près de l'un de mes frères ou d'une de mes sœurs. Je peux savoir s'il me ment.

J'écarquille les yeux après avoir entendu cette révélation, mais je ne dis pas un mot, consciente de ce que cela implique.

— Et tu es sûr qu'aucun d'entre eux ne se doute de la chose ?

— Certain. Car ils m'ont au moins déjà tous menti une fois ouvertement, même Illith. Ce pouvoir m'a dans le passé été très utile et aujourd'hui je peux te dire que Vaëlion nous a dit la vérité, durant toute la discussion.

Il se lève et s'écarte de moi pour commencer à faire les cent pas.

— Il ne nous veut en effet aucun mal et il est réellement inquiet de la disparition d'Illith. Mais le plus important, c'est qu'il honorera sa parole si je débusque l'assassin de ma sœur, et c'est là que ça coince. Cette chasse peut nous prendre des siècles…

Je me racle la gorge pour attirer son attention. Il me regarde en levant un sourcil, sans comprendre.

— Mon amour, je commence en prenant garde à mes prochains mots. Tu m'as dit que le destin était en marche. Que d'après toi, quoi qu'il se passe, l'affrontement avec Nobtus avance à grands pas ?

— En effet ? Quel est le rapport avec la traque d'un maître de la terreur ? me demande-t-il sur la défensive.

— Peut-être qu'il est urgent de ne rien faire ?

Alors que je m'attendais à une réaction avoisinant l'énervement, je le vois croiser les bras pour me regarder avec intérêt.

— Développe.

Je me lève pour m'approcher de lui.

— Les derniers choix que tu as faits viennent de plus ou moins canaliser l'avenir vers un panel plus restreint de futurs possibles, c'est bien ça ?

Il hoche la tête en signe d'assentiment, me faisant signe de poursuivre.

— Ces décisions vont forcément provoquer des réactions ? Par exemple, à qui Vaëlion va-t-il parler de notre discussion ? En aucun cas, il n'a été stipulé que ce marché devait rester secret. Il suffirait que Nobtus l'apprenne...

Pour la première fois depuis bien longtemps, je peux lire de la surprise dans le regard de mon époux, voire même de la stupéfaction. Il demeure un interminable moment silencieux, à tel point que pendant un instant je me demande s'il est toujours avec moi. Je m'apprête à lui caresser le visage lorsque, tout à coup, il me dit en entrelaçant nos doigts :

— Tu es vraiment exceptionnelle, mon amour. Comment n'ai-je pas pu y penser avant! Suis-moi.

D'un geste fluide, il lève la main et trace dans l'air un cercle parfait. Aussitôt, l'espace se tord et grésille, comme si la réalité elle-même hésitait à s'ouvrir. Une lueur dorée pulse au centre de l'arcane avant de s'élargir en un immense portail tourbillonnant, illuminé de mille éclats colorés, pareils à des feux d'artifice figés dans le temps. Un parfum envoûtant de vin sucré, d'encens et de musique nous parvient instantanément.

Lorsque nous franchissons le seuil, le changement est brutal. L'air vibre d'un mélange de rires, de percussions effrénées et de chants euphoriques. Le ciel au-dessus de nous est teinté d'un crépuscule éternel, baigné d'or et de pourpre, éclairé par des lanternes flottantes aux reflets fluctuants. Mais le plus impressionnant demeure ce sur quoi repose ce royaume : une gigantesque silhouette féminine qui s'étend sur plusieurs kilomètres, son corps immense servant de terre et de sol aux festivités.

336

— Je vais te présenter ma sœur, Festivia. Avec elle, on ne s'ennuie jamais ! Et c'est une vraie commère.

Je reste pétrifiée en découvrant l'être titanesque qui s'étale devant nous. Festivia n'est pas simplement grande, elle est monumentale, colossale, un monde à elle seule. Mon regard peine à saisir l'entièreté de son corps, qui disparaît presque dans l'horizon, vibrant sous l'agitation de milliers de créatures festoyant sur elle.

L'air est saturé d'une cacophonie de rires, de musique et de chants, un mélange enivrant qui me donne presque le vertige. Partout où je pose les yeux, il y a des lumières chatoyantes, des flots d'alcool coulant à même les fontaines, des danses endiablées où des silhouettes d'aliens de toutes sortes s'entrelacent dans une frénésie joyeuse. C'est une démesure que je n'aurais jamais imaginée.

Je recule d'un pas, sentant mon cœur s'emballer. Comment peut-on être une déesse et une fête à la fois ? Mon esprit rationnel tente de saisir l'impossible, mais tout ici échappe aux lois de la logique. Cette déesse n'a pas de temple :

elle est son propre royaume, et tout ce qui vit sur elle célèbre son existence.

Je tourne la tête vers Ashura, encore sous le choc :

— C'est... c'est une blague ?

Il me lance un regard amusé, mi-taquin, mi-tendre.

— Bienvenue chez Festivia.

Et avant que je ne puisse réagir, une vague de danseurs se jette sur nous, riant et virevoltant, m'entraînant malgré moi dans le tumulte de cette fête infinie.

Des tambours résonnent en un rythme frénétique, accompagnés de chants et de rires qui fusent de toutes parts.

Sous nos pas, la peau douce et légèrement scintillante de la déesse vibre au rythme des festivités. Son corps immense est un monde en lui-même, parsemé de marchés éclatants, de fontaines de vin et de lanternes dorées flottant au gré du vent. Partout, des danseurs aux tenues chatoyantes tournoient, leurs gestes exaltés dessinant des arabesques lumineuses dans la nuit.

Ashura avance d'une foulée assurée, se frayant un chemin à travers la cohue qui nous encercle, tandis que je peine à suivre, bousculée par des créatures ivres de joie.

Un satyre me tend une coupe en riant, mais d'un regard, Ashura dissuade quiconque de nous ralentir davantage.

Finalement, après une ascension sur un escalier taillé à même la peau divine, nous atteignons le sommet : son visage colossal repose sur un coussin de nuages parfumés, son large sourire égayé par mille joyaux incrustés dans ses joues. Ses yeux, deux lacs de lumière dorée, s'ouvrent avec une malice infinie alors qu'elle nous remarque enfin.

— Ashura ! vocifère-t-elle, sa voix vibrant jusque dans ma chair. Et ma nouvelle belle-sœur ! Que me vaut cette visite ?

Je sens mes os résonner sous l'ampleur de son écho, comme si elle s'adressait non pas à moi seule, mais à toute l'existence elle-même. Son rire roule comme un tonnerre sucré, et je perçois les milliers de petites âmes festives qui virevoltent entre les mèches de ses cheveux, ricanant avec elle.

Ashura croise les bras et répond d'un ton léger :

— Nous avions envie de changement d'ambiance. Et puis, ne faut-il pas que ma femme rencontre toute la famille ?

Il me désigne avec un sourire et je sens aussitôt une attention écrasante se poser sur moi. Festivia cligne des yeux, et en une fraction de seconde, je ressens l'intensité de son énergie exagérée. C'est comme si une mer de musique et de lumière s'était concentrée en un seul point, dirigée uniquement vers moi.

Un rugissement de rire roule à travers son corps-monde, faisant vibrer les festivités. Puis, d'un mouvement fluide, elle s'approche en réduisant progressivement sa taille jusqu'à ne mesurer « plus que » quelques dizaines de mètres, assez pour qu'elle puisse nous observer de plus près sans nous écraser sous son ombre.

Elle pose un doigt contre son menton, son sourire toujours aussi taquin.

— Dis-moi, ma chère, tu es sûre qu'il ne t'a pas séduite avec ses hommes-loups et son air mystérieux ? Il a de tout temps eu ce petit truc, tu sais ?

Elle cligne d'un œil complice en direction d'Ashura, qui laisse échapper un soupir, amusé.

— Festivia…

— Ah ha ha ! Oh, regarde-moi cette bouille, elle est adorable ! poursuit-elle, ignorant la réaction d'Ashura pour se concentrer pleinement sur moi. Mais surtout, est-elle digne d'être célébrée comme il se doit ?!

Et avant même que je puisse répondre, elle tape dans ses mains, déclenchant une onde d'énergie qui fait frémir tout son monde. La musique s'intensifie, les mouvements redoublent d'ardeur, et une force invisible m'entraîne en avant.

— Voyons donc si tu peux survivre à une vraie fête divine !

Avant que je ne puisse réagir, Ashura lève un bras, et soudain, tout s'arrête. Les danseurs s'immobilisent en pleine cadence, le bruit meurt sur une dernière note suspendue, et même les lumières semblent vaciller un instant.

— Festivia, calme-toi.

Sa voix, bien que posée, vibre d'une autorité implacable. La grande déesse cligne des yeux, surprise, avant d'arborer une moue boudeuse.

— Oh, tu es vraiment le rabat-joie de la famille…

— Nous ne sommes pas venus pour faire la fête. Nous avons besoin de ton aide.

Festivia se redresse lentement, sa posture se faisant plus attentive. Son sourire ne disparaît pas tout à fait, mais l'espièglerie dans ses prunelles laisse place à une lueur plus calculatrice. Elle nous observe un instant, puis finit par soupirer en roulant des yeux.

— Bon, bon… Quelle est cette affaire si sérieuse qui vous pousse à interrompre MON plaisir éternel ?

Elle claque des doigts, et les convives reprennent tranquillement leurs mouvements, la musique s'adoucissant en une mélodie d'ambiance plutôt qu'un tourbillon frénétique. Puis elle s'accroupit, posant son menton dans sa

342

paume, son visage immense dominant toujours la scène.

— Je vous écoute. Mais ça vaudra au moins une danse après.

Ashura me lance un regard amusé, comme si cette perspective ne lui déplaisait pas avant de poursuivre plus sérieusement.

— Je viens de voir notre frère Vaëlion.

— Deux rabat-joie ensemble, la discussion devait être d'un ennui ! lui rétorque-t-elle en faisant semblant de bailler.

— Pas vraiment. Je dois retrouver l'assassin d'Illith et nous avons des soupçons sur un maître de la terreur.

Festivia arque un sourcil doré, mais ne fait aucun commentaire, l'encourageant d'un geste à poursuivre.

— Or, continue-t-il en désignant l'assemblée en liesse d'un mouvement fluide de la main, on dit que ton monde attire des êtres d'une multitude d'univers. Les rois, les héros, les criminels, les oubliés, tous viennent ici, car il n'existe aucun endroit plus grandiose que celui que tu as bâti.

Il laisse planer une légère pause, l'observant avec expression espiègle.

— Après tout, qui refuserait une invitation de la grande Festivia ?

À ces mots, la déesse-monde bat des cils et relève lentement la tête, visiblement flattée. Son immense sourire s'étire alors, éclairant son visage titanesque d'une lueur satisfaite.

— Ah ha ha ! Mais c'est vrai, n'est-ce pas ?!

Elle se redresse de toute sa hauteur, projetant un tourbillon de lumière et de confettis autour d'elle.

— Il n'existe nulle part ailleurs un lieu aussi vivant, aussi vibrant que MON monde ! Ici, la peur, la haine, le désespoir ? Pfft, balayés par la danse et le vin ! Chez moi, chaque individu finit par succomber à ma joie éternelle !

Elle place une main sur sa hanche et agite l'autre dans un geste dramatique.

— Ah, Ashura, je vois ce que tu fais ! Mais je vais te laisser parler, parce que c'est vrai ! Mon monde est un carrefour sans pareil. Si quelqu'un sait quelque chose sur ce maître de la terreur que tu cherches, c'est ici que tu le trouveras !

Elle se penche à nouveau, son regard pétillant de curiosité.

— Mais avant que je vous aide... il faut que tu me dises quelque chose, beau-frère. Pourquoi tant d'empressement ? Pourquoi maintenant ?

Festivia se redresse, un éclat d'autosatisfaction brillant dans ses yeux dorés, mais elle capte vite le changement subtil dans l'attitude de mon mari. Ce dernier, après un court silence, prend une profonde inspiration avant de répondre.

— J'ai fait un marché avec Vaëlion. Si je parviens à retrouver l'assassin d'Illith, Vaëlion m'indiquera où se trouve Nobtus.

Le nom de Nobtus semble provoquer une discrète secousse dans l'air. Festivia, malgré son apparente légèreté, est clairement intriguée. Elle se penche encore davantage, une ombre d'inquiétude flottant sur son visage radieux.

— Toujours cette rancœur. Tu sais, la joie est le plus beau cadeau de la vie. Tu ne devrais pas lui tourner le dos aussi souvent.

Ashura hoche la tête lentement, ses yeux perçant la mer de lumière et de fête autour de nous.

— Je te promets, ma sœur, que lorsque cette histoire sera terminée, je viendrai profiter de cette fête dont toi seule as le secret.

La déesse glisse une main dans ses cheveux d'or, comme pour démêler les pensées qui flottent autour d'elle, avant de se pencher en avant, ses iris pétillant d'une sagesse infinie.

— Uniquement si tu en sors vainqueur, mon frère. Un maître de la terreur, Nobtus… on ne peut pas dire que ton avenir soit des plus joyeux. Et qu'en dit ta jeune et belle épouse ?

Je ne réponds pas tout de suite. Mon visage demeure impassible, figé dans une neutralité contrôlée. Je refuse de donner prise à la plus infime émotion, à la moindre faille où elle pourrait s'engouffrer.

Mais en moi, une tension sourde s'installe. Une pression diffuse, invisible, comme un fil étiré prêt à se rompre.

Je détourne légèrement les yeux, balayant d'un regard la mer de lumière et de mouvements qui nous entoure. Tout ce bruit, toute cette insouciance. Un contraste saisissant avec le poids des paroles qui viennent d'être prononcées.

Puis j'observe Ashura, mon époux, mon pilier. Il me contemple comme s'il ne pouvait douter de moi et je comprends que je me dois de penser la même chose de sa personne. Que ce soit dans notre humanité ou désormais dans l'immortalité, j'ai décidé de partager ma vie avec lui et, par conséquent, de lui faire confiance et de le soutenir dans les moments difficiles. C'est avec une nouvelle assurance que je réponds à Festivia:

— S'il faut en passer par là pour avoir la paix, qu'il en soit ainsi.

— La paix, répète-t-elle en me fixant. C'est ce que nous voulons tous.

Est-ce moi qui me fais des idées ou ai-je perçu une pointe d'ironie dans sa voix ? Quoi qu'il en soit, elle reprend la parole avec cette fois une humeur pétillante.

— Va ! Filez vers votre guerre qui vous donnera la paix ! Je vais me renseigner pour toi concernant ce maître de la terreur. Si j'apprends quoi que ce soit, tu en seras le premier informé. Cela te convient-il, mon frère ?

Après une brève révérence, ce dernier me fait signe qu'il est temps de partir. Devant nous, un portail doré s'ouvre en un tourbillon d'énergie apprivoisée. L'accès est stable, brillant d'une lumière presque chaleureuse, contrastant avec la fête déchaînée derrière nous.

Sans attendre, Ashura s'avance, et je le suis. Mais alors que nous atteignons le seuil, une voix fuse derrière nous, tranchante comme une lame recouverte de miel.

— Ashura.

Festivia n'a pas bougé, mais son ton a évolué. Un voile plus grave tapisse sa légèreté habituelle.

Ashura s'arrête net.

Je sens une tension infime dans son dos, à peine perceptible, mais bien là. Il se retourne lentement vers sa sœur, son expression toujours aussi impénétrable.

Les danseurs autour d'elle continuent leur célébration, mais quelque chose a changé.

Leur insouciance semble fausse. Comme une mécanique bien huilée qui tournerait légèrement de travers. Certains échangent un regard furtif. Un frisson parcourt l'assemblée.

Puis, Festivia sourit à nouveau. Large, éclatante, comme si rien ne s'était passé.

— N'oublie pas, mon frère. Les promesses non tenues pèsent plus lourd que les serments de sang.

Ses yeux glissent vers moi.

Son expression joyeuse ne faiblit pas, mais je sens quelque chose d'autre derrière ce masque jovial.

Ashura ne répond pas. Son regard reste planté dans celui de sa sœur, une fraction de seconde de plus que nécessaire.

Puis, d'un mouvement souple, il tourne les talons et franchit le portail.

Je le suis.

Et alors que nous disparaissons dans la lumière, j'ai l'impression que la fête reprend un peu trop vite derrière nous.

Comme si elle n'avait jamais été interrompue.

CHAPITRE 26

Après une bonne nuit de sommeil bien qu'agitée par un énième rêve étrange, je me réveille avec cette sensation désagréable d'avoir oublié un détail important. Je me redresse lentement, repoussant les draps, mon esprit encore engourdi par les images floues qui hantent ma mémoire. Ashura. Je suis certaine qu'il était dans ce rêve, mais... dans quelle situation, déjà ?

Même si j'ai du mal à l'admettre, ma confrontation avec la Déesse Festivia me laisse perplexe. Plus j'enchaîne les rencontres avec les frères et sœurs de mon mari, plus j'ai l'impression qu'ils ont un sérieux syndrome du trouble dissociatif.

Peut-être ne suis-je pas objective ou est-ce parce qu'Ashura est « jeune » comparé à eux ? Mais au moins, je n'ai pas le sentiment de discuter avec plusieurs personnes quand nous avons un échange tous les deux.

— Je me pose la même question.

Je sursaute en le découvrant adossé à la porte-fenêtre qui donne sur notre balcon. Il me dévore littéralement des yeux et je ne peux m'empêcher de rougir.

— Tu as une grosse journée aujourd'hui, est-ce bien raisonnable de traîner au lit ? continue-t-il en venant vers moi avant de s'asseoir sur le matelas.

— Chaque heure qui passe est unique en ta compagnie… Tout ce temps au milieu des humains va me sembler bien banal, je lui réponds un peu moqueuse. Est-ce que c'est vraiment obligatoire ? Tu sais que je n'irai jamais dans ce foutu château et je n'en ai rien à faire de leur médaille.

Il rit, bien conscient que j'ai parfaitement raison, sur les deux sujets.

— Le contraire me décevrait beaucoup. Mais, c'est l'occasion d'apaiser les tensions avec les humains et, toi et moi, nous sommes d'accord tous les deux que les massacrer ne nous apporterait aucune joie. Il faut les sauver d'eux-mêmes ou ils deviendront un cauchemar que nous devrons nous remémorer pendant des centaines d'années.

Même si j'ai profondément envie de rester avec lui aujourd'hui, je sais que ses paroles sont pertinentes. Il n'a peut-être qu'un siècle et demi, mais cela doit suffire à avoir une certaine appréhension de l'éternité, avec ses regrets qui nous torturent tels des fantômes du passé.

— Très bien, je soupire, vaincue. Laisse-moi le temps de me préparer et nous partirons avec Fury.

— Non, me répond-il avec fermeté. Je vais t'ouvrir un portail et Rafale t'accompagnera.

— Rafale ? je rétorque, assez surprise. Généralement, c'est plutôt Foudre qui vient avec moi lorsqu'il s'agit des humains.

— Oui, tu as raison, mais Rafale a des pensées pour son enfant. Bien que ce soit dans leur coutume de livrer leur progéniture à la tour de la vie, elles n'en restent pas moins des mères. Les premières semaines sont perturbantes. Je me suis dit qu'un peu d'occupation ne lui ferait pas de mal.

Il me faut moins d'une heure avant d'être définitivement prête. J'opte pour ma tenue favorite. Même si je suis « d'origine » humaine, je représente aujourd'hui le peuple Welfen avec lequel je me sens en parfaite harmonie. Mi-robe mi-armure, j'ai toujours la sensation d'être à mon aise tout en étant parfaitement apte à combattre. Elle est à la fois conçue pour en imposer, mais aussi pour me protéger.

Le haut est une corsetière en acier finement ouvragé, mêlant or blanc et argent, sculptée de motifs anciens dépeignant des éclairs et des ronces, symboles de puissance et de résilience. La cuirasse épouse à merveille le corps, dessinant une silhouette royale sans entraver les mouvements.

Des épaulettes en argent ciselé, légères mais majestueuses, évoquent des ailes déployées.

Les manches sont faites d'un tissu flexible et résistant, noir aux éclats métalliques, ajustées aux avant-bras et élargies vers les poignets pour rappeler la fluidité d'une cape.

Sur le devant, un tabard fendu, sombre aux reflets irisés, descend jusqu'aux genoux, brodé de fils dorés formant un blason ancestral. Sur les côtés et l'arrière, une cascade de lamelles d'armure souples, légères mais solides, évoquant une parure de bataille.

Une ceinture de plaques gravées, sertie d'une pierre brillante pulsant d'énergie, marque la taille. Elle sert à fixer un long manteau ouvert, dont l'intérieur est teinté d'un rouge profond ou d'un bleu nuit, selon la lumière.

Aux pieds, des bottes hautes en cuir sombre, renforcées par des protections métalliques finement sculptées, achevant l'allure d'une souveraine prête à la guerre.

Lorsque ma tenue est parfaitement ajustée, je sens immédiatement un changement dans l'air. L'agitation habituelle autour d'Ashura cesse. Il ne dit rien. Je me tourne vers lui, curieuse. Il est là, figé, les bras croisés, les yeux rivés sur moi avec une intensité troublante. Il s'approche lentement, son regard glissant sur chaque détail de mon ensemble, mais il ne fait aucun commentaire. Comme s'il avait enfin compris quelque chose.

— Il me semble ne pas t'avoir fait de cadeau de mariage. Toi, viens ici, finit-il par dire à Cubi.

Le petit artefact doré s'immobilise dans les airs, ses facettes brillant d'un éclat joueur, comme s'il hésitait à obéir… ou à se moquer d'Ashura. Puis, lentement, il s'avance, flottant avec une gravité propre.

— Tu as bien servi ta maîtresse, tu mérites une récompense.

À ces mots, Cubi s'illumine, émettant une vibration basse qui résonne dans la pièce. Ses faces se mettent à tourner, d'abord doucement, puis de plus en plus vite, jusqu'à ce que leurs symboles deviennent un flou indistinct. Une énergie palpable envahit l'air. Quelque chose d'ancestral, d'indomptable. Ensuite, un éclair doré jaillit de l'objet, m'enveloppant tout entière. Je suffoque un instant. Pas de douleur, non, mais une sensation vertigineuse, comme si la

355

réalité se contractait autour de moi. Ma tenue frémit. Le métal se liquéfie, le tissu se tord, fusionnant avec la force du Chaos. Des symboles mouvants apparaissent sur mes brassards, vibrant d'une énergie inconnue. Mon manteau s'efface puis renaît, devenant une cape d'ombres fluides. Sur mon plastron, un joyau noir et or pulse comme un cœur battant.

Ashura me fixe, un sourire indéchiffrable aux lèvres, ses yeux brillants d'un éclat troublant.

— Voilà qui est digne de toi.

Je me regarde dans le miroir et je suis stupéfaite par le résultat. Ma tenue, bien que changée, est restée globalement la même.

— Qu'est-ce que tu as fait ? Où est Cubi ?

Mon mari me fait un clin d'œil avant de me répondre le plus naturellement possible :

— Cubi était un objet du Chaos. Il était limité dans ses fonctions à cause de son apparence et de son mode de création. Il est né de ma volonté de te protéger à tout prix. Mais, mon subconscient n'a fait que concevoir une image de cette volonté. Aujourd'hui, tu as le résultat final. Cubi vit désormais dans cette armure et il est un véritable objet du Chaos et non plus un mirage de mon désir.

— Incroyable, je souffle éberluée.

Je me sens différente. Comme si j'étais dorénavant capable de soulever des montagnes.

C'est une sensation bizarre, troublante. Comme si j'étais indestructible, alors que mon corps, lui, n'a subi aucune modification apparente.

Je serre les poings, testant cette nouvelle force qui pulse en moi. Mes muscles ne semblent pas plus durs, mes os pas plus lourds, et pourtant… tout a changé.

Ashura me contemple, toujours aussi impassible, mais il y a quelque chose de différent dans son regard. De la satisfaction ? Une certaine fierté ? Ou bien… une connaissance silencieuse, un secret qu'il n'est pas encore prêt à partager ?

— Tu ressens le Chaos.

La voix d'Ashura résonne, posée, presque douce.

— Cette puissance ne change pas ton corps, mais elle modifie ce que le monde pense de toi. C'est la perception de ton être qui évolue.

Je fronce les sourcils.

— Ce que le monde pense de moi ?

Il esquisse un sourire en coin.

— Essaye. Marche. Regarde comment la réalité réagit à ta présence.

Je reste un instant immobile, puis fais un pas.

Et c'est là que je comprends.

Le sol sous mes pieds ne vibre pas, mais il me semble que la pierre elle-même se plie légèrement sous mon poids, non pas par fragilité mais par révérence. L'air autour de moi n'est pas plus chaud, pas plus froid, pourtant j'ai la certitude étrange que le vent hésiterait à souffler contre moi sans ma permission. Comme si l'Univers me reconnaissait. Comme si je n'étais plus simplement une femme… mais une puissance.

Ashura croise les bras, son sourire s'élargissant légèrement.

Je prends une grande inspiration. Si le monde me perçoit comme une force, alors que vivent ceux qui portent cette force depuis toujours ?

Les légendaires. Des êtres d'exception, élevés au rang de demi-dieux. Je repense à Foudre et Orion, à leur combat titanesque. À ce moment où Foudre a retiré son armure du Chaos, non pas par arrogance, mais pour tester la valeur véritable de celui qu'elle aime. J'avais ressenti de la peur en la voyant ainsi exposée. Mais maintenant, je comprends une autre facette de ce choix : le poids de leur existence. Car ce n'est pas seulement leur force qui les définit. C'est la façon dont le monde les perçoit. Peut-on simplement être soi-même, quand tout ce qui nous entoure nous considère comme une légende vivante ?

Un frisson me parcourt. Pas de froid, non. Une prise de conscience. Je serre légèrement mes brassards marqués des symboles du Chaos. Est-ce cela qu'Ashura voulait que je comprenne ? Je lève les yeux vers lui. Il me fixe encore, ce sourire énigmatique accroché aux lèvres.

Il sait. Il a toujours su. Encore une fois.

— Tu réalises enfin.

— Oui, je lui réponds presque en murmurant.

Je me sens telle une déesse en ce moment même. Donc, j'imagine ce que doivent ressentir des demi-dieux ainsi équipés comme ma fille.

Et alors, je comprends. Pas seulement la portée de ce que j'éprouve. Ni le poids de cette puissance qui m'enveloppe. Mais la véritable force de mon mari : Ashura. Celui qui, d'un simple geste, a modelé une tenue capable de plier la réalité autour de moi. Celui qui comprend si bien la nature du pouvoir qu'il peut en faire un cadeau. Celui qui manie le Chaos non pas comme une arme, mais comme un artiste façonne son chef-d'œuvre.

Mon souffle se bloque un instant. Parce que ce n'est qu'en cet instant que je saisis l'étendue de ce qu'il est véritablement. Il ne se contente pas d'être fort. Il crée la force. Il redéfinit la puissance. Et pourtant, il se tient là, simplement, me regardant avec ce même sourire indéchiffrable. Comme si tout cela n'avait rien d'extraordinaire pour lui.

Comme si ce n'était qu'une évidence. Un silence plane entre nous. Un battement suspendu dans le temps.

Puis, timidement, je murmure :

— Qui es-tu vraiment ?

Ashura rit doucement, comme s'il attendait ma question sans être surpris. Il s'avance lentement, ses pas étouffés sur le sol. Il s'arrête juste devant moi, assez près pour que je puisse percevoir sa chaleur. Cette présence imposante, qui n'a rien de tyrannique, me fait réaliser qu'il n'y a aucune place pour l'hésitation dans son regard. Il prend un instant avant de répondre, comme s'il choisissait avec soin ses mots.

— Tu penses avoir vu une partie de ma puissance, mais ce n'est que la surface d'un océan sans fond.

Il marque une pause, observant mes yeux, cherchant à capter le moindre indice de compréhension.

Je sens mes jambes légèrement fléchir sous l'intensité de ses prunelles. Non pas par peur, mais par la prise de conscience de l'étendue de ce que je devine à peine. Une vague de respect, presque révérencielle, m'envahit.

Il approche une dernière fois, son souffle contre ma joue, et, d'une voix basse, mais pleine de sagesse, il ajoute :

— Tu n'as vu qu'une infime part de ce dont je suis capable. Mais, n'oublie jamais que la plus grande des forces réside dans l'amour et dans la volonté de protéger ceux qui comptent. Plus je cherche à vous préserver, tous, plus je suis puissant.

Il me prend dans ses bras et me serre avec douceur. Quant à moi, je m'agrippe littéralement à lui, tel un chat qui sortirait ses griffes. Ainsi, il n'est pas qu'un Dieu voué à la destruction et j'aurais dû m'en apercevoir beaucoup plus tôt. Depuis tout ce temps, il accomplit des miracles pour le peuple Welfen, pour sa fille, pour moi. Mais, par-dessus tout, je ne peux m'empêcher de repenser au combat entre Foudre et Orion. Si eux, à leur niveau, sont capables de telles prouesses…

— Tu es beaucoup plus puissant que tes légendaires ? Je veux dire, si tu devais te battre contre eux…

— Nous l'avons déjà fait, sans Orion, en réalité, me répond-il d'une petite voix pour me ménager.

— Et ? j'arrive juste à prononcer en retenant mon souffle.

— Même tous ensemble, ils ne font pas le poids.

La révélation me fait frémir. Illith avait-elle pris la mesure de ce qu'elle avait créé ? Car, ayant réellement vu à l'œuvre d'autres Dieux et bien qu'ils soient tous très impressionnants, je prends conscience qu'Ashura est très au-dessus de ses frères et sœurs. Et je me demande même s'il doit véritablement craindre Vaëlion. Ce qui me fait penser que :

— Nobtus, en fait, il est désespéré. Il sait qu'il ne peut rien faire contre toi.

— C'est exactement ça. C'est pour ça qu'il s'en est pris à toi. L'unique chose qui pourrait le sauver est que je devienne fou. Mais, le nombre de cartes qu'il a dans sa manche diminue jour après jour. Il est acculé. Il doit déjà être au courant que j'ai passé un marché avec Vaëlion et il ne peut se permettre de l'avoir, lui aussi, comme ennemi.

Nous nous retournons comme un seul homme lorsque nous entendons Rafale qui vient d'arriver par le balcon. Cette dernière a son arc accroché dans son dos et s'avance vers nous de sa démarche féline. Sa beauté me frappe comme à chaque fois que je la vois. Elle ressemble à tout sauf à une femme qui a donné la vie il y a quelques jours.

— Maître, vous m'avez appelée ?

Mon mari me dépose un bref baiser avant de se tourner vers sa légendaire :

— Rafale, je voudrais que tu accompagnes mon épouse chez les humains.

Elle croise les bras, son regard perçant fixé sur Ashura, puis sur moi. Un mélange d'agacement et de résignation danse dans ses iris clairs, comme une tempête qui menace d'éclater mais qui, pour l'instant, reste contenue.

— Chez les humains ? lâche-t-elle d'un ton dans lequel pointe une légère exaspération.

Elle détourne brièvement les yeux, comme si elle pesait le pour et le contre, avant de souffler longuement. Son irritation apparente n'est qu'une façade, et je le ressens dans la manière dont elle m'observe, dans cette ombre de tendresse qui traverse son regard, juste une seconde.

Puis, comme pour balayer cette émotion trop évidente, elle laisse échapper un soupir et secoue la tête avec un sourire en coin.

— Très bien, va pour une aventure chez les humains. Mais, si je dois supporter tout ça, tu as intérêt à ce que ce soit passionnant.

Je souris à mon tour, consciente que derrière son masque de légendaire indomptable, elle ne m'abandonnera jamais. Depuis que je lui ai rendu visite chez elle, quelque chose entre nous est différent. Nous avons tissé un lien que rien ne pourra briser : nous sommes aujourd'hui mères, toutes les deux.

Rafale s'apprête à ajouter quelque chose, mais son regard glisse sur moi et elle se fige. Son sourire s'efface, remplacé par une expression de pure stupéfaction.

Ses pupilles se dilatent légèrement tandis qu'elle décèle l'aura qui m'entoure, une énergie puissante, brute, indomptable, qui danse autour de moi comme une tempête en formation.

— Qu'est-ce que… ?

Elle tend la main, hésitante, puis recule aussitôt comme si elle venait de sentir une bourrasque invisible lui fouetter la peau.

— C'est du Chaos… murmure-t-elle, son ton oscillant entre fascination et prudence.

Son regard croise le mien, et je vois dans ses yeux qu'elle comprend. Elle, qui a toujours été une légendaire, une demi-déesse habituée à manier les forces primordiales, ressent pleinement ce que cette armure représente.

— Ashura… commence-t-elle en se tournant vers lui, comme si elle cherchait une explication.

Mais, au fond, elle sait déjà. Elle a compris que ce n'est pas qu'une tenue ordinaire, que ce n'est pas qu'un ornement. Elle sent son pouvoir, sa puissance, et peut-être même un fragment de la volonté qui l'habite.

Et moi, à travers son regard, je prends encore plus conscience de ce que je porte.

— Un simple cadeau de mariage, répond ce dernier comme si de rien n'était.

Un éclat traverse les yeux de Rafale. Une lueur que je reconnais immédiatement.

Elle ne dit rien pendant un instant, mais je vois ses doigts effleurer son arc, comme un réflexe instinctif. Son arc du Chaos, Murmure. Ce n'est pas juste une arme, c'est une extension d'elle-même, un artefact imprégné de la même énergie primordiale qui coule maintenant autour de moi.

— Intéressant… susurre-t-elle, un sourire en coin se dessinant sur ses lèvres.

Elle fait un pas vers moi, et je ressens presque physiquement son envie. Pas une envie de destruction ou d'affrontement futile… non. Celle d'une guerrière, d'une légendaire, et je reconnais en elle la combativité du peuple Welfen.

— Je me demande… jusqu'où va ta puissance maintenant ?

Sa voix est légère, mais son regard brille d'un défi à peine contenu.

Son aura vibre doucement autour d'elle, en écho à la mienne, comme si nos énergies s'accordaient, s'appelaient, se provoquaient.

Elle veut se confronter à moi. Pas par hostilité, non. Par pur instinct. Elle souhaite voir jusqu'où je peux aller, tester ce que cette tenue du Chaos me permet de faire.

Et, à vrai dire, une part de moi le désire aussi.

Ashura observe notre échange avec un sourire amusé, comme s'il s'attendait à ce que nous finissions par nous mesurer l'une à l'autre. Mais, avant que quoi que ce soit ne se produise, il lève la main et déchire l'espace devant nous, ouvrant un portail vibrant d'énergie dorée.

— Il est temps d'y aller, dit-il simplement.

Rafale, toujours absorbée par ma nouvelle aura, croise les bras et hoche la tête avec un soupir mi-agacé, mi-admiratif. Je m'apprête à franchir le seuil, mais un instant avant de partir, je me tourne vers Ashura. Je repense à nos discussions récentes, à ce qu'il est aux yeux du monde, à ce qu'il est pour moi.

— Pour beaucoup, tu es le Dieu de la guerre, de la colère et du sang, dis-je, puis je marque une pause, laissant mes mots s'ancrer dans l'instant.

Mais pour moi, tu es le Dieu de la Justice et de l'Honneur.

Son sourire s'adoucit imperceptiblement. Dans son regard, je discerne un éclat, quelque chose entre la fierté et une émotion plus profonde, plus intime.

Il ne répond pas tout de suite. Il se contente de me fixer, comme s'il gravait ces mots dans son âme.

Puis, dans un souffle presque insaisissable, il murmure :

— Alors, je ne peux qu'être digne de ce que tu vois en moi.

Et, dans cet instant suspendu, je ressens tout ce qui fait de lui un être bien au-delà de la guerre.

Je franchis le portail.

CHAPITRE 27

Lorsque je franchis le portail, je m'attends à atterrir dans un lieu discret, loin de l'attention générale. Mais, au lieu de cela…

Un brouhaha assourdissant m'engloutit. Je cligne des yeux, désorientée. Autour de moi, une foule compacte se presse dans toutes les directions. Des rires, des conversations animées en plusieurs langues, des téléphones levés pour prendre des photos… Et, surtout, une multitude de regards braqués sur moi.

Je suis en plein milieu de la place du Trocadéro.

Face à moi, trônant majestueusement sous le ciel de Paris, la tour Eiffel.

— Ashura, je murmure entre mes dents, réalisant immédiatement la farce qu'il vient de me faire.

Rafale, à mes côtés, écarquille les yeux. Son regard passe de moi à la foule, puis à l'immense monument de fer.

— Je rêve ou il nous a larguées ici, comme ça ?

Je serre les poings, l'armure du Chaos vibrant doucement autour de moi.

— Oh non, tu ne rêves pas.

Autour de nous, les réactions sont partagées. Certains m'observent avec fascination, admirant ma tenue comme s'il s'agissait d'un costume de film. D'autres, plus sensibles à l'aura de mon ensemble, semblent légèrement mal à l'aise, de la même façon que s'ils ressentaient quelque chose d'anormal sans pouvoir l'expliquer.

Un enfant tire sur la manche de sa mère.

— Maman, c'est une superhéroïne ?

Un murmure traverse la foule. Quelques touristes s'approchent prudemment, leurs caméras braquées sur moi.

— J'espère qu'il rigole bien, là où il est, je souffle, les mâchoires serrées.

Rafale croise les bras, amusée.

— Oh, j'en suis certaine.

— Il va me le payer.

Mais, pour l'instant, nous avons une mission. Ignorant les chuchotements et les observateurs intrigués, je me redresse et commence à marcher à travers la foule, en direction du musée de la Légion d'honneur. Au départ, ce ne sont que quelques regards en coin, quelques murmures dont je fais abstraction. Mais plus nous avançons, plus le public s'écarte instinctivement sur notre passage. Je le ressens, ce mélange de crainte et de fascination qui s'installe. Nous ne sommes pas humaines. Cela se voit dans nos traits trop parfaits, nos mouvements trop fluides, cette aura presque irréelle qui nous entoure.

Rafale, avec sa silhouette élancée de près de deux mètres, marche à mes côtés, son imposant arc du Chaos calé dans son dos. Ses cheveux d'un blond presque blanc dansent dans le vent de la ville, et ses yeux couleur tempête balayant l'avenue finissent de dissuader toute tentative d'approche.

Moi ? Je ressens le poids de chaque regard posé sur nous. Mon armure du Chaos attire la lumière et semble vibrer d'une puissance que personne ici ne peut comprendre. Je sens leurs instincts primaires se réveiller, leur inconscient leur crier que nous ne sommes pas faites d'une essence semblable à la leur.

Les badauds s'arrêtent, écartent leurs enfants, échangent des mots bas. Les plus téméraires sortent leurs téléphones, filmant discrètement ou ouvertement cette scène surréaliste qui défile sous leurs yeux.

Même les individus les plus louches, ceux qui d'habitude arpentent les rues avec un air de défiance ou d'assurance mal placée, s'effacent devant nous. Quelques jeunes hommes, adossés à un mur, paraissent sur le point de faire une remarque, avant que leurs regards ne croisent le mien.

Silence.

Ils détournent les yeux et disparaissent dans une venelle.

Rafale laisse échapper un rire discret.

— On dirait que notre présence fait de l'effet, souffle-t-elle. Votre monde sent l'insécurité à plein nez. Ça ne doit pas être facile tous les jours pour certains.

— C'est vrai. Mais, malgré tout, ils avancent. Ils tombent, se relèvent et continuent.

Rafale jette un regard aux badauds qui s'écartent sur leur passage. Son arc du Chaos luit légèrement sous les rayons du soleil.

— Ils sont fragiles, pourtant. Ils ont l'air de toujours être sur le fil du rasoir.

Je hoche la tête, songeant au peuple Welfen.

— C'est pour ça qu'ils pourraient apprendre beaucoup des nôtres. Les Welfens ont la force et l'instinct, mais aussi le sens de l'honneur. Ici, chacun lutte pour lui-même. Imagine ce qu'ils pourraient accomplir s'ils comprenaient ce que signifie appartenir à une véritable unité.

— Vous allez trouver cela certainement très vantard, mais bien que notre histoire soit celle d'un jeune peuple, nous avons déjà croisé un grand nombre de civilisations pendant notre exil. L'humanité ressemble à toutes les populations que nous avons rencontrées. C'est nous qui sommes différents. Jamais les terriens ne pourront devenir comme nous. Mais, cela ne signifie pas pour autant qu'ils doivent disparaître. Nous pourrons peut-être les aider à évoluer.

Je ne réponds pas, cependant je ressens l'intensité de ce moment.

Lorsque nous atteignons finalement le musée de la Légion d'honneur, l'ambiance est toute autre que celle que nous venons de vivre dans les rues. Un groupe d'humains est déjà réuni devant les portes, des journalistes certainement, néanmoins à notre approche, l'atmosphère se transforme.

L'effervescence gagne rapidement la foule. Des murmures s'élèvent, des regards surpris fusent, et des visages s'éclairent à l'idée que l'invitée tant attendue soit enfin là, toutefois pas de la manière qu'ils avaient imaginée.

Certains espéraient sans doute à une arrivée à dos de dragon. Mais, c'était sans compter sur l'humour très décalé de mon cher et tendre époux. Il faudra que je me venge de celui-là d'ailleurs !

Rafale marche à mes côtés, ses yeux observant chaque détail avec cette curiosité propre aux étrangers dans ce monde. Son arc du Chaos trône sur son dos comme une déclaration de puissance absolue. Je m'avance d'un pas assuré, enveloppée dans mon armure du Chaos.

Les humains s'écartent sous le poids de nos présences. Le silence s'installe alors que nous franchissons les derniers mètres.

Quelques murmures s'élèvent, mais personne n'ose faire un mouvement. Les regards curieux se mêlent à une pointe de crainte, et je sens la tension dans l'air. Nous sommes autant fascinantes qu'effrayantes, comme des étoiles tombées du ciel.

Je reviens rapidement à la réalité lorsque j'aperçois quatre militaires qui viennent dans notre direction, armes aux poings. Je dois admettre que je n'apprécie pas, car cela me rappelle de mauvais souvenirs.

Les soldats s'arrêtent à une distance raisonnable, échangeant un regard avant que l'un d'eux, probablement le plus gradé, prenne la parole d'un ton maîtrisé :

— Majesté, nous sommes chargés de vous escorter. Veuillez nous suivre.-*

Ils restent sur leurs gardes, observant chacun de nos mouvements avec une tension palpable. Je ressens leur méfiance autant que leur discipline, et je ne peux le leur reprocher. Après tout, nous sommes deux étrangères aux allures aussi majestueuses qu'intimidantes, déambulant armées au cœur de leur capitale.

Rafale leur jette un regard amusé, mais ne fait aucun commentaire. Sans un mot, nous nous mettons en marche, entourées par l'escorte militaire qui nous guide à travers la grande cour du musée de la Légion d'honneur.

L'air est chargé d'une tension teintée de gravité, les conversations assourdies des badauds ayant laissé place à un silence respectueux, presque religieux.

Dès que nous franchissons les portes du monument, je ressens immédiatement un contraste frappant. Le tumulte de l'extérieur s'efface, ouvrant sur une atmosphère feutrée. Il n'y a pas foule, ce qui me convient parfaitement. Loin des regards curieux et des murmures incessants, je peux enfin respirer.

Mais, c'est alors que mes yeux se posent sur un petit groupe de personnes réunies un peu plus loin, et mon cœur rate un battement.

Parmi eux se tiennent mes parents.

Je reste figée, incapable de détourner mon attention. C'est la première fois que je les revois depuis notre enlèvement par les militaires, depuis que ma vie a basculé et que j'ai retrouvé Ashura.

Ma mère porte une robe sobre, ses mains jointes devant elle, comme si elle luttait pour refouler une émotion trop forte. Mon père, plus raide, tente de garder contenance, mais je me rends bien compte que ses yeux brillent légèrement.

Un silence s'installe.

Je ne sais pas quoi dire. Que peut-on dire après tout ce temps, après tant de bouleversements ? Ils ne sont plus mes seuls repères, et moi… suis-je encore la fille qu'ils ont connue ?

Ma mère est la première à briser la distance. Elle tend une main hésitante vers mon visage, comme si elle craignait que je disparaisse sous ses doigts. Son regard oscille entre soulagement et stupeur.

— Ma chérie… murmure-t-elle, la voix tremblante.

Mon père, d'ordinaire si réservé, s'approche à son tour. Il ne dit rien, mais ses yeux parlent pour lui. Il est apaisé de me voir, fier aussi et pourtant, une ombre de doute traverse son expression.

Je m'aperçois qu'ils me scrutent comme une étrangère.

J'ai changé.

Ils le remarquent. Ce n'est pas uniquement ma taille légèrement supérieure ni la finesse presque irréelle de mes traits elfiques. Ce n'est pas non plus la tenue du Chaos qui m'enveloppe d'une puissance qu'aucun humain ne pourrait comprendre. C'est dans mon regard, dans ma posture, dans la manière dont je les observe, calme et assurée.

Je ne suis plus seulement leur fille.

J'inspire profondément et, malgré tout ce qui nous sépare désormais, je laisse mon instinct parler. J'ouvre les bras, et en un instant, ma mère se jette contre moi, m'enlaçant avec une force que je ne lui connaissais pas.

— Tu nous as manqué… souffle-t-elle contre mon épaule.

Je ferme brièvement les yeux, savourant ce moment. À moi également, leur absence m'a pesé. Mais, quelque part, je sais que nous avons encore un long chemin à parcourir pour nous retrouver réellement.

— Vous aussi, vous m'avez manqué, je réponds presque pour moi-même.

Je me détache doucement de l'étreinte de ma mère et croise le regard de Rafale.

Elle nous observe, les bras croisés, le visage impassible, mais je peux voir dans ses yeux une lueur étrange, presque indéchiffrable. De l'incompréhension, peut-être… ou autre chose, quelque chose de plus profond.

Les Welfens n'ont pas de telles retrouvailles. Ils n'ont pas de famille qui pleure leur absence, qui les cherche, qui les attend. Ils naissent, puis sont confiés à la tour de la vie, élevés par la communauté, loin de ceux qui les ont mis au monde. L'idée même de ce lien, de cette attache indéfectible entre un enfant et ses parents, doit lui sembler étrange, probablement perturbante, elle qui vient de donner son fils à son peuple.

— Votre majesté.

Je me retourne pour voir le Président français s'approcher avec un sourire poli, les mains jointes devant lui. Derrière lui, quelques conseillers et militaires nous observent avec une certaine nervosité contenue.

— Il est temps.

Il m'adresse un regard qui oscille entre admiration et solennité, puis il m'invite d'un geste à l'accompagner.

Je jette un dernier coup d'œil à mes parents, leur offrant un visage rassurant, avant de marcher aux côtés du Président. Rafale me suit de près, silencieuse, ses prunelles balayant la salle avec une vigilance instinctive.

Nous traversons un couloir aux murs agrémentés d'emblèmes et de portraits de héros décorés avant moi. L'ambiance feutrée contraste avec le monde extérieur, comme si nous avions pénétré un sanctuaire chargé d'histoire.

Au bout de la galerie, une grande porte s'ouvre sur une pièce illuminée, où nous attend le maître de cérémonie, debout derrière un pupitre orné des insignes de la Légion d'honneur. Une assemblée restreinte est présente, des visages sérieux et absorbés, des hommes et des femmes en uniforme, quelques officiels et dignitaires.

Le Président me désigne une place devant le chef de cérémonie, puis s'écarte un peu, me laissant seule face au protocole.

Le silence s'installe. L'attention de tous est braquée sur moi.

Alors que je me trouve devant l'officiant, une tension nouvelle se fait soudainement sentir dans l'air. Rafale, qui se tient légèrement derrière moi, change brusquement de posture. Son regard, d'abord concentré sur la scène face à elle, s'éclaire d'une alerte intense. Ses yeux balayent rapidement la salle, les pupilles rétrécies, comme un prédateur détectant un danger invisible.

Je vois sa mâchoire se contracter, et ses mains se resserrent autour de son arc, prêtes à dégainer. Il n'y a pas de bruit, mais je peux sentir le changement. Une étrange pression semble peser sur l'atmosphère. Rafale, d'ordinaire calme et impassible, est en état d'alerte maximale.

Je n'ai même pas besoin de le lui demander. Son visage, habituellement marqué par la sérénité, est désormais tendu, ses traits légèrement crispés. Ses yeux ne cessent de scruter les personnes dans la salle, comme si elle percevait une menace sous-jacente que personne d'autre ne paraît discerner.

Je m'approche doucement d'elle, chuchotant à peine :

— Tu sens quelque chose ?

Elle hoche insensiblement la tête, sans me perdre de vue un instant.

— Je ne sais pas encore, mais il y a quelque chose.

Elle prend une grande inspiration, ses doigts effleurant son arc.

— Une présence. Cachée. Prête à surgir. Fais sortir tes parents d'ici.

Je sens l'atmosphère de la pièce se densifier autour de nous, et je fronce les sourcils, comprenant que la menace est bien réelle. Mais, qui ou quoi, pourrait bien être à l'origine de cette pression suffocante ?

Je ne réfléchis même pas et je me dirige vers ma mère à vive allure. Alors que le maître de cérémonie, incrédule, tente de me rattraper. Je me dégage en m'adressant au Président.

— Évacuez la salle ! vite !

Le chef d'État, toujours calme malgré la situation, paraît enfin percevoir l'urgence dans ma voix. Il réagit rapidement, donnant des ordres à ses hommes tout en me jetant un regard rempli de compréhension. À l'instant même où les premiers militaires se lèvent pour faire sortir les invités, la tension dans l'air devient presque palpable, comme une étincelle prête à enflammer un champ de poudre.

Je continue ma marche vers ma mère, mes pas résonnant contre le sol. Le maître de cérémonie, qui semblait encore sous le choc de mon attitude, tente de s'interposer.

— Madame, il n'est pas conseillé de…

Mais je n'ai pas le temps de l'écouter. Je le contourne d'un geste fluide, ma main effleurant à peine son épaule. Tout mon esprit est concentré sur ma mère, qui reste figée, la peur se lisant désormais sur son visage.

Je lui attrape les poignets, l'obligeant à se lever. Ses yeux s'écarquillent alors qu'elle me regarde, comme si elle venait juste de me retrouver après des années d'absence.

— Maman, on doit partir.

Je force ma voix à être calme, mais la panique commence à se glisser dans mes mots.

Je n'ai pas besoin de la convaincre. Elle se redresse rapidement, mais j'ai l'impression qu'elle sent, comme Rafale, qu'il est trop tard pour fuir sans risque.

Je me tourne vers l'Elfe, qui reste prête, son arc bien en main, cherchant la source de la menace. Elle fait signe à l'ensemble des invités de se hâter, sa stature imposante faisant écarter la foule sans qu'aucun mot ne soit prononcé.

Le Président, toujours un peu en retrait, s'adresse alors à ses hommes, les ordres se succédant à grande vitesse. Pourtant, quelque chose ne va pas. La salle est en train de se vider, mais l'air reste lourd, et tout semble figé autour de nous.

Un rugissement guttural, tel un grondement d'orage, résonne dans la pièce, faisant vibrer le sol sous nos pieds. Le bruit de la pierre se brisant est assourdissant, et la poussière qui s'envole ajoute à l'atmosphère étouffante de terreur. Une tête monstrueuse fait son apparition, au travers des gravats.

Les invités, déjà paniqués, s'éparpillent en hurlant, mais c'est un désordre trop bien maîtrisé par la créature. Elle semble prendre plaisir à observer les humains courir dans tous les sens, les amenant à se bousculer entre eux dans leur fuite.

Je serre les dents, mes doigts se crispant autour de la poignée de ma rapière. Rafale se place instinctivement devant moi, l'arc du Chaos tendu et prêt à libérer une flèche dévastatrice. Son regard est sombre, déterminé, mais je peux voir la crainte dans ses yeux, comme si elle savait que ce n'était pas une menace ordinaire.

Un fracas assourdissant déchire l'air, suivi d'un grondement profond qui fait vibrer le sol sous nos pieds. Une onde de choc projette des éclats de pierre et de verre dans toutes les directions alors qu'une section entière du musée explose sous un impact titanesque.

Dans un chaos de poussière et de gravats, une forme colossale émerge du nuage de débris. Une tête monstrueuse, plus grande qu'un dragon, force son passage à travers la structure en ruines. Ses yeux abyssaux, luisants d'une lumière malsaine, balayent la salle avec une intelligence prédatrice. Des mâchoires hérissées de crocs s'entrouvrent, libérant un souffle chargé de terreur brute, une vague d'énergie qui glace l'âme et fige l'air lui-même dans une angoisse insoutenable.

— Partez, Votre Majesté, vite !

Son cri résonne à peine dans le vacarme du tumulte environnant. La créature continue de forcer son passage à travers les ruines, arrachant ce qui reste du mur d'un coup de griffes titanesques. Des colonnes s'effondrent dans un grondement sourd tandis que des éclats de marbre pleuvent autour de nous.

Rafale s'est instinctivement placée à mes côtés, son arc du Chaos déjà en main, bandé et prêt à tirer. Ses yeux d'Elfe, perçants, analysent la monstruosité qui se dresse devant nous.

— C'est un Maître de la Terreur, souffle-t-elle, mais… c'est impossible.

Je me tourne vers elle, surprise par la nuance dans sa voix. Ce n'est pas seulement de la prudence. C'est de l'incompréhension, presque de la peur.

— Qu'est-ce qui est impossible ?

Elle ne me répond pas tout de suite. Ses yeux fixent la créature avec une intensité troublante, comme si elle cherchait à percer un mystère que son esprit refusait d'accepter. Puis, d'une voix plus rauque que d'ordinaire, elle finit par souffler :

— Ce n'est pas seulement un maître de la terreur. C'est… un légendaire.

Elle s'interrompt, comme si les mots eux-mêmes la brûlaient.

— Les maîtres de la terreur… sont les pires abominations de l'Univers. Des entités contre nature qui ne devraient même pas exister. Leur

simple présence souille tout ce qu'elle touche…
Alors, en faire un légendaire, c'est un sacrilège !

Le temps semble s'arrêter. Malgré le vacarme du bâtiment en train de s'effondrer, ses mots résonnent dans mon esprit avec une clarté glaçante.

Un légendaire.

L'une de ces entités d'exception, des êtres bénis par la puissance divine du Chaos. Jamais je n'aurais envisagé une chose pareille.

J'examine la bête avec une terreur nouvelle. Qui a bien pu accomplir une telle abomination ? Et, surtout, quel Dieu se cache derrière cette horreur ?

Rafale me saisit brusquement par l'épaule, son regard brûlant d'une résolution implacable.

— Emmène tes parents loin d'ici, maintenant !

Je secoue la tête, prête à protester, mais son expression se durcit.

— Ne discute pas ! Si ce truc est vraiment ce que je pense, alors tu ne dois pas être là quand il s'en prendra à nous.

Son ton n'offre aucune place au doute. Elle sait ce qu'elle fait. Mais, l'abandonner ici, face à une telle monstruosité…

— Rafale…

Elle ne me laisse pas finir. Elle me repousse vers mes parents, puis pivote sur ses appuis en un mouvement fluide et parfaitement contrôlé. Dans le même instant, elle lève Murmure et bande la corde. Une lumière irréelle pulse autour d'elle alors qu'une flèche glaciale se matérialise, sa pointe iridescente crépitant d'un givre surnaturel.

— Tu veux un avant-goût de l'hiver éternel, abomination ?

Elle relâche le fil de l'arc.

Le projectile fonce à une vitesse fulgurante, l'air lui-même semblant se figer sur son passage. Lorsqu'elle frappe la créature en plein torse, une onde de froid explose, projetant des éclats polaires tout autour.

Le monstre pousse un cri guttural, et pour la première fois, il vacille. Ses mouvements ralentissent, ses membres gigantesques se raidissant sous l'effet du gel.

— C'est maintenant ou jamais ! hurle Rafale en me jetant un dernier regard.

Je serre les dents, le cœur en feu. Puis, malgré tout, je prends la main de mes parents et me mets à courir.

CHAPITRE 28

Je cours à perdre haleine, mes pieds frappant le sol avec une urgence désespérée. Derrière moi, les bruits du combat titanesque résonnent dans l'air, des grondements assourdissants et des éclats métalliques qui me percutent de chaque côté. Mais je n'ai pas le temps de m'arrêter, pas le temps de respirer. Mes parents, qui peinent à me suivre, sont tout près, leurs regards inquiets se posant sur moi alors que je les entraîne dans ma fuite.

Ma mère me souffle des mots que je ne parviens même pas à entendre dans le tumulte, mais je devine la terreur dans sa voix. Mon père, fidèle à lui-même, se bat pour rester calme, mais ses pas sont trop lourds, trop fatigués.

— Ne vous arrêtez pas, je leur intime d'un ton noué. Plus vite !

Nous franchissons les rues à une cadence folle, chaque foulée de plus me rapprochant de l'urgence, mais aussi du sentiment d'impuissance qui me tenaille. Soudain, des ombres se dessinent devant nous, des silhouettes familières : des militaires, armes au poing, prêts à intervenir.

Je me fige un instant, mes mains se crispant face à la prise de décision qui s'impose à moi. J'aurais pu leur demander de m'accompagner, de les convaincre de nous protéger, mais cette fois, quelque chose au fond de moi change. Il n'est plus question de fuir. Il est temps de regagner l'ascendant, de montrer que je suis plus qu'une simple victime de cette situation. Je suis la femme d'un Dieu, la reine d'un pouvoir supérieur.

Je cherche du regard celui qui semble le dirigeant de cette escouade de fortune. Il tente de rassembler ses hommes afin d'intervenir en sachant pertinemment qu'ils ne pourront rien faire face à un tel monstre. Une fois que je crois l'avoir trouvé, je me place devant lui, accompagnée de mes parents.

— C'est vous le chef ici ?

Il se tourne vers moi, prêt à m'envoyer bouler, mais lorsqu'il me voit, il ne peut s'empêcher de reculer d'un pas. Je ne pensais pas un jour faire un semblable effet à un humain, un militaire de surcroît. Il y a encore quelques mois, ces mêmes hommes me forçaient à les suivre de force.

— Oui madame… qui…

— Je suis Sa Majesté Caroline, Reine du Dieu Ashura. Je vous confie ces deux personnes et je vous demande de les mettre à l'abri. Il faut que je retourne voir mon amie qui se bat en cet instant contre ce qui vous attaque. Je dois lui porter secours.

Ma mère essaye d'intervenir, la panique prenant le dessus.

— Mais tu es folle ! Tu ne peux pas…

— Laisse-moi faire maman ! je lui réponds en l'empoignant doucement par les épaules.

Les militaires échangent des regards inquiets, comme si l'atmosphère autour d'eux s'était soudainement chargée de tension. L'un d'eux semble vouloir protester, mais d'un geste rapide, j'attrape le capitaine qui me faisait face avant de le soulever d'une main dans les airs.

— Je crois que vous n'avez pas vraiment compris la situation ni qui je suis. Vous ne pouvez rien contre cette chose. Alors, sauvez vos hommes et prenez mes parents avec vous. Sinon je les mets moi-même dans cette jeep après vous avoir tous massacré !

Alors que je tiens l'officier en suspension, un militaire, apparemment plus courageux ou plus stupide que les autres, fait un pas en avant. Son fusil est braqué sur moi, et je sens son regard froid sur ma peau. Il n'hésite pas, une fraction de seconde suffit pour qu'il appuie sur la détente. La balle fuse dans l'air, filant vers moi à une vitesse fulgurante.

Je vois tout cela au ralenti. Le projectile se rapproche, mais juste avant qu'il ne m'atteigne, l'armure du Chaos réagit. Un éclat brillant, une décharge d'énergie surgit de la tenue, créant un bouclier invisible autour de moi. Le plomb ricoche contre le courant pur qui le repousse, et il se désagrège presque instantanément, comme si elle n'avait jamais existé.

Je garde ma prise sur le capitaine sans broncher, mon attention se fixant sur l'homme qui m'a visée. Il est là, paralysé par la scène, sa bouche entrouverte sous le choc de voir la balle qu'il a tirée se désintégrer sous ses yeux, sans aucune conséquence.

Je laisse tomber l'officier au sol avec une légèreté déconcertante, et me tourne lentement vers le soldat, toujours aussi impassible.

— Vous comprenez maintenant qui je suis, n'est-ce pas ?

La menace est claire dans ma voix, mais il y a également une pointe de mépris. Qu'un simple militaire ose croire qu'une balle pourrait m'atteindre, une pensée d'une autre époque.

— Baissez vos armes ! réagit le capitaine dont la fierté doit être bien ébranlée. On a compris, Votre Majesté. On va mettre votre famille en sécurité !

Je me tourne une fois de plus vers mes parents et je vois dans leurs regards une chose je n'aurais pas imaginé: de la peur. Je ne peux m'empêcher d'éprouver une certaine tristesse en découvrant leurs visages et je les prends dans mes bras avant de leur dire: « suivez ces hommes, je vous aime ».

Sans un mot de plus et sans attendre leur réponse, je pars en courant dans la direction du combat qui fait rage au loin. Je ne peux retenir une larme qui coule désormais sur ma joue, laissant un sillage brûlant sur peau car je sais que ce n'est pas un au revoir, mais un adieu que je viens de prononcer.

Je m'élance, mes jambes portées par une détermination sans faille, la vitesse de ma course réduisant peu à peu la distance entre moi et le carnage qui se déroule au loin. À chaque pas, le bruit du combat devient plus distinct, plus proche, mais aussi plus menaçant. J'ai la sensation que la terre elle-même tremble sous l'assaut de la créature.

Plus je progresse, plus je me rends compte de la gravité de la situation. Chaque cri, chaque rugissement d'agonie me perfore l'âme. Une onde de peur me traverse, mais je la chasse d'un coup de poing mental. Rafale a besoin de moi, plus que jamais.

Cependant, à mesure que j'entre dans le quartier où la bataille fait rage, une étrange sensation me paralyse. C'est comme si l'air s'alourdissait autour de moi. Un frisson me parcourt l'échine. Je m'immobilise un instant, prenant une profonde inspiration. Le sol est marqué, défiguré par la violence du combat, et je sens mes pas devenir plus mesurés, plus prudents. Je suis dans l'ombre d'une brutalité absolue, mais il est hors de question que je me laisse submerger par la peur.

Le vent hurle autour de moi, la terre est battue, effondrée sous l'impact des forces déchaînées. Le monde qui m'entoure semble se disloquer. Pourtant, je dois continuer, avancer dans l'inconnu, aussi imprévisible que le combat auquel Rafale se livre.

Je me glisse entre les décombres, cherchant à ne faire aucun bruit. Chaque mouvement est calculé, chaque respiration est lente et mesurée. Les sons de la bataille se rapprochent, m'envahissent. Je n'ose plus courir. Le moindre faux pas pourrait me dévoiler avant même que j'arrive près de la légendaire.

Je m'arrête, figée dans l'ombre d'un immeuble détruit, et je les vois enfin. Leurs silhouettes déformées par la poussière et les éclats de lumière du combat. La créature et Rafale s'affrontent dans un ballet de violence brute.

Mais ce que je constate d'abord, c'est l'état de mon amie. Son corps est couvert de blessures, ses vêtements en lambeaux, son visage marqué par la guerre. Un de ses yeux est fermé, une large entaille sur la joue laisse une trace sanglante, presque noire, sur sa peau pâle. Pourtant, malgré cette blessure évidente, elle ne montre aucun signe de faiblesse. Elle combat toujours avec la rage d'un animal meurtri, sa grâce, sa rapidité, et sa furie intactes.

Ses flèches frappent avec une précision terrifiante, mais je peux voir que son bras commence à trembler sous l'effort. La créature, elle, demeure invariablement imposante et menaçante. Elle déploie sa puissance dans un duel où la moindre hésitation pourrait signifier la fin.

Rafale lutte contre l'inconcevable. Elle se bat contre une force qui la dépasse, mais je perçois aussi dans ses yeux qu'elle est prête à tout, mais à quel prix ?

Je sens l'urgence, la gravité de la situation qui se cristallise dans ma poitrine. Si je ne fais rien maintenant, elle va mourir. Et il n'y a pas de place pour les regrets dans ce combat. Ni pour la peur.

Je sais qu'il n'y a pas de temps à perdre. Chaque seconde est précieuse et Rafale est en train de lutter contre une créature que personne ne peut affronter seul. Je me précipite vers l'entrée d'un bâtiment, mes bottes martelant le sol avec une force presque surhumaine.

Quand j'arrive devant la porte, elle est fermée, solidement verrouillée. Sans réfléchir, je place mes mains sur la poignée et, dans un geste fluide, je la brise d'un coup sec. Le bois craque violemment sous la pression, et le battant s'effondre dans un bruit assourdissant.

Je n'hésite pas, je fonce à l'intérieur, prenant les escaliers deux à deux. Les marches se succèdent rapidement sous mes pieds, chaque poussée me rapprochant du toit. L'odeur de l'air immobile, la poussière, l'écho de mes pas résonnant sur le carrelage… Tout devient flou autour de moi, noyé dans la détermination.

Je n'ai qu'une seule pensée : arriver à temps. L'ascension semble interminable, mais je les monte avec l'urgence d'une bête traquée, ignorant la fatigue, l'épuisement.

Je pousse la porte du dernier étage d'un coup de pied, le métal se déformant sous l'impact, et me voilà sur le toit, dominant la scène. La vue s'étend devant moi, un spectacle chaotique de poussière et de feu, mais aussi de combat, de survie.

Rafale est là, toujours en mouvement, toujours plus féroce. Je sais qu'elle est à bout de forces, mais je suis ici. Maintenant, il est temps d'agir. Mes pensées s'emballent. C'est une folie.

J'ai conscience de la gravité de ce que je m'apprête à faire, mais dans cette situation désespérée, une seule idée me traverse l'esprit : sauver Rafale. Et si cela signifie risquer ma vie, alors je n'hésiterai pas.

Mon cœur bat la chamade, et la peur m'envahit en même temps que l'adrénaline. Mais il n'y a plus de place pour l'indécision. Mon amie lutte avec tout ce qu'elle a, mais elle est blessée et fatiguée. Elle ne tiendra pas longtemps contre cette créature, bien qu'elle semble invincible.

Je regarde la bête, une déformation vivante d'effroi et de force, un abîme de douleur et de destruction. Je sais que ce que je vais faire pourrait être ma dernière action. Mais il faut que j'intervienne. Tout de suite.

Je saute dans le vide, sans hésitation, le vent sifflant dans mes oreilles alors que je fonce droit sur la créature, une boule de terreur et de rage. Mon esprit se fixe sur une seule chose : la distraction, le moment où Rafale pourrait retrouver une chance de l'emporter. Le monstre est là, massivement imposant, mais je dois l'atteindre, l'attaquer, pour détourner son attention.

Mes doigts agrippent fermement la prise de mon arme. Mon corps chute, lourd et rapide. Un instant, je me sens vulnérable, comme une flèche tirée vers sa cible. Puis la créature me remarque enfin, levant ses orbites immenses vers moi, un éclat meurtrier brillant dans son regard. Tandis que je m'avance, je perçois la rapière vibrer entre mes mains. Je réalise que je n'aurai qu'une seule chance de pouvoir compter dans ce combat et je décide de viser un œil de la bête. Mon corps se rapproche du sien à une vitesse folle, et alors que je m'apprête à frapper, elle tourne violemment la tête. Mon arme se fracasse sur la carapace dure de la créature. L'impact est tel que mon bras rebondit, ce qui me déstabilise. La chute est terrible et je m'écrase au sol en poussant un hurlement de douleur. Un simple humain serait mort sur le coup et je réalise une fois de plus l'incroyable résistance de mon organisme d'Elfe.

La bête réagit quant à elle bien plus rapidement que je ne l'aurais imaginé malgré sa taille phénoménale, sans savoir que je l'espérais.

Son œil est à nouveau ouvert et le fantôme créé par ma rapière frappe avec une précision fatale, perçant son orbite d'un coup net. La créature hurle, secouant la tête dans un supplice déchirante, mais elle ne peut rien faire contre l'attaque surprise. La souffrance semble se diffuser en elle, elle est désorientée, et c'est exactement ce que je voulais.

Le maître de la terreur, enragé, agite violemment son crâne, tentant de se débarrasser de la douleur lancinante qui persiste dans son globe oculaire. Un cri bestial s'échappe de sa gorge, une note gutturale pleine de haine et de furie. Ses membres massifs se tendent, prêts à tout écraser sur leur passage. Elle se redresse, ses griffes se plantant dans le sol avec une telle force que la terre elle-même semble trembler. Sa silhouette colossale, déjà immense, paraît encore plus terrifiante en raison de la rage qui l'envahit. Les écailles de sa carapace, noires et scintillantes comme du métal, donnent l'impression de se contracter sous l'effet de la douleur, formant des vagues de brèches qui parcourent toute sa surface.

Rafale, malgré les blessures qui la marquent, observe la créature avec une précision de faucon. Son regard se pose sur un espace juste sous sa clavicule, où la coquille s'est fissurée sous le choc de ses attaques précédentes. Une détermination nouvelle envahit son visage. Elle se met en mouvement, son arc en main, et d'un geste fluide, elle déploie son pouvoir. Ses doigts effleurent la corde, mais ce n'est pas un simple acte. Elle murmure, presque imperceptible, comme un chant ancien, une prière, une incantation.

Elle ferme les yeux un instant, puis, tout à coup, l'air autour d'elle paraît se tordre, vibrer. La lumière se concentre dans l'arc comme si la tension elle-même se matérialisait dans l'ossature. Le vent s'arrête, le silence se fait lourd. L'arme frémit, prête à libérer un pouvoir que personne n'a jamais vu auparavant. Ce n'est plus une flèche ordinaire : elle est forgée dans la quintessence même du Chaos, un projectile dont l'énergie donne l'impression d'être infinie, résolue à détruire.

Rafale, avec son unique œil valide, ajuste l'angle de tir avec une précision effrayante. Sa flèche prend forme, gigantesque, comme un faisceau de lumière pure, un éclair d'essence concentrée qui semble défier les lois propres à la nature. La tension de l'arc se fait si forte qu'on croirait que l'air autour d'elle se déchire. Elle ne lance pas immédiatement ; elle attend, elle jauge la créature qui, aveuglée par sa rage, ne remarque pas le danger imminent.

Je peux lire sur ses lèvres: « Tu t'es bien battue, tu meurs avec honneur ».

Le temps semble suspendu. Puis, d'un mouvement fulgurant, la flèche part, un éclair incandescent traversant l'air, se dirigeant droit vers la faille du monstre. On dirait qu'elle transperce la réalité elle-même, comme si elle n'appartenait pas à ce monde.

L'impact est instantané.

Dès que le projectile touche la créature, un bruit sourd résonne, comme si l'univers lui-même retenait son souffle. Puis vient l'explosion.

Une onde de choc déchire les airs, projetant la poussière et les débris dans un tourbillon chaotique et je me retrouve propulsée une nouvelle fois à terre. L'énergie condensée dans la flèche se libère en une vague destructrice qui s'engouffre dans le corps de la bête, remontant le long de son ossature titanesque dans un grondement terrifiant.

La créature se fige, comme si sa propre carcasse venait de trahir sa volonté de se mouvoir. Puis, lentement, une fracture apparaît autour du point d'impact. Une première, puis une autre, puis une multitude. Des fissures se répandent sur sa carapace, comme une toile d'araignée craquelant la pierre. Dans un ultime spasme, elle s'effondre sur elle-même, ses membres tremblant sous le supplice insoutenable.

Je me relève malgré la souffrance pour me diriger vers Rafale qui vient de tomber, inerte.

Je serre les dents, ignorant la douleur lancinante qui pulse dans mon enveloppe charnelle. Chaque pas est une torture, mais je refuse de m'arrêter.

Rafale s'est écroulée, inanimée.

Son arc repose à côté d'elle et son corps semble vidé de toute énergie. Son souffle est faible, presque imperceptible.

— Rafale !

Ma voix se brise alors que je me précipite vers elle. Mon cœur tambourine dans ma poitrine, un mélange de peur et de colère m'envahissant. Elle est recouverte de poussière, son visage marqué par la fatigue et les blessures. Son œil fermé, sa peau meurtrie… elle s'est battue jusqu'au bout, sans hésiter.

Je tombe à genoux à ses côtés, posant une main tremblante sur son épaule.

— Rafale, réveille-toi…

Je secoue doucement son corps, cherchant un signe, une réaction, n'importe quoi qui prouverait qu'elle est encore là, avec moi. Mais elle ne bouge pas.

Je refuse d'accepter ça.

— Ne me fais pas ça, Rafale ! Tu as gagné, la créature est tombée ! Maintenant, ouvre les yeux !

Ma gorge se serre alors que je la prends dans mes bras, comme si mon étreinte pouvait lui rendre un peu de force. Autour de nous, la ville semble suspendue dans un moment irréel, entre la destruction et l'espoir. Mais à cet instant, plus rien d'autre n'a d'importance.

Un bruit sourd résonne derrière moi. Un craquement sinistre, un râle impossible.

Non...

Je lève lentement la tête, sentant mon sang se glacer dans mes veines. Là, devant moi, la créature, qui aurait dû être terrassée, se redresse. Sa silhouette gigantesque vacille, ses membres tremblent sous la douleur et les blessures, mais elle bouge encore.

Son œil crevé ne l'empêche pas de me fixer, sa rage prenant le pas sur sa souffrance. Son corps, bien que mutilé, semble animé par une force qui dépasse l'entendement, comme si une volonté plus grande lui refusait la mort.

Sa carapace fissurée dégage une étrange lueur malsaine, et un grondement guttural s'élève de sa gorge. Elle n'a plus rien d'un simple monstre : elle est devenue autre chose, une aberration qui s'interdit de tomber.

Je serre Rafale un peu plus fort contre moi, mes muscles se tendant sous l'adrénaline.

Il faut que je bouge. Il faut que je fasse quelque chose. Mais la patte titanesque se lève au-dessus de moi, immense, inéluctable. L'air autour de moi se charge d'une force oppressante, la pression est si intense que mes genoux menacent de flancher.

Je serre mon amie contre moi, mon cœur tambourine dans ma poitrine. C'est la fin.

L'ombre de la mort s'abat sur nous alors que la créature s'apprête à frapper...

BOUM !

Une lumière aveuglante explose devant moi, pure, éclatante, déchirant les ténèbres comme un soleil né en plein chaos. Une onde de choc me projette en arrière, et je roule au sol, protégeant Rafale du mieux que je peux.

Quand je relève la tête, une silhouette se tient entre moi et le monstre. Une allure que je reconnaîtrais entre mille.

Orion.

Il se trouve là, baigné d'une lueur incandescente, sa fourrure noir et argenté égayée par une énergie cosmique. Son regard d'or pur est braqué sur la bête avec une intensité brûlante.

— Ça suffit.

Sa voix résonne comme un ordre absolu, comme si l'univers lui-même s'était arrêté pour écouter.

La créature, pourtant insensible à la douleur, à la peur, vacille devant lui.

Je comprends que nous sommes sauvées lorsque j'aperçois des éclats dorés parmi les ruines, crépitant comme un orage prêt à exploser. Des décombres fumants, Foudre émerge, son corps entouré d'éclairs vifs qui illuminent son regard perçant. Son expression est indéchiffrable, mais sa présence est une promesse de destruction.

De l'autre côté, une silhouette massive s'avance à pas lents, chacun d'eux résonnant tel un tambour funèbre. Brawn, son pelage noir comme la nuit, ses muscles tendus, ses iris habités d'une lueur meurtrière. Son marteau aux proportions inhumaines sur l'épaule.

La créature, blessée, vacillante, les observe de ses yeux fendus de souffrance. Elle est encerclée.

Et puis…

L'air change.

Un souffle chaud, une présence écrasante. L'espace lui-même semble plier sous une force invisible, une énergie qui dépasse l'entendement. Un frisson glacé me parcourt l'échine alors qu'une ombre immense recouvre la scène.

Ashura.

Il n'a pas besoin de parler. Son regard seul suffit à figer la créature sur place.

Je me relève difficilement en portant le corps de l'Elfe. Mes jambes tremblent, mais je n'ai qu'une unique pensée : Rafale.

Je me jette dans ses bras, incapable de réprimer mes sanglots. Mon cœur se serre si fort que j'ai l'impression qu'il va éclater.

— Elle est morte…

Ma voix se brise. Rafale, mon amie… Son corps inerte contre moi est froid, trop froid. Mon esprit refuse d'accepter la réalité, mais mes larmes coulent sans retenue.

Ashura referme ses bras autour de moi, une chaleur familière m'enveloppant. Sa main se pose sur ma tête, ses doigts glissant délicatement dans mes cheveux.

— Ne pleure pas, mon amour.

Sa voix est douce, profonde, résonnant avec une force qui dépasse le tangible.

Puis, sans un mot de plus, il tend le poignet vers Rafale.

L'air autour de nous vibre. Un souffle ancien se lève, comme si l'univers lui-même répondait à l'appel d'Ashura. Le sol tremble légèrement, et une lueur dorée naît dans sa paume. Une énergie pure, vivante, qui s'étend timidement, entourant le corps sans vie de la légendaire.

Les fissures sur sa peau disparaissent. Sa respiration revient en un frémissement fragile. Son cœur, que j'avais cru arrêté, reprend un rythme lent, puis puissant.

Un hoquet m'échappe lorsque je la sens bouger dans mes bras.

— Rafale…

Ses paupières s'ouvrent légèrement, et un faible sourire se dessine sur ses lèvres ensanglantées.

— Tsss... Vous pleurez encore, Votre Majesté ? murmure-t-elle, la voix rauque mais moqueuse avant de regarder mon mari. Vous en avez mis du temps...

Un rire nerveux me secoue alors que je la serre un peu plus fort contre moi.

Ashura baisse la main, et la lumière s'éteint lentement. Il a accompli l'impossible, une fois de plus. Mais l'accalmie est de courte durée, car il reporte déjà son attention sur le maître de la terreur. Ce dernier est désormais effondré au sol, comprenant que sa fin est proche. Jamais il ne pourra vaincre trois légendaires plus un Dieu comme Ashura. Même moi j'en ai parfaitement conscience. Alors que Rafale me fait signe de la poser par terre, mon mari se dirige seul vers la créature et je me demande comment il fait pour ne pas être transis par la peur.

Il avance lentement, son aura divine émettant une puissance tranquille qui semble se mêler aux ombres du monstre qui se tord sur le comprenant, haletante et brisée. Le maître de la terreur, autrefois si imposant, n'est plus qu'une bête effrayée, attendant son destin.

Ashura s'arrête juste devant lui, les bras croisés, et son regard plonge dans les yeux de la créature, un silence lourd enveloppant l'air autour d'eux. Il sait ce qu'il doit faire, mais d'une manière étrange, il patiente. Peut-être une parole, un dernier espoir qui viendrait de la part de cette créature, peut-être une négociation. Pourtant, il n'a jamais semblé autant serein.

— Si tu souhaites mourir sans souffrir, apprends-moi ce que je veux connaître, lui dit Ashura, sa voix aussi calme que le vent avant une tempête. J'ai senti l'énergie de Nobtus en toi. Je suis au courant qu'il t'a modifié. Tu sais où il est, n'est-ce pas ? Dis-moi tout, et ta fin sera rapide, sans douleur. Sinon…

La créature ne répond pas, mais un frémissement parcourt son corps, comme si elle avait conscience de ce qui allait arriver. Elle tend lentement la tête, exposant son crâne tordu, la souffrance et la résignation se mêlant dans l'expression de son visage défiguré. Un geste simple, mais tellement lourd de sens.

Ashura se penche alors vers elle, sa silhouette imposante s'inclinant légèrement en avant. D'un seul mouvement, il pose sa main sur sa tempe, et l'énergie divine qui l'entoure semble se concentrer, irradiant la bête d'une lumière presque aveuglante. Je vois ses yeux se fermer, comme si elle acceptait de se livrer à lui sans résistance. On dirait que son âme elle-même s'ouvre à la volonté du Dieu, et en un instant, il a accès à tout ce qu'elle sait, tout ce qu'elle a vécu, chaque fragment d'information qu'elle cache dans ses recoins sombres.

Un silence lourd tombe autour de nous, puis Ashura se redresse, la créature toujours sous sa paume, tremblante, comme vidée de son essence. Son regard se fait froid, implacable.

— C'est suffisant, murmure-t-il, sa voix d'une clarté glaciale.

Il retire lentement sa main du monstre, et avant même que quiconque puisse réagir, il abat sa lame divine, qui se faufile avec une précision absolue entre les mailles de la carapace de la bête. Un éclair d'énergie pure traverse le corps du colosse, et, dans un dernier cri étouffé, elle tombe enfin dans un silence éternel.

Je ne peux que rester là, observant, figée. La fin a été aussi rapide que ce qu'il avait promis.

Ashura se tourne alors vers nous, son regard devenu plus intense, plus lourd de sens.

— Je sais où se cache Nobtus.

CHAPITRE 29

« Je sais où se trouve Nobtus. »

Les mots d'Ashura résonnent dans l'air comme une cloche, frappant nos âmes avec une clarté glaciale. C'est la vérité nue, l'accomplissement d'une quête que nous avons tous portée dans nos cœurs.

Une brève secousse traverse mon corps, mais j'ai conscience que je ne peux pas me permettre de faiblir. Pourtant, le poids de ce qu'il vient de dire pèse lourdement sur mes épaules. Tout à coup, l'air devient plus épais, l'atmosphère plus étouffante. Nous savons où il est. Nous savons où il se cache. Et cette simple vérité met tout en mouvement, tout un avenir incertain.

Mais ce que je ressens, plus que tout, c'est une peur glacée qui m'envahit au fond de moi. Cette révélation n'est pas une victoire, c'est un appel à la guerre, à un affrontement que je redoute. Ashura connaît l'endroit où se cache Nobtus, et cela signifie que lui aussi, il va partir. Je le sais, il va s'en aller pour combattre ce monstre, et je ne peux pas le retenir. La peur de le perdre me dévore, me noue la gorge.

Je me tourne instinctivement vers lui, mais il ne me regarde pas, plongé dans une réflexion muette, déjà focalisé sur l'étape à venir de son voyage. Tout en lui dégage une confiance inébranlable, mais moi, je suis pétrifiée. Ce n'est plus qu'une question de temps avant qu'il ne se lance dans cette lutte, et cette pensée m'écrase.

Le silence qui suit la déclaration d'Ashura est lourd. Les regards se croisent, mais aucun mot n'est prononcé, sauf par l'irréductible Brawn qui sait toujours comment briser une mauvaise ambiance.

— Bha ça y est ! On va pouvoir aller lui botter le cul, enfin !

Je ne peux m'empêcher de sourire alors que je me tourne vers Rafale qui se remet lentement de l'affrontement avec le maître de la terreur. Les paumes sur les genoux, je sens qu'elle lutte pour ne pas s'effondrer à nouveau.

— Ce n'est pas ça, me répond mon mari qui vient de lire mes pensées. Nous allons en discuter tous ensemble, mais d'abord...

D'un geste fluide de sa main, il ouvre un portail et j'éprouve un soulagement en voyant apparaître de l'autre côté l'Archipel.

— Rentrons chez nous, laissons les humains nettoyer ce chantier, on a autre chose à faire.

Le portail se referme derrière nous dans un souffle presque imperceptible, et nous nous retrouvons sur le toit du palais, baignée par la lumière douce de la fin de journée. L'air frais m'envahit, mais ne parvient pas à dissiper la lourdeur dans mon cœur. Je tourne les yeux vers Ashura, qui semble à la fois serein et concentré, déjà plongé dans la prochaine étape de notre mission. Il se rapproche de Rafale, qui est encore à genoux, le corps légèrement tremblant, mais un sourire farouche sur ses lèvres.

Avant même que je n'aie eu le temps de réfléchir, Ashura pose une main sur son épaule, un geste que je n'ai pas l'habitude de voir de sa part, mais qui résonne comme une véritable marque de reconnaissance.

— Je tiens à te féliciter, Rafale. Ce que tu viens de faire est… exceptionnel.

Sa voix, profonde et pleine de gravité, contraste avec la lumière calme qui entoure le toit.

— Sans toi, nous n'aurions peut-être jamais su où se trouve Nobtus. Ce n'est pas simplement une victoire pour nous, c'est un tournant.

Rafale lève lentement les yeux. Elle a ce regard d'incrédulité, comme si elle ne comprenait pas réellement l'ampleur de ce qu'elle avait accompli. Elle se relève doucement, secouant la tête dans un mouvement de modestie.

— Ce n'était rien… J'ai juste fait ce que j'ai pu. Et votre épouse m'a beaucoup aidé. Sans elle, jamais je n'aurais pu autant le blesser.

Sa voix est faible, mais il y a toujours cette ferveur, cette détermination qui brûle dans ses yeux malgré la fatigue évidente. Quant à moi, je me fais toute petite devant le compliment sincère de la légendaire. Elle vient de me mettre en avant même si je n'ai participé que quelques secondes à ce combat dantesque, alors qu'elle a fait face au maître de la terreur plusieurs dizaines de minutes.

— Ma femme, justement… commence Ashura en se tournant vers moi. Qu'est-ce qui t'a pris d'intervenir ? Tu aurais pu perdre la vie !

Je comprends sa colère, mais jamais je n'aurais pu laisser Rafale mourir.

— Je ne pouvais pas l'abandonner…

— C'est une légendaire, s'énerve mon mari. Elle m'a averti dès que le monstre a surgi. C'est moi qui lui ai demandé de faire durer le combat afin de le mettre hors d'état de nuire sans le tuer. Si sa flèche pour te sauver l'avait anéanti, je n'aurais jamais pu lire dans son esprit.

Il fait une pause, et je vois l'ombre de l'inquiétude se mêler à la colère dans ses yeux. Je sais que ses paroles sont pleines de raison, mais le poids de ses émotions m'envahit. J'ai pris un risque, un risque immense, et tout cela pour protéger quelqu'un que je considère comme une amie. Il est évident que, pour Ashura, la moindre fausse manœuvre aurait pu nous coûter beaucoup plus que ce que nous étions prêts à perdre.

Il me fixe, et je vois la difficulté dans son regard. Il est furieux, oui, mais il est aussi… soulagé. Et je comprends qu'au fond, il saisit que cette décision, bien que dangereuse, a été prise dans l'urgence, dans la nécessité de sauver une vie, coûte que coûte.

J'inspire profondément, et sans détour, je lui réponds :

— Je sais que c'était risqué. Mais je n'avais pas le choix, mon amour. Je ne pouvais pas laisser cette guerre te priver de quelqu'un d'autre.

Il ferme les yeux un instant, et j'aperçois un léger soupir s'échapper de ses lèvres. Il s'avance vers moi et pose une main sur mon épaule, d'un geste plus doux cette fois, comme s'il cherchait à apaiser les tourments qui m'agitent.

— Je sais. Mais je ne veux pas te voir disparaître, jamais. Pas comme ça.

Je lui caresse la joue en souriant:

— Tu ne me perdras jamais, j'ai confiance en toi, en vous, je conclus en observant la petite assemblée que nous sommes. Il est temps maintenant de parler de la suite car j'imagine que vous allez devoir vous mettre en chemin dans les plus brefs délais avant que Nobtus te file entre les doigts ?

Je dis ces dernières paroles en jetant un regard fugace vers ma fille et il saisit immédiatement où je veux en venir.

— Rafale, Orion, Brawn. Rassemblez les légions le plus rapidement possible. Seuls les jeunes resteront ici pour veiller sur l'Archipel.

Les trois légendaires disparaissent dans le plus grand silence, comme s'ils avaient déjà compris les tenants et les aboutissants de la discussion qui s'annonce avec Foudre.

Le calme qui suit le départ des légendaires est lourd, presque oppressant. Ashura, Foudre et moi demeurons sur place. Mon cœur bat à un rythme irrégulier tandis que je me tourne vers ma fille. Elle adopte une posture rigide, impassible, mais son regard brûle d'une lueur féroce. Pourtant, derrière cette flamme, je discerne un éclat d'incompréhension, presque de douleur.

Je prends une profonde inspiration, cherchant mes mots avec précaution.

— Foudre… je ne veux pas que tu partes. Laisse ton père régler ça, s'il te plaît. Je t'ai déjà perdue une fois... Je ne survivrais pas à une deuxième.

Elle ne bouge pas. Son silence, plus puissant qu'un millier de paroles, s'abat sur moi comme une muraille infranchissable. Ses yeux, d'abord durs, vacillent une fraction de seconde. Puis, lentement, elle se détourne, refusant de croiser mon regard.

Elle lève la tête vers Ashura. Je perçois sa mâchoire se serrer, ses doigts trembler légèrement avant de se figer. Puis, d'un geste vif et précis, elle commence à signer :

« Même pas en rêve ! Je viens avec vous ! J'attends ce moment depuis un siècle ! Je veux venger Rosalie. Je veux le voir mourir de ma main ! »

Chaque mot est tranchant, empli d'une rage brute et d'un besoin viscéral de justice.

Ashura ne bronche pas. Il la fixe longuement, le regard impénétrable. Mais je le connais trop bien. Derrière son masque de sérénité, son esprit est en ébullition. Il savait que ce moment viendrait, et pourtant… je sens que cette confrontation lui déchire le cœur.

Un battement.

Un seul instant suspendu où je vois une lueur d'hésitation dans ses iris. Comme s'il réalisait que cette décision, ce refus, risquait de briser quelque chose d'irréparable entre eux.

Moi aussi, j'ai peur. Peur qu'elle nous déteste à jamais. Peur qu'en voulant la protéger, nous ne fassions que l'éloigner.

Mais malgré tout… je ne peux pas la laisser partir.

D'un geste, j'attrape ses mains, l'empêchant de répondre. Elle tente de se dégager, mais je serre plus fort. Ce que je vais dire maintenant changera peut-être à jamais notre relation.

— Ce n'est pas à toi de venger Rosalie, c'est à ton père.

Elle se fige, son regard s'assombrit.

— Je sais ce que c'est que de perdre un enfant. Je connais cette douleur, ce vide insupportable. Mais toi, tu n'as pas idée de la souffrance qu'il endure jour après jour. La seule chose qui le maintienne encore debout, c'est l'espoir de pouvoir se faire justice.

Ma voix se brise légèrement, mais je tiens bon.

— Si tu restes à ses côtés…

Je marque une pause, serrant un peu plus mes doigts autour des siens, la forçant à m'écouter jusqu'au bout.

— Il sera plus préoccupé par ta sécurité que par son combat contre Nobtus.

Elle recule brusquement, arrachant ses mains aux miennes. Ses yeux, d'ordinaire si perçants, sont noyés de larmes. Pas des larmes de tristesse. Non. C'est de la colère pure, un brasier incandescent qui brûle dans son regard.

Je sais qu'elle désire me répondre, qu'elle veut hurler ce qu'elle pense. Mais alors qu'elle s'apprête à esquisser le moindre geste, une ombre glisse derrière elle.

Ashura.

Il est là. Silencieux. Prêt à mettre fin à cette discussion. Sa magie ne s'annonce pas en éclats de lumière. Elle ne rugit pas comme celle de Foudre. Elle est un murmure dans l'air, une caresse qui prend la forme d'une étreinte inéluctable.

Le sol lui-même semble s'alourdir sous elle. Une pression invisible l'écrase, pas celle d'un ennemi, mais plutôt le poids d'un destin qu'elle ne peut fuir.

Foudre tente de bouger, mais ses muscles se figent. Ses jambes tremblent. Sa respiration devient saccadée.

Elle comprend.

Elle comprend qu'elle ne gagnera pas.

Et quelques secondes plus tard, ses forces la quittent.

Elle tombe.

Ashura l'attrape avant qu'elle ne touche le sol. Il la tient contre lui, ses bras fermes mais pleins de douceur. Ses paupières se ferment un instant. Lorsqu'il parle, sa voix est un murmure.

— Je te jure que je traînerai Nobtus à tes pieds et il te suppliera de ne pas le tuer. Tu as ma parole.

Et sans un mot de plus, il se tourne vers moi.

Je décèle la tristesse au fond de ses yeux. Il ne voulait pas faire ça. Mais il n'avait pas le choix.

Je ravale ma propre douleur.

— Je te la confie. Prends soin d'elle.

— Elle va nous détester, je réponds le cœur meurtri par cette révélation.

Il me prend dans ses bras, et alors que je vois un portail apparaître derrière lui, il m'embrasse avant de me dire tout bas:

— Pas si je tiens ma promesse.

Il se dirige alors vers l'ouverture et je ne peux retenir mes larmes. Pourquoi ai-je la sensation que tout ceci est une monstrueuse erreur ? Il devrait rester près de moi, près de nous !

— Je t'en prie, je commence à hurler. Reviens ! Ne me laisse pas une deuxième fois ! Tu as fait une promesse à Foudre mais pas à moi !

Ma voix se brise, déchirée par la peur. Il ne s'arrête pas. Le halo du portail l'enveloppe déjà, sa silhouette vacille dans l'éclat surnaturel.

— Tu t'es engagé auprès de notre fille mais, et moi dans tout ça ?! Je t'interdis de franchir ce passage si tu ne me garantis pas de revenir sain et sauf !

Cette fois, il s'immobilise. Lentement, il se retourne vers moi. Son regard capte le mien, et ce sourire... ce sourire que je connais par cœur, qui me rassure autant qu'il m'effraie. Comme s'il savait déjà. Comme si tout était écrit.

Son murmure me parvient juste avant que le portail ne l'engloutisse :

— Je serai toujours à tes côtés… toujours.

Et puis, il disparaît.

Le silence me frappe en plein cœur, plus violent que n'importe quelle tempête.

CHAPITRE 30

Pour la première fois depuis bien longtemps, je me retrouve seule sur le toit du palais avec pour unique compagnie ma fille qui est étendue sur le sol, inconsciente. Comme je n'ai aucune idée du moment où elle émergera et que la solitude me pèse dans un moment pareil, je lance un appel silencieux à Fury, en espérant que cette dernière ne soit pas partie avec les armées d'Ashura. Une vague de soulagement m'envahit quand j'entends son hurlement retentir très haut dans le ciel avant de la voir traverser les nuages pour venir à ma rencontre.

Elle plonge en un battement d'ailes puissant, son immense silhouette se découpant sur l'horizon en fusion. L'air vibre sous l'impact de son atterrissage, élevant un souffle chaud qui fait danser mes cheveux.

C'est à ce moment que Foudre se réveille.

D'abord un simple tressaillement, à peine perceptible. Puis sa respiration se fait plus profonde, plus rapide. Ses doigts se crispent contre le sol, et un frisson la traverse. Son front se plisse de concentration, et enfin, ses paupières se soulèvent.

J'appréhende ce qui va suivre. Comment vais-je lui faire face après ce que nous avons fait ? Mais elle ne cherche pas encore à parler. Elle tente simplement de se relever.

Ses bras tremblent, ses muscles se contractent sous l'effort, mais la rage qui bout en elle est trop violente, trop écrasante pour être contenue. Dans un éclat de fureur pure, elle frappe le sol de toute sa puissance.

L'impact est dévastateur. Une onde de choc se propage autour d'elle, faisant vibrer la pierre sous mes pieds. De fines fissures serpentent sur la surface du toit, témoins muets de sa colère. Fury recule légèrement, grondant d'un air inquiet.

Je reste figée.

Ma fille n'a même pas besoin de mots pour m'amener à comprendre son désespoir et sa haine.

Elle brûle d'une rage que je suis impuissante à apaiser.

— Arrête Foudre ! Calme-toi !

Fury hésite à venir s'interposer mais je lui fais un signe de la main pour lui communiquer que je veux essayer de la tranquilliser par mes propres moyens.

— Tu sais pourquoi ton père t'a laissée ici, il n'avait pas le choix.

Elle me lance un regard noir, pourtant je sens que mes paroles ont un certain effet sur elle. Je m'avance doucement, mesurant chacun de mes pas, comme si j'approchais un animal blessé, apeuré.

— Il tiendra sa promesse. Il vengera Rosalie pour toi, pour vous.

Cette fois, ce sont des larmes qui font leur apparition sur le visage de Foudre, puis des sanglots. Je réalise à quel point cette vendetta a de l'importance pour elle. Après tout, je ne lui ai jamais demandé combien de temps elles avaient vécu ensemble. Mais Rosalie semblait être une petite fille douce et aimante alors que Foudre évoluait dans une guerre continue. Je l'imagine, l'espace d'un instant, ses traits irradiants de joie en rentrant après une bataille pour prendre sa sœur dans ses bras.

Lorsque j'arrive à son niveau, je ne peux m'empêcher d'enlacer tendrement. J'éprouve un véritable soulagement quand je sens ses mains m'agripper avec force. J'entends le pas lourd de Fury se rapprochant, certainement pour s'assurer que je vais bien.

Un éclair dans le ciel attire mon attention. Un portail comme jamais je n'en avais aperçu. Puis, ce sont les légions à dos d'aigles géants menées par Ashura montant Dragar. Ma fille regarde ce spectacle avec moi, pourtant ce n'est pas la même émotion qui nous anime. J'imagine combien elle doit être frustrée et en colère de ne pas faire partie des Welfens en route pour le combat alors que, pour ma part, j'ai le sentiment que je ne reverrai jamais l'homme de ma vie.

Lorsque le dernier point noir a disparu dans le ciel et que le portail se ferme sous nos yeux, je ne peux me retenir d'avoir un pincement au cœur. Même Fury ne peut s'empêcher de racler le sol de ses griffes.

— Ils sont partis, je chuchote comme si je ne voulais surtout pas que l'on m'entende.

Foudre se redresse et relève la tête en joignant les mains. C'est la première fois que je la vois faire cela. Prier ? Dans un moment pareil et malgré la colère qui doit être à son paroxysme, broyant ses entrailles, elle s'en remet à… son père. Car je sais qu'elle ne pourrait invoquer un autre Dieu dans cet univers. La surprendre ainsi, vulnérable, me rappelle qu'elle aussi vient de laisser partir l'homme qu'elle aime. Lui demander de rester est en fait bien plus terrible pour elle que pour quiconque et je commence à avoir une sensation étrange qui se forme dans le creux de mon estomac. Et si Orion ne

revenait pas ? Jamais elle ne nous le pardonne-
rait.

Les minutes défilent sans que l'une d'entre
nous brise ce silence presque morbide qui vient
de s'installer au sein de l'Archipel. Je regarde
Fury qui s'est couchée, roulée en boule tel un
chat, pour faire semblant de dormir. Ma fille est
une véritable statue de marbre. Elle n'a toujours
pas bougé d'un millimètre et je trouve sa foi envers son père impressionnante malgré ce que
nous lui avons imposé. Les années qu'ils ont
passées tous les deux à combattre côte à côte ont
forgé un lien qui, je l'espère, sera indestructible,
quel que soit le résultat de la bataille.

Puis, brusquement, elle se raidit.

— Foudre… ?

Elle ne réagit pas.

Son visage est livide, ses pupilles si contrac-
tées qu'elles semblent n'être que deux grains
sombres dans ses yeux d'orage.

Je suis son regard, cherchant ce qui peut bien provoquer une telle attitude chez elle.

Et alors, je le vois.

Un point. Minuscule, presque imperceptible, perdu dans l'immensité du firmament.

Sombre. Figé.

Une anomalie suspendue bien au-dessus de nous, trop immobile pour être un oiseau, trop lointaine pour qu'on puisse en deviner la véritable forme.

Mais ce n'est pas sa taille qui me trouble. Ni son apparente insignifiance.

C'est le vide absolu qu'il dégage.

Une absence totale de lumière, de chaleur, d'humanité.

Un gouffre silencieux qui nous observe.

Je ressens un frisson glacial, et ma gorge se serre car même si je n'en ai eu qu'une brève description, je comprends de qui il s'agit.

— Non…

Le murmure m'échappe sans que je le veuille.

Foudre, elle, ne dit rien. Elle ne peut pas.

Mais sa main tremble.

Et, au fond de moi, je sais.

Il est là.

Nobtus.

Fury, qui a dû sentir le changement brutal dans l'atmosphère, se redresse brusquement. Ses écailles frémissent sous la tension ambiante, et ses pupilles fendues se fixent sur l'ombre menaçante au-dessus de nous. Puis, d'un seul mouvement, elle ouvre grand ses ailes et pousse un rugissement titanesque.

Le palais tout entier en tremble. Des éclats de pierre se détachent des rebords des tours, tandis que l'écho de son cri se propage à travers l'Archipel, comme une mise en garde adressée au monde.

— Non, Fury !

Ma voix se perd dans le tumulte. Mais il est déjà trop tard. Elle décolle vers l'azur, disparaissant presque instantanément au-dessus des nuages, fonçant droit vers l'ennemi invisible à l'œil nu.

Et alors que je crois que la situation ne pourrait pas être plus catastrophique, un frisson d'effroi me parcourt quand je vois Foudre s'élancer à sa suite.

D'un seul bond, elle déchire l'espace, filant vers les cieux comme une comète. Son hurlement fend l'air, un cri de rage pure, brûlant d'une haine si vive qu'il me glace le sang.

Mais ce qui me terrifie le plus…

C'est cette lueur dans ses yeux.

Un éclat féroce, incandescent.

De la joie.

Il ne faut pas longtemps pour que le ciel devienne un chaos vivant.

Je lève les paupières, mais mes pupilles peinent à suivre ce qui se joue là-haut. Tout est trop rapide, trop violent. Je ne distingue que des éclairs de lumière déchirant la voûte céleste, des ondes de choc qui font trembler les murs du palais sous mes pieds.

Le rugissement de Fury résonne à travers l'Archipel, un cri de guerre qui semble ébranler l'air lui-même. Puis vient un autre son, plus aigu, plus tranchant. Foudre. Elle hurle sa rage et sa détermination, et je peux presque ressentir la puissance brute qu'elle déchaîne à chaque assaut.

Une explosion illumine le firmament, projetant une lueur aveuglante. L'instant d'après, un éclair noir s'abat sur les nuages, fendant l'espace comme une lame. Je ne sais pas qui a frappé qui, mais l'impact est si violent que l'air s'embrase en un tonnerre assourdissant.

Je plisse les yeux, cherchant à percer cette tempête furieuse. Parfois, une ombre immense traverse le ciel à une vitesse impensable, un monstre d'écailles et de rage. Fury. Elle virevolte, disparaît, réapparaît plus loin, crachant des torrents de feu qui peinent à s'accrocher aux vents déchaînés.

Puis, une onde de choc descend du ciel, s'écrase contre le sol avec la force d'un séisme. Je recule d'instinct, la bouche sèche. Quelque chose vient d'être projeté avec une puissance colossale, mais quoi ? Qui ? C'est trop loin du palais pour que je puisse savoir.

Un autre sifflement strident transperce l'air. Instinctivement, je lève les yeux, mais l'horizon est un chaos d'ombres et d'éclairs, un champ de bataille qui m'échappe. Je sens mon pouls pulser frénétiquement dans ma poitrine.

Puis, une masse sombre fend les nuages. Trop rapide. Trop lourde.

Elle s'écrase devant moi dans un fracas qui ébranle le sol. De la poussière s'élève en volutes étouffantes, m'aveuglant l'espace d'un instant. Mon souffle se coupe.

Quand la brume se dissipe, mon cœur rate un battement.

Foudre.

Sa forme gît à mes pieds, immobile. Sa poitrine se soulève faiblement, mais son armure est en miettes, son sang souille les pavés. Son corps tremble encore sous l'impact du choc.

— Foudre !

Je tombe à genoux près d'elle, mes doigts cherchent un signe, n'importe quoi, qu'elle me réponde !

Un rire me glace le dos.

Il est là.

Quand je me redresse, je vois une silhouette émerger du ciel tourmenté. Nobtus descend lentement, ses ailes sombres déployées comme celles d'un rapace survolant sa proie.

Mais il n'est pas indemne.

Son corps est couvert de plaies béantes. Son ombre, autrefois fluide et insaisissable, semble plus lourde, plus ancrée. Des éclairs bleutés courent encore sur sa peau, vestiges du combat qu'il vient de livrer. Son bras gauche pend mollement, déchiré, et une entaille profonde barre son torse.

— Impressionnant… souffle-t-il en effleurant une brûlure noircie sur son cou.

Son regard tombe sur moi, et un sourire s'étire sur ses lèvres.

— Mais pas suffisant.

Je me relève lentement, mon corps tendu comme une corde prête à rompre. Derrière moi, Foudre respire encore. Mais pour combien de temps ? J'ai une pensée aussi pour Fury car maintenant il me semble évident que c'est elle qui s'est écrasée près du palais.

Nobtus me fixe de son regard fantomatique, un sourire cruel sur le visage. Il serre dans sa main valide une dague qui, je le sais, est l'arme qui lui a permis de devenir une divinité.

— Alors voilà la surprenante Caroline… femme du Dieu le plus puissant de notre
Panthéon.

Sa voix est une lame, tranchante.

— Ça n'a pas été facile de produire ce moment. J'ai dû sacrifier un grand nombre de pièces
maîtresses pour enfin pouvoir me tenir seul face
à toi.

Je reste muette, car cette révélation m'en apprend bien plus que je ne le voudrais. Alors que
ça fait des années qu'Ashura est obsédé
par l'idée de retrouver son ennemi, lui se concen-
trait sur moi. Les paroles d'Ashura me transper-
cent comme s'il était juste devant moi: « dans un
combat face à moi, il ne ferait pas le poids ».

— Oui… tu commences à comprendre, continue-t-il de sa voix glaciale. Il va rentrer seul et
frustré car alors qu'il est en train d'affronter mes
armées, moi je suis ici. Et quand il reviendra, en
colère d'avoir encore échoué, il trouvera sa deuxième fille et sa femme mortes, leur tête au bout
d'une pique.

Un frisson glacé me parcourt l'échine, mais je ne peux pas me permettre d'avoir peur. Pas maintenant. Pas devant lui.

Mes doigts se crispent sur la garde de mon arme. Nobtus me regarde, amusé, comme s'il attendait de voir jusqu'où je suis prête à aller.

Je serre les dents et tire ma rapière à pleine main. Une douleur fulgurante m'éclate dans l'avant-bras alors que l'aiguille s'enfonce dans ma paume. Le métal boit mon sang avec avidité. Une chaleur brûlante pulse aussitôt dans mes veines, comme une tempête déchaînée enfermée dans mon propre corps.

Ma respiration se saccade. Mes muscles se tendent, chargés d'une force surhumaine. Mais je le sais… Cette puissance a un prix.

Un compte à rebours vient de commencer.

Je ne réfléchis pas. Je fonce, me remémorant les conseils de mon maître d'armes.

Ma silhouette devient un éclair, une ombre rapide, un cri de rage incarné. Nobtus n'a pas le temps de sourire cette fois car il ressent le pouvoir de ma lame et il comprend immédiatement que je suis potentiellement une menace.

Pourtant, il ne riposte pas. Mes coups s'enchaînent et cela semble l'amuser. Mais je repense aux paroles de mon mari et j'escompte bien exploiter à mon tour la plus grande faiblesse de ses frères et sœurs: la vanité.

Mes fantômes s'accumulent au fil du combat.

D'abord un, puis deux. Des murmures sinistres flottent autour de moi. Des ombres fugaces se dessinent dans mon champ de vision, attendant… Observant… Affamés.

Nobtus fronce les sourcils. Il ressent leur présence, lui aussi.

Trois…

Quatre…

Cinq…

C'est le moment.

Je bondis en avant et, dans le même mouvement, je relâche mes spectres.

Des silhouettes éthérées s'élancent, hurlant leur haine. Elles frappent, déchirent l'air, s'agrippent à Nobtus comme des vautours sur une carcasse. Il grogne sous l'impact. Son corps se crispe. Des plaies invisibles s'ouvrent sur lui, sa peau se fissure sous l'assaut surnaturel.

Mais il ne tombe pas.

Ses yeux brûlent de colère.

Un hurlement de rage déforme son visage. Il bouge si vite. Je n'ai même pas le temps de réagir.

L'impact est absolu.

Une force colossale me percute, pulvérisant toute résistance. Mon crâne explose de douleur, mon corps est projeté comme une poupée de chiffon. Sans mon armure du Chaos, j'aurais certainement été réduite en miettes.

L'air m'échappe. Mes os hurlent. Mon esprit vacille et je frappe violemment le sol. Je roule sur plusieurs mètres, chaque impact résonne à travers mes entrailles. Une chaleur étrange m'envahit, puis je réalise : la cuirasse se referme sur moi comme un cocon protecteur, recousant mes blessures, maintenant mon cœur battant malgré la souffrance écrasante.

Le goût du sang inonde ma bouche. Ma vision se brouille, se noircit aux extrémités.

Un rire grave résonne au-dessus de moi. Nobtus me surplombe, son souffle rauque, son regard impitoyable posé sur mon corps inerte. J'essaie de me relever, mais plusieurs de mes os, pourtant si solides, craquent de façon anormale. Du coin de l'œil, je distingue Foudre qui tente, elle aussi, de bouger. Ses blessures sont bien plus graves que les miennes.

Le combat est perdu. Cependant, ce n'est pas ma mort qui me terrifie le plus, mais l'image d'Ashura tombant à genoux devant nos cadavres. L'idée qu'il puisse se retrouver face à un échec si absolu me ronge de l'intérieur.

Dans un ultime effort, je me redresse, vacillante, et plante mon regard dans celui de mon adversaire. Nobtus titube sous le poids de ses propres blessures, mais son sourire cruel ne faiblit pas. Il savoure son triomphe.

— Ma victoire est totale ! Mon seul regret est que je ne pourrai rester pour voir ce spectacle, aboie-t-il, lisant en moi comme dans un livre ouvert. Oh oui, Ashura va tomber à genoux devant vous, le cœur meurtri par une souffrance qui le consumera.

Mais alors qu'il exulte, une force inconnue s'insinue en moi. Une énergie pure, incandescente, comme un soleil en fusion, se répand dans mon corps brisé. Mon armure, sensible à cette puissance, vibre en harmonie avec elle. Puis, dans un éclair aveuglant, je me relève, une tempête naissante grondant en moi.

Nobtus frappe. Son poing fend l'air comme un couperet, mais cette fois, je bloque l'attaque sans y réfléchir. La surprise déforme son visage. Il recule, décontenancé par cette ascension soudaine. Moi aussi, je peine à comprendre. Mon corps semble inchangé, mais je perçois un réseau infini de puissance s'éveiller dans mes veines. Je ne suis plus seulement faite de chair et de sang... je suis autre chose : une Légendaire.

Tout à coup, une présence émerge des ombres et se place à mes côtés, telle une sentinelle. Mon instinct me pousse à me positionner en protection de cette énergie familière. Puis, la révélation me frappe : je la connais. Je l'ai haïe. Et pourtant, en cet instant, elle est comme une raison d'exister.

— Illith, murmure Nobtus, la peur s'immisçant dans sa voix.

Comme moi, il est ébahi face à cette apparition presque miraculeuse. La déesse se tient là, lance en main, imposante, indomptable. Je la vois telle qu'elle était à notre première rencontre, mais cette fois, elle est à mes côtés.

— Mon frère, répond-elle avec froideur. Tu n'as pas mis longtemps à venir. J'avais peur de devoir attendre des siècles avant que tu te décides.

Un éclair de puissance surgit près de moi. Je tourne la tête in extremis pour apercevoir Foudre se redresser, indemne. Le combat n'a laissé aucune trace sur elle, comme s'il n'avait jamais eu lieu.

— Comment… ? bégaie Nobtus, abasourdi.

— Oh, tu veux des explications ? ricane Illith, savourant sa supériorité. Tout n'est que patience. Lorsqu'Ashura est revenu sur cette planète, nous avons compris qu'il nous faudrait des siècles, voire des millénaires, pour te retrouver. Mais nous avons refusé cet avenir.

Elle marque une pause, se repaissant du regard effrayé de son ennemi avant de poursuivre :

— Il était évident que tu concentrerais tes efforts sur le Dieu le plus puissant de notre panthéon, pas sur moi. Alors, j'ai exterminé mon propre peuple, mes légendaires… et j'ai disparu. J'ai figé mon existence aux portes de la mort elle-même, cachée ici, dans ce palais.

Foudre laisse échapper une exclamation horrifiée. Moi, je réalise jusqu'où la vengeance a poussé Illith : le génocide de sa lignée.

— Puis, nous avons misé sur une vieille théorie d'Ashura, poursuit-elle. Une fois, il m'a confié que nous étions trop arrogants… trop sûrs de nous. Ashura, lui, a peur. Chaque jour qui se lève est un combat non pour sa vie, mais pour celles de ceux qu'il aime. Il savait que tu ne résisterais pas à l'envie d'atteindre sa femme et sa fille. Et il avait raison.

Nobtus comprend enfin l'étendue du piège qui s'est refermé sur lui. Il tente d'ouvrir un portail, mais Foudre est déjà sur lui. Ses lames rétractiles tranchent ses bras à une vitesse foudroyante, projetant un geyser d'hémoglobine doré. Nobtus hurle, tombant à genoux.

Illith ne lui laisse pas le temps de souffrir davantage. Elle plante sa lance dans son dos, le forçant à lever la tête vers ma fille.

— Je t'en prie… gémit-il en crachant du sang. Je ferai ce que tu veux…

Pour la première fois en une année, la voix de Foudre résonne, glaciale et sans appel :

— Rends-moi Rosalie !

La panique emplit le regard du dieu vaincu. Il comprend qu'il est incapable de satisfaire cette demande. Et alors, sans plus attendre, Illith saisit son crâne, exposant sa gorge. Dans un mouvement fluide et implacable, Foudre, l'éclair originel, décapite Nobtus d'un geste parfait.

Le silence tombe. Le combat est terminé.

CHAPITRE 31

Je m'approche du cadavre de Nobtus, sans vraiment réaliser tout ce que cela signifie. Ma fille se jette littéralement dans les bras d'Illith car, pour elle, ce sont de véritables retrouvailles. Mais, une fois l'éclat de joie passé, elle court vers moi et m'enlace avec force.

— Maman !

Ce mot, ce simple mot, me fait fondre de bonheur et je l'étreins également, la serrant aussi fort que je le peux. Savourant ce moment que j'attendais depuis si longtemps.

— Artémis ! Mon bébé ! Je t'aime tellement. J'ai eu si peur pour toi… si peur.

Je regarde Illith du coin de l'œil. Je sais que rien ne sera comme avant car je sens ce lien qui nous unit désormais. Pour me sauver, elle a du faire de moi sa Légendaire. Vais-je devoir lui obéir pour l'éternité ? D'un autre côté, elle vient de me sauver la vie, mais surtout celle de ma fille, le paiement ne me semble somme toute pas si élevé…

Je m'apprête à prendre la parole mais elle me devance:

— Tu ne me dois rien. Comprends bien que désormais, c'est moi qui ai une dette envers toi, envers Ashura. Si cette guerre a duré pour vous seulement quelques mois ou quelques années, sache que pour moi c'est la fin d'une vengeance qui s'étend depuis presque un millénaire...

Un bruit attire mon attention et je frémis de plaisir lorsque je vois les griffes de Fury atteindre le sommet du palais pour se hisser lourdement jusqu'à moi.

— Votre Majesté… vous allez bien ! J'ai eu si peur pour vous.

Je me jette littéralement au coup de ma dragonnelle, tellement heureuse de constater qu'elle aussi est toujours en vie.

— Je te croyais morte !

— En fait, je pense que je l'ai été...

Je me tourne une fois de plus vers Illith qui lève les bras en signe de reddition.

— Oui, ça également c'est peut-être moi, mais ça n'enlève rien à ma dette, prenez ça comme… un acompte !

Nous rions, pour la première fois depuis des mois, sans retenue. Et alors que je m'apprête à retourner vers ma fille, je le vois.

Assis sur un pilier avec à ses côtés trois individus exceptionnels: Ashura. Silencieux, il nous observe, un sourire sur son visage.

— Mon frère ! s'exclame Illith en l'apercevant.

Ashura se redresse lentement de son perchoir, son regard parcourant les ruines du palais. Son sourire s'élargit à mesure que ses yeux se posent sur moi, sur Foudre, sur Illith, sur Fury. Il descend sans précipitation, chaque pas résonnant dans l'air encore chargé de tension. L'aura qui l'entoure est apaisante, empreinte d'un soulagement que je ressens jusque dans mon âme.

Je n'ai même pas le temps de réaliser qu'il est ici que notre fille, tel un éclair, s'élance vers lui. Elle bondit avec la grâce et la rapidité qui la caractérisent et, d'un geste fulgurant, elle atterrit droit dans ses bras. Ashura l'attrape au vol, la serre contre lui, son rire vibrant résonne comme un écho à leur bonheur retrouvé.

— Tu es là… souffle-t-il en enfouissant son visage dans ses cheveux bouclés.

Foudre ne répond pas. Elle enlace son père avec une force qui lui est propre. Muette, elle laisse sa tête se poser contre son épaule, et dans ce silence, tout est dit. Ashura ferme les yeux un instant, savourant cet instant suspendu, puis il les lève vers moi.

Et alors, c'est moi qu'il regarde.

Je sens mon cœur se serrer, comme s'il avait attendu tout ce temps pour battre à nouveau. Mes jambes vacillent sous l'émotion, et pourtant je trouve encore la force d'avancer. Lentement d'abord, puis plus vite. Je marche, je cours, je me jette contre lui.

Ashura me rattrape avec la même douceur qu'il a eue pour notre fille. Ses bras m'enveloppent et me soulèvent légèrement du sol, me serrant contre lui comme s'il ne voulait plus jamais me lâcher. Mon corps entier tremble sous le contrecoup de la bataille, mais ici, contre lui, dans cette chaleur qu'il m'offre, tout le poids du combat semble s'évaporer.

— Tu m'as tellement manqué… murmurai-je, la voix brisée par les émotions.

Il ne répond pas tout de suite. Ses mains caressent délicatement mes cheveux, mon dos, comme s'il devait s'assurer que je suis bien réelle, bien en vie. Et puis, enfin, il chuchote contre mon oreille :

— Je suis là. Je l'ai toujours été. Et je ne laisserai plus jamais quelqu'un t'arracher à moi.

Je ferme les yeux, bercée par la chaleur de sa voix, par cette promesse qui me semble inébranlable. Nos fronts se touchent, et dans cet échange silencieux, tout est dit. Nous avons souffert, nous avons combattu, nous avons failli tout perdre… mais nous sommes encore debout. Ensemble.

Autour de nous, le vent se lève doucement, balayant la poussière du champ de bataille. Fury, non loin, grogne affectueusement, tandis qu'Illith nous observe avec un léger sourire en coin, comme si elle se réjouissait secrètement de ces retrouvailles.

Et puis, alors que l'instant semble suspendu, Ashura desserre son étreinte juste assez pour accrocher mes iris avec les siens. Son regard brille d'une intensité indescriptible, comme s'il lisait en moi chaque doute, chaque blessure encore ouverte, et qu'il voulait les effacer d'un simple coup d'œil.

— C'est terminé, dit-il enfin, et ses mots résonnent comme une victoire bien plus grande que celle que nous venons de remporter.

D'un pas mesuré, Illith recule, observant la scène comme une étrangère à ce monde qu'elle a pourtant contribué à sauver. Ses prunelles d'azur glissent sur chacun d'entre nous, s'attardant sur Foudre, puis sur moi. Une ombre traverse son visage, quelque chose d'indéfinissable, un mélange de soulagement et d'incertitude.

— Et maintenant ? demande Ashura en brisant le silence.

Illith s'arrête, lève les yeux vers le ciel où le crépuscule semble vouloir lui aussi mettre fin à toute cette histoire. Elle sourit, un sourire fatigué, presque résigné.

— Maintenant… je pars, répond-elle. Je dois trouver une raison d'exister en dehors de cette vengeance. Je ne suis plus une reine, je ne suis plus une guerrière. Juste une ombre errante qui doit apprendre à vivre pour autre chose que la haine. Peut-être m'appellera-t-on un jour la Déesse solitaire.

Une part de moi voudrait se réjouir de la voir disparaître, de ne plus ressentir cette tension constante en sa présence. Mais en la regardant ainsi, brisée mais libre, une autre partie hésite. Contre toute attente, une idée germe dans mon esprit, et avant même d'y réfléchir davantage, je l'exprime d'une voix qui me surprend moi-même.

— Vous pourriez rester ici, avec nous...

Illith se fige. Foudre aussi. Je sens Ashura tourner lentement la tête vers moi, intrigué par mes paroles.

— Rester ? répète Illith, comme si le mot lui-même lui était étranger.

Je prends une inspiration et croise son regard.

— Après tout… Vous êtes un peu « Tante Illith » pour Foudre, non ?

Un silence. Un silence lourd de significations, d'histoires inachevées et de ressentiments enfouis. Puis, contre toute attente, Foudre hoche la tête et esquisse un sourire.

— Reste, s'il te plaît… implore ma fille à notre sauveuse.

Illith détourne les yeux, et pour la première fois depuis que je la connais, elle semble réellement bouleversée. Ses doigts se resserrent sur le manche de sa lance, comme si elle hésitait à s'accrocher à quelque chose de nouveau. Mais lorsqu'elle croise le regard d'Ashura, elle ne peut s'empêcher de sourire en se frappant le front avec le plat de sa main.

— Tu savais que ça finirait comme ça !

Il ne répond pas tout de suite mais ne peut réprimer un sourire à son tour. Il m'observe, me fait un petit clin d'œil comme ceux qu'il aimait tant faire lorsqu'il gagnait l'une de ses parties de jeu de rôle.

— Je ne vois pas ce qui te fait dire ça...

Édition : BoD · Books on Demand, 31 avenue
Saint-Rémy, 57600 Forbach, bod@bod.fr
Impression : Libri Plureos GmbH, Frieden-
sallee 273, 22763 Hamburg (Allemagne)
ISBN : 978-2-3225-1693-3
Dépôt légal : Mars 2025